KB141588

유동주 교수의 영국 산책

지구 반대편에서
3650일

유동주 교수의 영국 산책

지구 반대편에서
3650일

글·사진 유동주

어느 날 학생들이 찾아와서 교수가 살아온 얘기를 들으며 인생을 생각해 보는 프로그램을 기획한다면서 나의 영국 유학 시절 얘기를 들려 달라고 했다. 내가 살아온 지극히 개인적인 이야기들이 과연 그들에게 어떤 도움이 될 수 있을까. 발랄하고 영리한 그들은 우리 세대보다 훨씬 자신 있게 그들의 길을 갈 것이다. 그럼에도 불구하고 학생들과 삶에 관한 얘기를 본격적으로 나눌 기회가 흔한 것은 아니기에 그런 주문이 내심 반가웠다. 게다가 나에게는 10여 년간의 영국 생활에서 쌓인 수많은 이야기들이 시간이 흘렀어도 여전히 빛바래지 않은 채 고스란히 남아 있었다. 그래서 지구 반대편에서는 이런 일도 있었다는 것을 들려주기로 하고 지난 이야기들을 하나씩 꺼내 보기로 했다.

젊은이들은 다가오는 삶에 대한 호기심으로 충만해 있다. 그리고 경험해 보지 않은 것들을 기꺼이 끌어안으려 한다. 이국적인 것에 마음이 끌리는 이유는 낯선 것에 대한 동경 때문일 것이다. 낯설고 새로운 것이 거기에 있다면, 그것에 마음을 열고 귀를 기울이는 것은 우리 자신의 몫이다. 성공하기 위해 경쟁하고 바쁘게 사는 법을 수없이 들으며 살아온 학생들도 그날은 단풍이 소리 없이 물들어 가는 교정에 나와 무거운 책가방을 내려놓았다. 그리고 서두를 것도 없이 아주 느린 걸음으로 우리는 천천히 영국 산책을 시작했다.

일찍이 어느 문필가는 "그날그날의 생활이 인생의 사업이라면 여행은 인생의 예술이고, 생활이 인생의 산문이라면 여행은 인생의 시다. 여정(旅情)은 연정(戀情)과 비슷하다"고 썼다. 그런 의미에서 나는 열심히 사업을 하고 시를 썼으며 낯선 문화와 열심히 연애를 했다. 유학 생활이란 여행과 일상의 기묘한 조합이다. 일정 기간 남의 나라에 산다는 것은 일종의 여행과 같아서 끝없는 호기심을 채울 수가 있다. 거기에는 자신의 문화적 테두리에서 벗어나는 해방감이 있으며, 사회 속 깊숙이 관여하지 않아도 되는 관찰자의 여유가 있다. 그러나 한편 이 세상 어디에서도 생활인으로서 하루하루를 살아가야 하는 자신에 대한 책임이 있듯이, 그곳에도 학업의 의무와 삶의 무게가 있다.

이제 와 돌이켜보니 이방인으로 타국에 산다는 것이 고단한 생활이었음에도, 그때는 그저 열중하면서 모든 것을 기꺼이 받아들였다. 낯선 곳이 언제나 안전하기만 한 것은 아니지만, 사람이 있는 곳에는 어디나 만남이 있고 만남은 자라서 무성한 관계를 드리운다. 소박한 생활이었지만 늘 잔잔한 즐거움이 있었던 것은 밀도 있는 수많은 만남이 있었기 때문이며, 또한 자신과 홀로 대면하며 가장 나다운 모습으로 살 수 있었기 때문일 것이다. 바깥에서 자신의 삶을 들여다볼 때는 자신에 관해 더 많은 것을 알게 된다. 그렇기에 친숙한 일상이 있는 집이나 고향이 아니라 오히려 낯설고 불편한 타향은 자신을 만나기에 좋은 곳이다.

남의 문화를 바라보는 시각은 시간의 흐름에 따라 변하고, 충분히 이해하기에는 많은 시간이 필요하다. 내가 처음 만난 영국과 오랜 세월이 지난 후의 영국의 모습에는 차이가 있다. 그렇지만 내 눈에 비친 그곳은 언제나 느리고 조용하게 사는 곳이다. 영국 사람들은 흔히 사람들이 점차 제각기 고립된 성에 머무르며 단절된 삶을 살게 되었다고 애석해한다. 그러나 내가 만난 그들의 삶 속에는 우리가 이미 오래전에 잃어버린 고향 공동체의 단면들이 여전히 남아 있었다. 흙과 자연이 일상생활 가까이 있었고, 주위 사람들과의 섬세한 관계가 있었다. 빠르게 변하는 사회에 익숙하다 보니, 나에게 영국은 대조적으로 마치 세월이 흘러도 그다지 변하지 않은 채 여전히 그 장소, 그 자리를 묵묵히 지키고 있는 것만 같다.

내가 처음 영국에 간 것이 삼십을 갓 넘기고서였는데 사십을 바라보며 귀국했으니, 나의 삼십대 청춘은 전부 영국에서 흘러갔다. 80년대 후반부터 90년대 후반까지 내가 살았던 곳은 중부 레스터셔(Leicestershire) 지방의 대학이 있는 도시 레스터(Leicester)와 러프버러(Loughborough) 두 곳이다. 안식년을 보내러 그곳에 잠시 오셨던 어느 한국인 교수 한 분이 당시 내게 '셔보(shire 寶)' 라는 다소 송구스런 별명을 달아 주셨는데, 겸연쩍지만 은근히 자랑스러운 그런 칭호를 얻게 된 데는 아마 오랜 기간을 붙박이처럼 그 지역에 살면서 호기심으로 구석구석을 샅샅이 누비고 다녀 많은 정보를 지녔기 때문이 아닌가 생각한다.

　　이제부터 소개할 이야기들은 영국에 살면서 자신과 대면하고, 사람들을 만나 어울렸던 이야기들이다. 세상 어디나 그렇듯이 영국에도 물론 빛과 그늘이 있고 나의 영국 생활에도 명암이 있었지만, 여기서는 객관적이고 분석적인 시선으로 영국의 모습을 소개하기보다는 이미 내 삶의 일부가 되어 오래 살아 있는 따뜻한 기억들을 중심으로 이야기를 전개하게 될 것이다. 지극히 제한적일 수밖에 없는 내 체험의 단편들을 통해서, 지구 반대편에서 다른 방식으로 살아가는 사람들의 문화와 유학생들이 겪는 애환을 아울러 엿볼 수 있다면 기쁘겠다.

2008년 1월

유홍주

Contents

3 위크 나인 블루스

4 영국 사람들

낯선 곳으로

서울을 떠나올 때 섭섭해하는 내게 친구가 말했었다. 처음에는 짐만 달랑 들고 긴장하며 그 땅을 밟겠지만, 돌아올 때쯤에는 많은 인연을 맺고 아쉬워하며 그곳을 떠나게 될 것이라고. 설레는 마음을 알 리 없는 기차는 점점 더 빨리 레스터를 향해 달린다.

레스터
·
런던
·

낯선 곳으로

런던의 세인트 판크라스 역을 출발한 기차는 어느덧 우중충한 시내를 벗어나 양떼가 흩어진 푸른 들판을 달린다. 한 시간만 달리면 내가 살게 될 도시 레스터에 닿는다. 수트케이스 두어 개 옆에 두고 아는 사람 하나 없는 레스터를 향해 달리는 기차에 앉아 나는 수많은 상상을 떠올렸다. 이제부터 어떤 이들을 만나게 될까. 기대와 긴장으로 두근거리는 마음을 억누르고 있는 나를 싣고 기차는 쉬지 않고 달린다.

지나간 하루 동안의 일들이 아득하게 느껴진다. 서울을 떠나 어제 히드로 공항에 내린 후, 런던에서 하룻밤 묵고 목적지로 가는 기차에 앉기까지 꽤 오랜 시간이 흐른 기분이다. 지루한 비행 끝에 런던 히드로 공항에 내릴 무렵, 떠나온 사람들에 대한 애착과 이별의 섭섭함 같은 감상은 어느 순간에 사라져 버리고, 후줄근해진 옷과 머리를 매만지면서 팽팽한 긴장감으로 이국땅에 첫발을 내디뎠었다. 내 이름이 쓰인 피켓을 들고 기다리고 있던 중년의 영국 신사를 만나 함께 전철을 타고 시내로 들어가면서, 광고

이층버스가 오가는 런던 시내.

인지 예술 작품인지 모를 수많은 포스터로 뒤덮여 전람회장같이 보였던 전철역 구내, 몇 잎 떨어진 동전이 담긴 모자를 앞에 놓고 플랫폼이 다 울리게 색소폰을 연주하던 한 귀퉁이의 악사, 에스컬레이터 계단을 뛰다시피 바쁘게 오르내리는 각색 인종의 승객들을 보며 이국땅에 온 것을 비로소 실감했다.

장학위원회 사무실에 도착하자 브리짓트라는 이름의 직원이 은행 계좌를 개설하는 데 필요한 공문과 기숙사를 예약해 둔 서류, 영국 생활에 도움이 될 안내 자료 등을 챙겨 넘겨주었다. 점심을 먹기 위해 브리짓트와 함께 샌드위치 바로 가는데 문화적 차이가 하나 둘씩 나타나기 시작한다. 길을 건너려고 횡단보도에 내려서는데 오른편에서 달려오던 자동차가 급히 멈춰 선다. 여기 차들은 왼쪽으로 달리니 조심해야 한다고 브리짓트가 일러 준다. 지폐와 동전들도 낯설다. 점심을 먹을 때 그가 자상하게 여러 가지 돈을 꺼내 하나씩 보여 주었다.

승강기를 엘리베이터라는 말 대신 리프트(lift)라고 부르는 것이나 건물의 1층을 지상층(ground floor)이라고 부르며 2층부터 1층으로 치는 방식도 어색하고 생소했다. 건물의 문을 열고 들어갈 때마다 문에 붙어 있는 미닫이(push)와 여닫이(pull) 표시는 아직 영어가 자동으로 척척 입력되지 않아 머릿속에서 매번 뜸을 들여야 하니, 밀 때도 막히고 당길 때도 막히곤 한다. 막막하지만 이제부터는 영어로 살아남아야 하고 낯선 문화에 하루빨리 적응해야 한다. 사무실에서 브리짓트와 작별하고 그가 미리 예약해 준 '리애비(Lee Abbey)' 외국인학생클럽에 가서 첫날을 묵었다. 리애비 외국인학생클럽은 런던에서 공부하는 다양한 국적의 대학생들이 섞여 장기간 체류하며 생활하는 숙소인데, 이 세상 어떤 낯선 곳에 가더라도 사람이 있고 친구를 만나게 되리라는 낙관적 희망과 확신을 내게 심어 준 곳이다.

그날 우연히 한 방을 나눠 쓰게 된 나의 하룻밤 룸메이트 세실린은 중앙아메리카의 섬나라인 트리니다드 토바고 출신 중국계 유학생으로, 리애비에 살면서 런던에서 공부하고 있는 마음이 아주 넉넉한 여성이었다. 그날 밤 이런저런 얘기를 나누던 끝에 알게 된 것인데, 세실린은 나와 생일까지 비슷한 동갑내기였다. 자신의 2인실 빈 침대를 내준 세실린은 낯설고 물 선은 이방인이 편안하게 쉴 수 있도록 과분하리만큼 세심한 배려를 아낌없이 베풀어 주었다.

이틀 가량을 제대로 자지도 못한 채 수만 리 낯선 곳에 와 있던 나는 그제야 긴장이 다소 풀리는 것을 느꼈다. 그래서일까, 짐을 풀고 세수를 하는 동안 한꺼번에 몰려오는 피로감과 함께 온갖 불확실함에 사로잡혔다. 짐을 끌고 이리저리 다닌 탓에 양 어깨는 뻐근했고, 거울에 비친 내 모습은 두 눈은 퀭하고 볼에는 뼈만 남은 것 같았다. 내일 무거운 짐을 끌고 혼자서 최종 목적지인 레스터까지 안전하게 도착할 수 있을까, 기차역에 계단이 많은 건 아닐까, 벌써부터 이렇게 지치는데 생소한 언어로 과연 공부를 감당해 낼 수나 있을까, 온갖 걱정이 한꺼번에 떠올라 어깨를 무겁게 했다. 침대에 털썩 누워서, 전혀 염려하지 말라는 세실린의 말을 희미하게 귓가에 들으며 나는 죽은 것같이 깊은 잠에 빠져들었다.

다음날 아침 세실린은 마침 오전에 수업이 없다면서 친절하게도 나와 함께 나서서 짐을 들어 주고 택시를 불러 레스터행 기차가 출발하는 세인트 판크라스 역까지 동행해 주었다. 그러고는 차표 사는 일을 도와준 뒤 내가 레스터행 기차에 자리를 잡고 앉는 것까지 확인했다. 기차에 올라 타기 전, 세실린은 트리니타드 토바고의 장식접시를 선물로 주었다. 그 나라의 민속음악을 상징하는 드럼 모양의 동으로 만들어진 토산품으로, 드럼 안에는 두 개의 섬으로 이루어진 나라인 트리니타드 토바고의 지도가 새겨져 있었다. 후에 레스터에 정착하면 꼭 감사의 인사를 보내리라.

기차가 움직이기 시작하자 세실린이 창 밖에 서서 손을 흔들어 주었다. 짧은 시간, 하룻밤 사이의 인연이지만 그새 정이 들었는가. 작별하는 순간 마음이 뜨거워졌다. 모든 것이 생소하기만 한 낯선 나라에서 우연히 만나게 된 이로부터 친절한 배웅을 받으니 나는 억세게 복이 많다.

생각해 보니 어제 새벽 히드로 공항을 통해 입국하면서부터 공항에 마중 나온 장학위원회의 중년 신사와 사무실에서 나를 맞아 준 브리짓트, 리애비까지 안전하게 데려다 준 친절한 택시 운전기사, 그리고 세실린을 만나기까지 모든 만남이 따뜻하고 순조로웠다. 서울을 떠나올 때 섭섭해하는 내게 친구가 말했었다. 처음에는 짐만 달랑 들고 긴장하며 그 땅을 밟겠지만, 돌아올 때쯤에는 많은 인연을 맺고 아쉬워하며 그곳을 떠나게 될 것이라고. 설레는 마음을 알 리 없는 기차는 점점 더 빨리 레스터를 향해 달린다.

피쉬 앤 칩스와의 인연

낯선 곳에 도착하는 기분은 언제나 을씨년스럽다. 미리 책에서 읽어 두었던 이국 문화의 여러 가지 정보는 기억조차 나지 않고 무엇부터 시작해야 할지 그저 막연하던 레스터의 첫날. 더구나 아무런 취사도구조차 없이 혼자 어디 가서 뭘 먹어야 하는지 감이 잡히지 않는 순간에도 어김없이 먹어야 할 시간이 다가온다는 건 참으로 난감한 일이다.

기숙사의 열쇠를 받아 내 방을 찾아 들어가 짐을 들여놓고 그제야 고요함을 처음으로 느끼면서, 낯선 땅에서 나만의 공간이 생긴 것만으로도 어느 정도 안도감이 들었다. 먼 길을 찾아오느라고 긴장해 있던 탓에 배고픈 줄도 몰랐는데 비로소 허기가 느껴졌다. 점심을 어떻게 했는지조차 생각나지 않았는데 아마 굶었던 것 같다. 시계를 보니 머지않아 어두워질 시간이다. 해가 떨어지기 전에 저녁을 해결해야겠다고 생각하고 먹을 것을 찾아 나섰다.

시내 지리를 전혀 종잡을 수 없는 상태에서 지도도, 동행도 없이 나는 호기심에 차 생소한 거리를 둘러보며 걷기 시작했다. 인적이 드문 주택가에는 문이 굳게 닫힌 집들만 이어질 뿐, 한참을 걸어도 상점이 나타날 기미가 없었다. 어두워질 무렵 주택가 골목길에 불 밝히고 모여 있는 몇 개의 상점들을 겨우 발견하기까지 얼마나 오래 걸었는지 전혀 감각이 없었다. 그날 발길이 그쪽으로 닿았던 것은 또 하나의 행운이었다. 낯선 땅 어디에도 사람이 있고 친구가 기다린다는 사실을 런던에 이어 또다시 확인한 곳이었기 때문이다.

문을 열고 들어간 곳은 '피쉬 앤 칩스(fish and chips)'라는 간판을 단 '테이크웨이(take away)' 간이식당이었다. 테이크웨이 식당에서는 생선튀김과 감자튀김을 판다. 뼈를 들어내고 통째로 튀긴 생선과 감자튀김을 흰 종이에 둘둘 말아 싸주면 사람들은 뜨거운 튀김 위에 소금이나 식초를 훌훌 뿌리거나 완두콩 소스를 곁들여 들고 간다. 그곳은 말 그대로 음식을 팔기만 하는 곳이다. 사람들이 간간이 들락거리면서 포장된 음식을 봉지째 들고 어디론가 사라졌다. 나는 막 포장해 준 음식을 앞에 놓고 어디서 먹어야 할지 몰라 잠시 난감하게 섰다가, 그날이 레스터의 첫날이어서 포크나 나이프도 없기 때문에 먹을 수 없다는 어리광 섞인 사정을 주인에게 털어놓고 말았다. 격식이 필요 없이 뜨거울 때 손으로 훌훌 집어먹으면 그만이지만, 어두움이 내리는 낯선 땅에서 나는 누군가와 말을 나누고 싶었다. 여주인은 환하게 미소지으며 염려 말고 여기서 먹으라고 자신의 생활 공간인 카운터 안으로 안내해 주었다.

테이크웨이 식당은 영국 사회에서 유색 인종 이민자들이 큰 자본 없이 가계를 꾸려 나가는 흔한 방편의 하나다. 이런 식당을 운영하는 이들은 중국계나 인도계 또는 아랍계 소수 인종이 대부분으로, 이들은 사람들이 보편적으로 애호하는 음식을 팔면서 나름대로 가정을 이루고 살아간다. 하지

내게 친구가 되어 준 로이다 집안의 세 딸 버나데트, 이자벨, 루이스.

만 주류 사회에 휩싸이지 못한 채 흔히 변두리 인생을 살아간다.

　　우연히 찾은 테이크웨이 식당의 여주인 로이다는 필리핀 여인으로 스페인 남자와 결혼해 영국에 정착해 살면서 수년간 생선튀김 테이크웨이 식당을 운영해 오고 있었다. 로이다는 동양인의 아담한 체구를 지녔으나 성격이 얼마나 활달하고 밝은지 언니처럼 금방 푸근하게 해주는 성품을 지니고 있었다. 통성명을 하게 된 우리는 꼬리를 물고 얘기를 이어가게 되었고, 이야기 끝에 그는 급기야 집 안에 있는 열 살 미만의 어린 세 소녀와 남편 존, 20대 조카인 로잘린까지 온 가족을 일일이 불러내 소개해 주었다. 음식을 먹고 있는 사이에 로이다가 안채로 들어가서 포크와 나이프와 스푼 한 뭉치를 들고 나왔다. 아쉬울 테니 우선 가져가서 쓰라는 것이었다. 구부러지고 낡은 것들이 더 많았으나 그 소박한 물건들이 내게는 정겹게만 느껴졌다. 그리고 사실 더 큰 선물은 로이다의 우정이었다. 런던에서의 첫날 만난 외국인 유학생 세실린이 수년간 좋은 친구가 되었듯이, 레스터의 첫날에 동양인 로이다를 만나 오랫동안 친구가 되었던 것은 예비된 우연이었을까.

　　며칠 후 남편 존은 자동차에 아내 로이다와 세 딸과 처제 로잘린 등 온 가족을 싣고 기숙사의 내 작은 방을 방문해 주었다. 그때부터 나는 가정의 분위기가 그리울 때마다 심심찮게 그 집을 뒷문으로 드나들면서 로이다 가족과 함께 어울렸다. 서민적이고 인정 많은 로이다와 그 가족은 내게 가족 같은 친구가 되어 준 셈이다.

　　세 딸 버나데트, 이자벨, 루이스는 나를 잘 따랐다. 이 어린이들이 오면 우리 집 친구들에게 언제나 인기가 있어서, 학생들은 너도나도 소녀들을 자기 방으로 데리고 가서 놀아 주었다. 당시 열 살이던 영리한 큰딸 버나데트와는 나란히 앉아 학교에서 배운다는 리코더를 함께 불곤 했다. 막내딸 루이스의 세례식에 초대받은 적도 있었다. 안개가 자욱하던 어느 해 12월 레스터 시의 초등학교 어린이들의 연합 캐럴 콘서트가 열렸을 때는 무대에 서게 된 버나데트를 보러 가기도 했는데, 로이다의 가족과 함께 연주회장에 모인 학부모들 틈에 섞여 마치 학부모가 된 듯한 기분을 느껴 보기도 했다.

　　　도시 생활이 힘들고 외국 생활에 지쳤다며 고향으로 돌아갈 날을 꿈꾸던 존과 로이다 부부는 몇 년 후 영국 생활을 청산하고 아이들을 데리고 스페인으로 돌아갔다. 이들은 지금 존의 고향인 스페인 북서부 라꼬루냐(La Coruña) 해변에 정착해 살고 있다. 어느 날 불쑥 라꼬루냐의 로이다 가족을 찾아갈 날을 꿈꾸며, 나는 지금도 그들의 주소를 잘 간직하고 있다. 호들갑스럽게 나를 반겨줄 로이다의 목소리와, 서로 지내온 얘기를 밤새 털어놓을 그 시간을 상상만 해도 마음이 따뜻해진다. 귀엽던 버나데트는 얼마나 매력 있는 아가씨가 되었을지 궁금하다. 존과 로이다는 이제 고향의 안락함에 하루하루를 맡기며 안정된 삶을 누리는 중년이 되어 있을까.

영어로 헤엄치기

　　　　　모국어의 소중함을 피부로 느끼면서도 그 모국
어가 이제 필요하지도 도움이 되지도 않는다는 사실이 처절하게 느껴지는
순간이 있다. 특히 이국땅에 와 있음이 가장 생생하고 낯설게 느껴지는 때는
아침에 영어를 들으면서 잠을 깨는 순간이다.

　　　　　내가 첫해에 살았던 곳은 일반 주택을 개조한 대학원생 기숙사로
모두 합쳐 스물네 개의 독방이 있는 3층짜리 주택이었는데, 이른 아침이면
학생들이 복도를 오가며 '굿 모닝' 하고 인사하며 스치고 지나가거나 복도
에 서서 한동안 얘기하곤 했다. 그러다 보니 방문 밖에서 두런두런 들려오
는 말소리를 들으면서 눈을 뜰 때가 종종 있었다. 때로는 아침 일찍 기숙사
청소를 하러 오는 미화원 아주머니가 학생들과 나누는 잡담이나 안뜰에서
일찌감치 배관공사 작업을 하는 인부들의 말소리, 또는 이들이 일하면서
틀어놓은 트랜지스터 라디오에서 나오는 영어가 2층에 있는 내 방의 창을
타고 흘러들어오곤 했다. 그럴 때는 잠에서 깨어나면서 '아, 여기가 남의

레스터의 엘름즈 로드 기숙사. 아침 일찍 청소를 하러 오는 미화원 아주머니가 학생들과 나누는 잡담이나 라디오에서 나오는 영어가 내 방의 창을 타고 흘러들어올 때면 '아, 여기가 남의 나라지' 하고 새삼 낯선 땅에 와 있음을 실감하게 된다.

나라지' 하고 새삼 낯선 땅에 와 있음을 실감하는 것이었다.

　　외국어로 공부한다는 것은 듣기, 읽기, 쓰기, 말하기 등 여러 면에서 적응하는 데 시간이 필요한 일이었다. 영국에 온 지 2주일 만에 첫 강의를 듣기 시작했는데, 그때는 잔뜩 긴장하고 내용을 놓칠세라 교수에게 미리 양해를 구하고선 소형 녹음기와 마이크를 탁자에 놓고 강의를 녹음해두었다가 집에 와서 밤에 한 번씩 더 들었다. 그러니까 강의를 두 번 듣는 셈이었다. 대화 연습은 그럭저럭 한국에서 했다지만 강의를 들으면서 동시에 외국어로 재빠르게 기록하는 연습을 해본 적이 전혀 없었으니, 필기하는 데 익숙해지기까지는 어지간히 시간이 걸렸다. 그래서 초기에는 친절하게 늘 노트를 빌려 주는 친구의 도움을 수시로 받았다.

　　책을 읽는 것은 어찌 그리 느린지 하루 종일 꼬박 책을 붙들고 있어도 얼마 진도가 나가지 못해 좀이 쑤셨고, 한 과목 강의를 듣기 위해 읽어야 할 도서 목록의 분량은 매주 얼마나 많았던지 압도당할 정도였다. 읽고 쓰는 속도가 느려 영어권 학생들보다 공부하는 데 시간을 몇 배나 더 투자해야 하는 것이 당연했으니 영 공평치 않은 기분이 드는 것이었다.

　　그러나 아무래도 쓰기나 읽기보다도 말하고 듣는 데 부자연스러울 때만큼 당황스러운 것은 없었다. 첫해에는 스물네 시간 외국어로 말하고 들으며 지낸다는 것 자체가 긴장하며 사는 일이었다. 애당초 인위적으로 배운 남의 말을 하며 산다는 것이 자연스러울 수는 없는 일일 것이다. 한국말을 아예 접어두고 영어만 생각하며 살리라고 각오하고 지내다가도 어느 순간에는 퍼뜩 물고기가 물에 살고 있지 않는 것 같은 느낌, 사람이 공기를 마시며 살고 있지 않는 듯한 느낌이 목까지 차올라 오는 것이었다. 책을 읽다가도, 토론을 하다가도, 텔레비전을 보다가도, 어쩐지 안개가 낀 것같이 답답한 느낌이 들곤 했다.

미용실에 갔을 때만 해도 그러했다. 앞머리와 옆머리를 어떻게, 또 뒷머리는 어떻게 해달라는 주문을 생각대로 유창하게 할 수 없을 때, 그렇다고 손짓 발짓으로 통할 일도 아니니 답답하기 짝이 없다. 게다가 한국 미용실에서는 일단 의자에 앉기만 하면 미용사가 알아서 척척 해주니 주문이 많으면 오히려 밉살스럽게 보일까 걱정이지만, 이곳의 미용사들에게 알아서 해달라는 말은 전혀 통하지 않는다. 병원에 가서 의사와 대화할 때도 마찬가지다. 의사는 구체적으로 어떻게 아픈지를 묻는데, 증세를 꼭 집어 말로 표현하지 못하면 언어 구사에 익숙지 않은 어린아이가 된 것 같은 기분이 드는 것이다. 통증에는 온갖 종류가 있지 않은가. 살살 아픈 것, 욱신욱신 쑤시는 것, 콕콕 쑤시는 것, 따끔따끔한 것, 무겁게 아픈 것, 통증이 오락가락하면서 아픈 것도 있으니 영어의 초보자가 그 많은 차이를 어찌 명확하게 구별해 가며 하소연할 수 있겠는가.

초기에는 얼굴 안 보고 대화하는 전화라는 것이 도무지 불편한 기계였다. 사람의 얼굴을 마주 보고 있지 않으면 입 모양과 얼굴 표정, 동작을 보며 읽을 수 있는 많은 것을 놓치기 때문이다. 더구나 공중전화 요금은 얼마나 비싼지 매 초가 지나갈 때마다 황금 같은 동전을 한없이 꿀꺽꿀꺽 집어삼킨다. 영어로 말하다가 실수하는 적이 어디 한두 번이었을까. 가령 숫자를 말할 때는 정신을 바짝 차려야 한다. 아라비아 숫자 '0' 은 영어로 '오'라고 하지만 우리말로는 다섯을 '오' 라고 하니, 무심코 들으면 혼동하기 딱 알맞았다. 그래서 대화하면서 잠시 마음이 딴 데 가 있으면 전화번호를 메모한다는 것이 그만 '0'과 '5'를 바꿔 쓰기도 했다.

그러니 전화로 복잡한 상황을 처리해야 할 때는 수화기를 잡을 때마다 긴장할 수밖에 없었다. 그럴 때마다 옆방에 살던 상냥한 친구 페니는 부탁하지 않아도 내 어려움을 미리 눈치채고선 "동주, 내가 한번 전화를 걸어 볼까?" 하면서 선뜻 나서서 대신 전화를 걸어 주곤 했으니, 내 곁에서 아낌없이 도와주던 페니가 얼마나 고마웠던지 모른다. 그때 페니를 통해서 나는, 도움을 필요로 하는 이에게는 아무리 작은 것이라도 먼저 다가가서 적극적으로 도와주는 것이 얼마나 고마운 일인지를 절실히 깨닫게 되었다.

예절 바른 영국 사람들은 습관적으로 잠잠히 듣는 훈련이 되어서 다른 사람의 말을 도중에 가로채지 않는다. 그러나 그런 예절마저도 무심하게 느껴질 때가 있다. 적절한 단어가 머리에서 맴돌기만 할 뿐 생각나지 않아 뜸을 들이며 애를 먹을 때, 무슨 말을 하려는지 상대방이 미리 알아채고 차라리 말을 가로채 주기라도 하면 좋으련만 고지식하게도 사람들은 그럴 때조차 말이 끝날 때까지 참을성 있게 기다려 준다. '대체 이 사람들은 내 짧은 영어 실력을 알면서도 일부러 맛 좀 보라고 모른 척하고 침묵하는 게 아닐까' 그런 생각마저 들면, 그놈의 예절이나 침착함이 오히려 야속하게 느껴지기까지 하는 것이었다.

어리숙하기만 한 외국 생활 초기에는 인사 한 마디만 가지고도 온갖 에피소드가 생기곤 한다. 어느 한국 학생이 처음 영국에 와서 아는 말이라곤 인사 정도였다는데, 그나마 어느 날 "굿 모닝" 하고 말을 건넸더니 상대방이 발음을 못 알아듣고 "뭐라구요?(Sorry?)" 하더라고 했다. 하지만 외국 생활이 어렵다는 게 어디 순전히 언어만의 문제일까. 발음은 물론이지만 사소한 문화적 차이로도 종종 오해를 빚곤 한다.

어느 날 아침 상점이 막 문을 열기 시작하는 시간에 거리를 걷는데, 마침 어느 상점 주인이 휘파람을 불면서 가게 문을 열다 나와 눈이 마주쳤다. 그는 빙긋이 웃으면서 나를 향해 "굿 모닝" 하고 말을 건넸다. 그럴 때는 세련된 미소와 함께 "굿 모닝" 하고 되받아 인사하거나, "아주 좋은 날씨군요" 하며 한술 더 뜨는 것이 그네들의 습관 아닌가. 그러나 한국적 상식으로는 거리에서 모르는 이에게 웃으며 아침 인사를 하는 것을 상상도 할 수 없었으니, 그날 즉각적인 내 반응은 그가 아는 사람이 지나가기라도 하는 건가, 하고 자동적으로 내 주위를 둘러본 것이었다. 그리고 내게 인사했다는 것이 확인된 순간, 동양 아가씨라고 나를 놀리는 것이 아닐까 생각하고 그만 멋쩍게 걸음을 재촉해 달아나 버리고 말았으니 그때를 생각하면 지금도 얼굴이 붉어진다.

처음에는 영국 생활의 불편함을 모두 언어 탓으로 돌렸다. 모든 면에서 그렇게 해야만 마음이 편했기 때문이었으리라. 그러나 낯선 문화에 적응한다는 것은 시행착오와 좌절, 오해, 긴장, 조바심 같은 것의 종합적인 체험이다. 어쩐지 그 사회에 착 안겨 사는 것 같은 편안한 느낌이 없던 것은 어려서부터 길들여진 자신의 문화가 아니기 때문이리라. 시간이 지나면 외국어와의 씨름은 차차 해결되고 외국 땅이라는 생각도 차츰 잊혀지고 하루하루의 생활은 일상이 되어 버린다.

하지만 드디어 나도 이젠 이 사회에서 더 이상 아웃사이더가 아닐 거라는 안도감이 슬그머니 들 때쯤에도 어느 날 문득, 나는 여전히 이방인일 수밖에 없다는 생각, 여전히 문화적으로 부적응 상태인 외국인일 따름이라는 생각이 드는 순간이 찾아오곤 했으니, 외국 생활은 적응과 부적응, 자신감과 불안감, 호기심과 좌절, 흥분과 침체의 끊임없는 반복임이 분명하다.

서울의 지하철을 타고 다니면서 영어 단어를 외운다고 손에 든 단어 공책을 들여다보다가 내릴 역을 지나친 적이 한두 번이 아니었는데, 언어를 배우는 것은 투자할 만한 가치가 있는 일이었음을 비로소 하루하루 느끼며 살게 되었다. 외국어를 하나 아는 것은 곧 또 하나의 세계로 들어가는 문을 여는 것과 같다고 한다. 확실히 언어는 하나의 문화 속으로 깊숙이 들어갈 수 있게 해준다. 그 안에서 서투른 몸짓으로 헤엄치며 다니다 보면 여기저기 구석구석에서 반짝이는 보물을 발견하게 되는 것 같다.

내 친구 랠리 자전거

　　　　　　서울이라는 거대한 도시 생활에 지쳐 있었던 나는 인구 30만의 아담한 도시 레스터에 와 살게 되면서부터 걸어다니는 것을 한동안 마음껏 즐길 수 있게 되었다. 인구 천만이 넘게 북적이던 대도시에서 갑자기 조용한 곳으로 왔으니 레스터는 도시라고는 해도 시골에 와 사는 기분이었는데, 나는 그게 그렇게 좋았다.

　　　　　　내가 레스터 시내에서 빨간 이층 버스를 처음 타본 것은 영국에 온 지 한 달쯤 지난 뒤였으니 놀랍게도 그때까지 거의 걸어다니기만 했다는 말이 된다. 그도 그럴 것이 영국에서 처음 살게 된 집은 지리적으로 최적의 위치에 있었다. 학교까지 몇 분이면 걸어갈 수 있었고, 음식을 사러 다니는 슈퍼마켓이 있는 시내는 반대 방향으로 걸어서 10분 정도의 거리에 있었다. 또 레스터를 떠나 먼 길을 가게 해주는 창구인 기차역도 5분 이내의 거리에 있었다. 기차가 나를 고향까지 바로 데려다 주는 것도 아니건만, 그때는 언제라도 원하기만 하면 바로 한국에 닿을 수 있기라도 한 것처럼 기차역 가까이 산다는 것이 심리적으로 적지 않은 안도감을 안겨 주었다.

한동안 날마다 걸어다니다 보니 고달플 때도 있기는 했지만 건강이 부쩍 좋아진 걸 느낄 수 있었다. 우선 서울에서처럼 차 냄새가 없는 곳에 살다 보니 호흡기관이 좋아졌고, 하이힐을 신지 않고 늘 편한 신을 신고 다니다 보니 발의 굳은살이 차츰 없어지기 시작했다. 한국에서는 수시로 미용실에 다니며 머리를 들볶아야 했지만, 머리가 자라는 대로 내버려두었더니 머릿결이 어느새 윤이 나기 시작했다.

무엇보다도 놀라운 것은 직장과 도시 생활에 시달리느라고 수년간 고생했던 스트레스성 소화불량 증세가 사라진 것이었다. 그러니 음식도 물도 낯선 생활이었지만 뭐든지 잘 먹을 수 있게 되었다. 타국에서 우리말이 아닌 언어로 학업을 따라가야 하니 긴장되었던 것은 사실이지만, 그런 종류의 긴장은 본질적으로 다른 것인가 보다.

하지만 차 없는 생활을 하다 보니 시간이 지나면서 내게도 기동성이 필요하다는 걸 느끼기 시작했다. 걸어다니면 우선 시간이 많이 걸리고 먼 거리를 갈 수 없다. 이곳의 시내버스는 비싼 요금도 요금이려니와 배차 시간이 뜸해서 한참을 기다려야 하니 차가 오는 시간을 정확히 알고 있어야만 했다.

차 없이 느리게 걸어다니기만 하는 생활이 불편하게 느껴지기 시작할 무렵, 자전거를 한 대 사기로 마음먹었다. 영국 사람들은 남녀노소 할 것 없이 자전거를 많이 탄다. 자동차가 있는 사람이라도 건강을 위해서 가까운 거리를 갈 때는 자전거를 탄다. 대학생은 물론이고 교수들도 자전거로 출퇴근을 하는 사람이 많다. 그러니 나도 자전거 한 대가 있으면 생활이 훨씬 생동감이 나지 않을까 생각되었다. 늘 절약하며 살려고 한 나였지만 자전거만큼은 그곳 사람들이 많이 타는 헌 자전거가 아닌 좋은 것을 갖고 싶어서 새것을 사기로 마음먹었다.

그때까지 내 자전거 솜씨는 별로 능숙한 편이 아니었다. 어린 시절 오빠가 막내 동생에게 자전거 타는 법을 가르쳐 준다고 내가 탄 자전거 꽁무니를 잡아 주곤 했는데, 비틀거리고 넘어지고 하는 바람에 뒤에서 자전거를 붙잡고 달리던 오빠의 애를 먹이곤 했던 기억이 있다. 조금 더 커서는 학교 운동장에서 선생님의 크고 육중한 자전거를 점심 시간에 친구들과 몰래 끌어 타다 들켜서 야단을 맞곤 했으니 어지간히 호기심은 있었던가 보다. 하여간 자전거 타기는 한번 배우면 안 잊어버린다지 않는가.

학교에서 유일한 한국인 학부생이던 민은 외교관 아버지를 따라 어릴 때부터 영국에서 학교를 다녀 그곳 물정에 익숙했으므로, 그가 자전거 고르는 것을 도와주기로 했다. 우리는 어느 날 함께 시내에 나가 제일 멋져 보이는 자전거 한 대를 과감하게 골라 가지고 민의 차에 싣고 왔다. 내가 산 자전거는 영국의 자전거 메이커인 랠리 회사에서 만든 '랠리 플라이어(Raleigh Flyer)'라는 모델의 경주용 자전거였다.

이 자전거는 열 단의 기어가 있어 자유롭게 변속할 수 있는 데다 가볍고 날렵했으며, 흰 안장에다 몸체에는 밝은 하늘색이 칠해져 있었다. 타이어는 몹시 얇았지만 지름이 커서 빨리 달리기에 좋은 조건을 모두 갖추었다. 하여간 세상에서 제일 근사한 자전거였다.

자전거를 사가지고 와서 민은 우선 높은 안장을 내려 내 체형에 맞게 조정해 주었다. 그리고 앞마당에서 몇 차례 자전거를 시승하는 내 모습을 봐주고서 영국의 자전거 규칙 몇 가지를 일러 주고 돌아갔다. 나는 설명서를 세심하게 읽고 소중하게 보관해 두었다. 드디어 내게 신속한 발이 생긴 것이다. 그날 나는 세발자전거를 산 어린아이처럼 들떴다. 새 차를 산 기분도 이렇지는 않았으리라.

이곳에서 자전거는 안전을 고려하여 필요한 장비를 모두 갖추어야 한다. 우선 라이트 없이 밤길을 다니면 불법이라 적발된다. 자동차에 섞여 도로를 달려야 하니 뒤 라이트와 반사경은 밤길에는 생명과도 같아 앞 라이트보다도 더 중요하다. 날이 어두워지면 차량으로부터 보호하기 위해 어깨부터 허리까지 대각선으로 걸치는 형광 안전띠를 사용한다. 바지 깃이 스쳐 거추장스럽지 않도록 양쪽 바지 자락을 잡아매는 형광 띠도 있으며, 사람들은 바지에 금속 클립 띠를 묶기도 한다.

자전거를 매어 놓을 때는 남이 훔쳐가지 못하도록 잠금 장치는 견고한 것으로 해놓아야 한다. 자전거 인구가 많다 보니 주요 건물 앞에는 자전거를 세워 둘 수 있도록 자전거 주차 공간이 있는데, 자전거 분실 사건이 자주 일어나는 걸 보면 비교적 정직하다는 사회에서 하필이면 큰 수지가 맞는 것도 아닌 자전거 도둑이 왜 그렇게 많은지 모르겠다. 안전모 착용은 필수는 아니지만 일상적으로 안전모를 쓰고 타는 이들이 많다. 진흙이 튀지 않게 흙받이를 추가로 장착하고 여자들은 짐을 넣고 탈 수 있도록 바구니를 앞에 매달기도 하지만, 나는 이것저것 달아서 날렵한 내 자전거를 무겁게 만들고 싶지 않았으므로 기본적으로 없어서는 안 될 최소한의 라이트와 잠금 장치만 갖추었다.

영국에서 자전거를 타려면 반드시 한 손으로 탈 수 있어야 한다. 자전거를 타면서 한쪽 팔로 자전거가 회전하는 방향을 지시해야 하기 때문이

우리 집 현관 앞에 서 있는 랠리 자전거. 10여 년 가까이 긴 세월 동안 나의 하늘색 랠리 플라이어는 언제 어디서나 나와 함께 다니면서 온갖 애환을 함께 했고, 특히 외로울 때 얼마나 많은 위안을 주었는지 모른다.

다. 자동차 운전자들이 방향 지시등을 켜는 것과 마찬가지로 자전거 타는 사람도 방향을 틀 때마다 왼팔, 오른팔을 들어 어깨와 수평이 되게 쭉 뻗어서 주위 차량들에게 명확한 방향 지시를 해야만 한다. 이것을 지키지 않으면 사고 위험이 있어 수신호는 엄격하게 지켜진다. 자전거는 반드시 차도로 다녀야 하는데, 이것은 겁나는 일일 수도 있지만 반드시 지켜야 하는 규칙이다.

　　　자전거가 생긴 뒤로 자전거와 함께 얼마나 많은 즐거움과 자유를 누렸는지 모른다. 큰 캠퍼스를 가로질러 도서관에 책을 빌리러 가거나 시내 쇼핑을 할 때, 친구를 방문하거나 수영을 하러 갈 때 등, 여러 가지 이유로 먼 길을 다닐 때 자전거가 있으니 빠르고 요긴했다. 편리함 못지않게 더 중요한 것은 생활에 활력이 생긴 것이었다. 책상에만 붙어서 씨름하다 자전거를 타고 휙 나가면 모든 것을 잊고 바깥세상을 구경할 수가 있었다. 동네 주택가를 돌면서 남의 집 정원을 눈여겨보거나 교외로 나가 들판을 달리면서 마음껏 맑은 공기를 마실 수 있었으니, 자전거가 공부와 휴식의 균형을 맞추는 데 공헌을 한 셈이었다.

　　　그러다가 한 해 두 해 세월이 지나면서 자전거에 강한 애착이 깃들어 그 자전거는 결국 물건이 아니라 친구가 되었다. 10여 년 가까이 긴 세월 동안 나의 하늘색 랠리 플라이어는 언제 어디서나 나와 함께 다니면서 온갖 애환을 함께 했고, 특히 외로울 때 얼마나 많은 위안을 주었는지 모른다.

　　　자전거를 샀던 첫해에는 토요일 오후만 되면 기숙사 앞마당에 자전거를 눕혀 놓고 더러워진 곳을 닦아 주고 열심히 광을 냈다. 이런 내 모습을 보고 아는 학생들이 웃으며 지나가거나 농을 던지기도 했지만, 나는 씨익 웃어 주고는 아랑곳하지 않고 윤기 내는 데 열중하곤 했다. 고물 자전거가 워낙 흔한 나라이다 보니 이런 내 모습이 진기하게만 보였으리라.

　　　자전거가 없으면 차 있는 사람의 신세를 져야만 한다. 그러나 자전거가 내 교통수단이 된 뒤로는 웬만한 일은 가급적 혼자 다 해낼 수가 있어 든든했다. 간혹 파티에 가는 날은 멋지게 차려입은 탓에 자전거로 갈 수 없어 친구가 차로 데리러 와주기도 했지만, 밤에 펍(pub)이나 친구 집에서 모임이 있거나 레스토랑에서 외식을 하는 날은 어디든지 자전거로 다녔다. 음악회에 갈 때도 차로 데리러 오겠다는 친구들의 권유를 사양하고 내 멋진 자전거를 타고 가서 연주회장에서 만날 때가 더 많았다.

　　　그런데 초저녁에 나가는 것은 문제가 없었으나 모임이 끝나 돌아가는 늦은 시각이면 친구들이 내심 안쓰러워했던 것 같다. 비가 오거나 밤 늦도록 모임이 계속되는 때는 친구들이 설득해 나와 자전거를 차 뒤 트렁크에 싣고 집까지 데려다 주는 날이 종종 있었다. 그러나 한 번도 자전거를 외지에 두고 혼자만 돌아와 본 적은 없으니, 자전거에 대한 내 충실함과 애착에 관해서는 주위의 모든 친구들이 익히 알고 있었다. 돌아올 때 불가피하게 차를 타야 할 경우 친구들은 나와 내 자전거를 언제나 기꺼이 한 쌍으로 태워 주었으니, 나를 아끼고 사랑해 준 만큼 내 자전거를 아끼고 대우해 준 셈이었다. 한밤중까지 연구실에서 책과 씨름하던 무수한 날들을, 내 자전거는 언제나 건물 밖 어둠 속에서 기다려 주었다. 문을 잠그고 나와 보면 찬이슬이나 빗속에 젖어 있는 때도 많았다. 내 친구들은 내가 그토록 애지중지했고 언제나 나를 따라다니던 그 자전거에게 '보이 프렌드'라는 애칭을 붙여 주었다.

　　　내가 살던 곳에서 조금만 외곽으로 나가면 공해에서 해방된 들판이 나오고, '아웃우드(Outwood)'라고 불리는 엄청난 규모의 숲이 나타난다. 이곳을 자전거로 달리면 자연은 내 것이 되고, 나는 세상의 온갖 잡념을 잊고 가벼워진 날개로 한없이 그 순간을 즐기는 한 마리 새가 된다. 봄이 되어 무리지어 피는 샛노란 수선화를 보며 시골길을 달리거나, 여름 내내 하얀 레이스처럼 시골 길가에 끝없이 피어 바람에 나부끼는 들꽃 카우 파슬리(cow parsley)를 스치며 달리는 즐거움을 그 어떤 것과 비교할 수 있을까. 눈부신 햇살 아래 세상이 황금빛으로 고요히 물들어 가는 가을날의 사이클링은 물론이고, 하루에도 여러 차례 후두둑 지나가는 소나기를 맞으면서 낮게 드리워진 겨울 하늘 아래 달리던 을씨년스러움조차 지금 생각하면 정겹게 느껴진다.

　　　　물론 자전거를 타는 것이 늘 즐겁기만 한 것은 아니었다. 음식을 사러 나갔다가 무거운 가방을 어깨에 메고 자전거를 타고 돌아오는 길에 소나기라도 만나면, 비옷이 안전하게 가려 준다지만 얼굴에는 빗줄기가 가차 없이 뿌려졌다. 등에 무거운 짐을 지고 언덕길을 올라가려면 페달 밟기가 더욱더 힘들어 가쁜 숨을 몰아쉬어야 했다. 그러나 그런 훈련 덕분에 내 폐활량은 늘었고, 다리 근육은 단단해졌으며, 지구력 또한 어지간히 생겼다.

　　　　날렵한 내 자전거 타이어는 얇고 예민해서 작은 충격에도 가끔 펑크가 났다. 튜브의 바람이 빠지거나 느슨해지면 펌프로 쉽게 부풀릴 수 있어 문제가 안 되지만, 고무에 조금이라도 상처가 나 찢어지면 튜브를 갈아야만 했다. 한번은 내 손으로 튜브를 교체하려고 시도한 적이 있었다. 그럴 때는 숟가락만큼 유용한 도구가 없다고들 하기에 숟가락을 가지고 마당에 나와 자전거를 눕혀 놓고 작업을 하기 시작했다. 그런데 상처난 튜브는 간

숲길을 자전거로 달리면 자연은 내 것이 되고 나는 세상의 온갖 잡념을 잊고
가벼워진 날개로 한없이 그 순간을 즐기는 한 마리 새가 된다.

단히 빼낼 수 있었으나, 새 튜브를 집어넣는 일이 만만치 않았다. 바퀴와 한없이 씨름하다가 양손이 토마토처럼 새빨개지고 어두워질 때까지 결국 네댓 시간을 소비하고 나서야 작업을 간신히 끝낼 수 있었다. 자전거를 타는 주위 남학생에게 봐달라고 하면 쉽게 해결할 수도 있었을 것을 남의 도움 받지 않고 혼자 해보겠다고 고집을 부렸으니, 자전거가 생긴 뒤로 자립심이 강해졌던 것 같다.

자전거와 오랜 동고동락을 마치고 영국을 떠나올 때, 몇몇 사람들은 그렇게 아끼는 자전거인데 배로 부쳐 한국으로 가져가라고 권하곤 했다. 그러나 때가 되면 이별을 해야 할 경우도 있음을 받아들여야 한다. 서울에 가지고 와도 영국에서만큼 자전거를 애용할 수도, 아껴 줄 수도 없을 것임을 뻔히 알기에 나는 자전거를 처분하기로 마음먹었다.

하지만 자전거를 남겨두고 떠나올 생각을 하니 마음이 흔들렸다. 애지중지하던 자전거를 아무에게나 팔고 싶지 않았을 뿐 아니라 어느 누구의 손에 들어간다 해도 그 누가 나만큼 아껴 줄까 싶어 안심이 되질 않았다. 결국 속으로만 애태우다 끝내 내 손으로 처분하지 못하고, 잘 보관했다가 적당한 새 주인을 찾아 달라고 부탁하며 친구에게 자전거를 맡기고 떠나오고 말았다.

자전거를 넘기기 전날 밤의 내 심정은 어떤 오랜 친구와의 이별보다도 더 허전했다. 자전거 생각이 날 때마다 자전거와 함께 했던 시간이 겹쳐 떠오르곤 했다. 자유로움을 선사하고 자립심을 길러 주면서 오랜 세월을 내 곁에 있어 주었으니, 그 자전거의 추억은 앞으로도 오래도록 가슴속에 남아 있으리라. 지금 나의 랠리 플라이어는 누구 손에 넘겨져 있을까.

허니써클

내가 일년간 살았던 기숙사 '프리맨스 커먼 하우스(Freeman's Common House)'는 학부 학생과 대학원생들이 함께 쓰는 곳이어서, 갓 대학생이 되어 고삐 풀린 망아지 같은 10대 후반의 청춘들부터 사회 경험을 쌓고 뒤늦게 공부하러 와 있는 나이 지긋한 이들까지 한데 섞여 살았다. 그러니 그곳에선 예측 못했던 일들이 우스꽝스럽게 뒤얽히곤 했다.

어느 날 현관문을 열고 집 안에 들어서는데 바닥에 사각 봉투 하나가 떨어져 있었다. 현관문의 우편물 구멍을 통해서 밀어넣은 것 같은데, 한자로 적힌 내 이름 '동주' 두 글자가 눈에 들어왔다. 나에게 온 편지라 반가운 생각에 얼른 집어들었다.

이곳에서는 아침 여덟 시 즈음이면 어김없이 우편배달부가 한 차례 지나가며 각 블록마다 우편물 꾸러미를 쏟아 놓고 간다. 특히 외국 학생들은 고국에서 오는 반가운 소식을 늘 기대한다. 편지를 받는 날은 하루 종일 기분이 좋다. 아침 일찍 아래층에서 편지 구멍을 통해 툭 하고 우편물 떨어지는 소리가 들리면, 부지런한 누군가가 먼저 현관에 가서 자기 편지를 골라 가고 나머지 우편물을 구분해 놓는다. 방문 앞까지 갖다 놓아 주거나, 노크하고 반가운 소식을 직접 전달해 주기도 한다. 물론 정기적으로 날아오는 은행 잔고 통지서, 각종 청구서, 공문, 광고물 등 기다리는 진짜 편지가 아닌 것도 섞여 있긴 하지만, 어쨌거나 한 집에서 우편물을 제일 많이 받는 사람은 부러움의 대상이다. 한때 외국 학생들 사이에서는 가족도 애인도 친구도 편지를 안 해줄 때는 날마다 자동예금인출기 앞에 가서 잔고 확인서라도 주문하면 아침마다 우편물을 받을 수 있다는 농까지 떠돌기도 했다.

그런데 영어가 아닌 한자로 이름이 적혀져 왔으니 좀 의외였다. 필체만 보아서는 어디서 온 건지 전혀 감이 잡히지 않았다. 우표나 우편물 소인이 찍히지 않은 걸로 봐서는 누군가가 직접 밀어넣은 것이 틀림없었다. 나는 봉투를 뜯고 편지를 꺼내 읽어 보았다. 노트 한 장에 펜으로 썼는데 내용을 요약하면 이랬다.

'나는 옆 블록에 사는 이언(Ian)이라고 하는데 당신이 D 블록에 살며 늘 드나드는 것을 보곤 했습니다. 당신이 한국 사람이라고 들었는데 당신과 당신 나라에 대해서 알고 싶은 호기심이 생깁니다. 그러니 연락 주실래요? 나는 E 블록에 살고 있어요. 추신 : 내 친구가 당신 이름을 한자로 가르쳐 줘서 썼는데 만일 엉뚱한 뜻이라면 용서하세요. 만일 그렇다면 내 친구가 나를 골려 준 걸 테니까요.'

나는 편지를 들고 미소지었다. 분명히 어른은 아닐 테고, 몇 가지로 미루어 보건대 이건 철없는 학생의 초보급 장난임이 틀림없으니 조금도 경계심을 가질 필요가 없었다. 어린애 정도면 상대가 만만하니까. 나는 공책을 아무렇게나 쭉 찢어 답장을 썼다. '언제든지 환영할게 오세요. 동주.' 그러고는 척척 접어서 옆 블록에 가 현관 편지 구멍으로 밀어넣었다.

　　서양 사람들은 동양인의 나이를 전혀 짐작하지 못한다. 게다가 한국에 있을 때도 사람들은 나를 나이보다 어리게 보곤 했으니, 영국에서 어린 학부생 정도로 오해받는 때마저 가끔씩 있었다. 특히 내겐 코흘리개나 다름없어 보이는 어린 남학생들이 주위에서 얼쩡거리며 다가오는 때가 간혹 있었다. 그러면 나는 짓궂게도 내가 얼마나 어른인지 드러내기 위해 대학을 졸업한 연도며 직장 생활을 한 기간 등을 늘어놓으면서 기선을 제압하려 하곤 했다. 그러나 대부분의 반응은 '그래요? 의외인걸요' 하고 놀라는 정도로 그치지 기가 죽거나 얼굴이 붉어져서 즉시 도망치는 사람은 없으니, 신기하게도 나이나 친구에 대한 서양 사람들의 관념은 확실히 우리네와 다르다.

　　며칠 후, 까맣게 잊고 있었는데 이층 부엌에서 차를 끓이고 있을 때 누군가가 현관 벨을 울렸다. 곧이어 아래층에 사는 학생이 나를 부르며 손님이 왔다고 한다. 이층 부엌에서 창을 통해 내려다보면 현관에 누가 왔는지 바로 볼 수 있다. 그래서 현관 쪽 창으로 가서 아래를 내려다보니 키가 훤칠하게 큰 낯선 청년이 서 있었다. 그제야 나는 편지를 기억하고 현관으로 내려갔다. 아니나 다를까 두 볼이 복숭아같이 불그스레하고 얼굴에 솜털이 보송보송한 귀여운 학생이 나타났다. 키는 머쓱하게 크지만 아직 사춘기 소년의 태를 벗지 못했고 수줍어하는 폼이 여간 우스운 게 아니었다. 그래서 긴장할 이유도 없이 첫 대면에 많은 얘기들을 나눴다.

　　우선 내가 한국인인지 어떻게 알았느냐고 물었더니 같은 블록에 사는 중국계 친구가 말해 주었다고 했다. 여기는 한국 학생이 드물 뿐 아니라 옆 블록에 중국 학생이라고는 아는 사람이 없는데 어떻게 내 한자 이름을 알았을까. 하긴 내가 사람들에게 내 이름을 말할 때는 기억하기 쉽게 하려고 한자 이름 '동녘 동(東)', '구슬 주(珠)' 자를 풀어 '동양의 진주' 라고 소개한 적이 있기는 했다. 이언은 내 이름을 쓰기 위해서 백 번은 그리는 연습을 했다고 한다. 제법 기특한 생각이 들었다.

　　이언은 이제 1학년에 갓 입학한 법학도였다. 나보다 열 몇 살쯤은 어렸으니 조금 과장하면 한 세대 차이가 나는 셈이다. 속으로는 마치 면접 심사라도 하는 기분으로, 그러나 겉으로는 큰누나처럼 그의 여러 가지 얘기를 상냥하게 들어주었다. 이언은 동양에 관심이 많아 중국계 친구들과 잘 어울려 지낸다. 비록 서툴긴 하지만 젓가락 사용하는 연습을 한 적도 여러 번 있고 동양 요리도 가끔씩 즐겨 먹는다. 그는 외동아들로 직장을 가진 엄마와 단 둘이 사는데 엄마에게는 그가 별로 탐탁지 않게 여기는 남자 친구가 있다. 그의 집은 학교에서 자동차로 한 시간이 채 걸리지 않는 레스터 지방 남부에 있는데, 가끔씩 주말에 집에 가서 엄마가 해주시는 그리운 음식을 배불리 먹고 온다. 하지만 이젠 혼자서 빨래·음식·쇼핑·요리 등을 해결할 수 있을 만큼 대학 생활에 자신이 있다고 했다.

　　처음 집을 떠나올 때 엄마가 어린 시절부터 지니고 있던 곰 인형을 가방 속에 찔러 넣어 주어서 지금도 기숙사 침대 머리맡에 놓아두고 있다고 했다. 이언은 집에 고양이를 한 마리 기르고 있는데, 고양이를 무척 좋아해서 고양이 그림이 들어 있는 것은 뭐든지 모으는 것이 취미라 했다. '흠, 아직도 어린애티를 못 벗었군.' 소년과 마주 앉아, 혹시라도 내게 엉뚱한 기대를 하는 것은 아닐까 속으로 경계하면서, 학부생 또래보다는 그의 엄마 세대에 오히려 가까울 거라고 말해 두었는데 이언은 전혀 개의치 않는 눈치였다. 그렇게 해서 우리는 친구가 되었다.

학부생 말동무가 생겼으니 이언을 통해서 영국의 젊은이들이 어떻게 공부하며 무슨 생각을 하는지, 어떤 여가 활동을 하고 어떤 것에 심취하는지, 젊은 대학생들의 문화를 가까이에서 관찰할 기회를 갖게 되었다. 이언은 스무 살 남짓한 영국 대학생들이 즐겨 듣는 팝 음악 얘기를 들려주거나 CD를 빌려 주기도 하고, 내가 모르는 영어식 표현이나 단어를 가르쳐 주기도 했다. 영국의 기숙사나 학생회관은 물론이고 교회나 펍, 공공 장소 같은 곳에는 보통 스누커나 보다 간단한 게임인 풀 테이블이 있는데, 늘 공부에 쫓기던 나는 주말 저녁에 머리를 식히기 위해 이언과 가끔씩 기숙사나 학생회관에 있는 스누커나 풀을 함께 치러 가거나 볼링을 하곤 했다. 이언을 우리 집에 오게 해 한국 요리를 가르쳐 주기도 했고, 이언이 나를 초대해 영국식 식탁을 차리는 적도 있었다.

영국 젊은이들의 요리 솜씨는 대학에 들어가면서부터 절박해진다. 남녀 학생을 막론하고 그때까지는 집에서 엄마가 늘 차려주는 식사를 하고 살다가 갑자기 집을 떠나 독립된 생활을 하게 되면, 하루 세 끼 뭘 먹어야 할까 정하는 일부터 장보기·조리하기·설거지 등 모든 식생활을 혼자 알아서 해결해야 한다. 그 때문에 대학생들은 빵·시리얼·인스턴트 음식 등으로 끼니를 때우기 일쑤지만, 조금씩 간단한 요리를 터득하게 되고 엄마의 수고를 이해하게도 된다. 기숙사에 처음 들어올 때 냄비나 접시 같은 것은 엄마가 사서 들려 보내는 것이 보통인데, 살면서 차차 필요한 그릇을 장만하거나 양념을 사고, 도마질을 하거나 간단한 음식을 조리하는 법 등을 시행착오를 거치면서 조금씩 배우게 된다. 그렇게 해서 대학을 졸업할 때쯤 되면 혼자서도 독립해 살 수 있을 정도의 기본 능력을 갖추게 되는 것이다.

기숙사 주방에서 학생들이 친구를 초대하거나 특별한 파티를 꾸미는 날은 서툰 솜씨로 법석을 피운다. 남녀 학생들이 요리책을 따라가며 음식을 하다 막히면 엄마에게 전화를 걸어 다음 단계를 어떻게 해야 하는지 조언을 구하는 광경도 드물지 않다. 이언은 엄마가 선물로 사준 요리책을 참고삼아 한 가지씩 요리를 시도하며 늘어 가는 솜씨를 자랑하곤 했다.

그러나 가끔씩 엉뚱한 일이 벌어지기도 했다. 가령 까치밥나무 열매 구스베리는 시어서 날로는 먹을 수 없고 설탕을 많이 넣고 조려서 디저트로 파이를 만들어 먹는 매실보다 작은 초록색 열매인데, 노천시장에서 파는 구스베리를 보고 엄마의 파이 생각이 나서 한 봉지 사가지고 와서는 어떻게 먹는 건지 몰라 날로 다 먹고 배탈이 났다거나 하는 것 말이다.

이언은 엄마를 닮아 채식주의자였다. 그는 주말이면 맥도널드에서 시간제 아르바이트를 했는데, 일이 끝나고 돌아오면 고기 흔적을 지운다고 손을 빡빡 문지르며 한참씩 씻곤 했다. 영국에서 채식주의는 보편적이어서 열 명 중 한두 명 정도는 채식하는 학생을 볼 수 있을 정도로 흔하다. 물론 다 그런 것은 아니지만, 어려서부터 균형 잡힌 채식을 해온 사람은 혈색이 맑고 투명해 보인다. 채식주의에는 순전히 곡물과 채소, 과일만 먹는 엄격한 채식주의자 '비건 베지테리언(vegan vegetarian)'도 있으나 이언은 소위 융통성 있는 채식주의자인 '락토 오보 베지테리언(lacto-ovo vegetarian)' 인 셈이어서 곡물과 채소 외에도 달걀·치즈·우유 등을 비롯한 유제품, 견과류, 콩을 이용하고 생선을 곁들여 먹기도 했다.

영국의 젊은이들에 관해 특징적인 것 하나를 꼽으라면, 크게 떠드는 녀석들이 별로 많지 않다는 점을 들 만하다. 물론 한창 에너지가 넘치는 대학생들이 끼리끼리 모여 시시덕거리며 즐거워하는 일이야 세계 어느 나라이건 예외가 있을까마는, 타인이 있는 곳에서 큰 목소리로 잡담하는 걸 본 기억이 별로 없으니 내게는 이 점이 늘 신기하기만 했다. 보수적인 영국 사람들의 목소리 예절 교육은 엄격한 모양이었다.

한 예를 들어 보자. 기숙사에서 옆 블록을 자주 드나드는 학생은 갈 때마다 남의 집 벨을 눌러야 하니 불편하다. 더구나 3층에 방이 있는 친구를 찾아가려면 1층에 사는 학생이 늘 문을 열어 주게 되니 미안하고 번거롭다. 보통 동양 학생들은 문을 열어 주는 낯선 사람에게 자꾸 폐를 끼치는 게 미안하여 창 아래에 와서 이름을 부른다. 그러면 본인이 듣고 얼른 현관에 나와 문을 열어 주면 그만이다. 그러나 영국 문화에 비추어 보면 그건 결례라고 한다. 소리 지르는 행위 자체가 예의에 어긋남은 물론이고, 공공 장소에서 이름이 크게 불린 친구에게도 무례한 일을 한 셈이 된다. 그러니 영국 학생들은 아무리 가까운 친구 사이라 해도 밖에서 집 안에 있는 친구 이름을 큰 소리로 부르는 법이 없다. 현관 벨은 그럴 때 쓰려고 있는 것이라나. 이언은 현관 벨을 누르기 미안한 상황에서는 종종 버찌 같은 작은 열매를 주워 내 창에 던지곤 했다.

어느 초여름날 이언과 함께 학교 식물원에 들렀다가 영국의 꽃과 한국의 꽃을 화제 삼게 되었다. 꽃에 관심이 많은 나는 눈에 띄는 꽃마다 영어 이름을 닥치는 대로 외워 두는 버릇이 있었다. 영국에 살기 시작한 지 몇 년이 지났을 때쯤에는 친구들이 나를 '걸어다니는 꽃 사전' 이라고 불렀을 정도였다. 어떻게 그 많은 꽃 이름을 모국어도 아닌 영어로 다 외우고 있느냐고 친구들이 혀를 내두르면, 비결이 다른 데 있는 게 아니고 단지 관심이 많기만 하면 저절로 그렇게 된다고 뻐기며 으쓱하곤 했었다.

이언은 '허니써클(honeysuckle)' 이라는 꽃을 좋아한다는데 당시 나는 한 번도 이 꽃의 이름을 들은 적도, 본 적도 없었다. 허니써클은 한 번 피기 시작하면 진한 향기가 진동하여 멀리까지 퍼져 나가는데 지금쯤 자기 집 울타리에 이 꽃이 만발해 있을 거라고 했다. 우리나라에도 백리향 같은 향기로운 꽃이 있건만 허니써클이란 어떤 꽃일까 궁금해졌다. '꿀을 빤다'는 이름으로 미뤄 보건대 달콤하고 애틋한 꽃일 것만 같다. 그러나 꽃의 향기나 빛깔이나 모양을 말로 설명하는 것처럼 답답하고 싱거운 것도 없다.

어느 토요일 아침, 모두가 아직 잠에서 깨지 않은 고요한 시간에 누군가 벨을 눌러 나가 보니 이언이 꽃다발을 한 아름 가슴에 안고 왔다. 이렇게 일찍 웬일인가 물으니 이언은 나중에 자세히 얘기하자면서 꽃만 건네고 서둘러 돌아갔다. 맥도널드에 일하러 가는 길이었다. 꽃병에 물을 담아 꽃다발을 가득 차게 꽂아 놓았더니 환해진 내 방에서는 종일 달콤한 향기가 진동했다.

저녁 무렵 이언이 일을 마치고 돌아가는 길에 다시 들렀다. 그리고 자초지종을 설명해 주었다. 그가 가져다 준 꽃이 허니써클이라고 한다. 학교 식물원에 갔던 날 이후로 이언은 허니써클을 내게 보여주려고 시내에 나가 꽃집이란 꽃집을 샅샅이 다니면서 구하러 다녔지만 찾을 수 없었다고

허니써클은 한 번 피기 시작하면 진한 향기가 진동하여 멀리까지 퍼져 나가는데 '꿀을 빤다'는 이름으로
미뤄 보건대 달콤하고 애틋한 꽃일 것만 같다.

했다. 아닌 게 아니라 그런 종류의 꽃은 집 정원이나 동네 울타리에서 자연스럽게 피는 꽃이지 상품화되지 않은 터라, 꽃집에서 구할 수 없었던 것도 놀라운 일이 아니었다.

그런데 어제 오후 혹시나 하고 들른 어느 꽃집에서 여주인이 하는 말이, 애석하게도 파는 것은 없으나 자기 집 정원에는 허니써클이 많이 피어 있다고 하더란다. 그래서 이언은 그 꽃집 주인에게 허니써클을 좀 꺾어서 갖다 줄 수 있겠느냐고 간청을 했다. 그맘때쯤이면 주택가 어디쯤 피어 있는 꽃을 볼 수도 있을 터인데, 엉뚱하게 꽃집에서 허니써클을 찾는 이언 같은 손님은 일찍이 본 적이 없었을 것이다. 영문을 모르는 꽃집 여주인에게 이언은 허니써클을 본 적이 없는 한국인 친구 얘기를 들려주었다. 그랬더니 자기 집 정원의 허니써클을 그 친구를 위해 기꺼이 잘라다 주겠다고 했다는 것이다.

다음날 아침 일찍 꽃집 주인과 만나기로 약속한 이언은 토요일 이른 시각에 고요한 시내에 나갔다. 영국 사람들에게 토요일은 늦잠 자는 시간이다. 그리고 꽃가게 같은 곳은 일러도 아홉 시가 넘어야 문을 연다. 이언은 아홉 시면 맥도널드에 가 있어야 한다. 사정을 들은 꽃집 주인은 상점 문을 열기도 전인 이른 시각에 굳게 문 닫힌 가게들 앞에서 이언과 만날 약속을 해주었고, 이언은 시내버스도 없는 꼭두새벽에 일어나 30분 이상 걸리는 시내까지 걸어서 갔다. 꽃을 받아 가지고 헐레벌떡 30분 이상을 걸어 돌아와서 내게 꽃을 전달해 주고는, 일터에 늦을세라 다시 허겁지겁 시내의 맥도널드에 나갔던 것이다. 그러니 그는 몇 시에 일어났을까. 엉뚱한 주문에 주말 아침 단잠을 마다하고 새벽에 일어나 한국인 친구를 위해 친절을 베풀어 준 꽃집 주인은 어떤 사람일까.

　　그 후 그 꽃집이 어디쯤인지 알아 두었다가 한번 들러서 감사의 인사를 할 생각이었지만 끝내 기회를 놓치고 말았다. 대신 꽃집 주인에게 보내는 감사의 말을 써서 이언에게 전해 달라고 했는데, 꽃집 여주인은 그 카드를 읽으면서 아마 미소를 지었으리라.

홍차 한 잔의 여유

영국 사람들만큼 홍차를 즐기는 민족도 아마 없을 것이다. 영국 사람들에게 홍차는 물처럼 필수적인 일상 음료다. 이들은 홍차를 정말 엄청나게 마신다. 아침식사 때 잠 깨라고 한 잔, 오전에 목마를 때쯤 또 한 잔, 점심식사 하면서 한 잔, 오후에 한 잔, 저녁식사 후 한 잔, 밤에 목마르면 또 한 잔, 이렇게 수없이 차를 마셔 댄다. 집 안에 손님이 들어서면 제일 먼저 의식처럼 하는 일이 "우리 차 한 잔 할까요?" 하며 곧바로 주방으로 가서 주전자에 물을 끓이는 것이다. 홍차를 마시지 않는 가정은 단연코 없을 것이다.

혼히 통용되는 '커파(cuppa)'라는 말은 차 한 잔이라는 뜻이다. 여기에는 차 한 잔을 둘러싼 휴식의 의미도 있는 것 같다. 세계적으로 통용되는 용어인 '커피 브레이크'를 영국 사람들은 '티 브레이크'라고 부른다. 차 한 잔 마시며 쉬자는 것이다. 가정에서는 어린아이 때부터 일상적으로 홍차를 주어 마시게 하니 일찍부터 자연스럽게 홍차 맛에 익숙해지며 자란

각종 빵과 케익, 페이스트리를 파는 베이커리.

다. 고령층일수록 다른 음료보다 홍차를 더 선호하는데, 그 이유는 나이 든 세대일수록 전통적 생활방식을 더 고수하기 때문일 것이다.

영국에서도 커피 소비율이 이전보다 늘었다고 사람들은 말한다. 아침 실내에 퍼지는 커피향만큼 매혹적인 것이 없으니 아침식사 때 커피를 마시는 이들도 많아졌을 것이다. 그럼에도 불구하고 여전히 영국 사람들에게 아침식사는 단연 홍차다. 미국의 스타벅스 커피 회사가 영국에 상륙했을 때 영국 사람들의 반응은 맥도널드 상륙 때와 마찬가지로 미묘했다.

그즈음 한 홍차 회사가 잡지 광고를 실었는데 그 카피가 절묘했다. '커피라면 섹시하고 낭만적인 이태리 커피가 제격이나, 그래도 음료는 친구처럼 친숙하고 일상적인 ×× 홍차!' 커피보다 홍차를 마시라고 권장하는 광고인 동시에 미국 커피에 일침을 놓은 셈이다. '영국 사람들, 그거 참' 하는 생각이 두고두고 들었는데, 지금 생각하니 그때 그 기발한 광고 문구를 보관해 두지 않았던 것이 아쉽다.

슈퍼마켓이나 차 전문점에는 온갖 상표와 각양각색으로 포장된 차가 상당한 공간을 차지한 채 진열되어 있다. 아쌈, 다질링, 얼 그레이, 오렌지 피코, 실론, 브랙퍼스트 티, 애프터눈 티 등을 비롯해 각종 과일향을 넣은 차까지 합치면 수백 종은 됨직하다. 찻집에서는 흔히 차주전자에 티백이나 찻잎을 넣어 물을 하나 가득 붓고 찻잔을 따로 주어 직접 따라 마시게 한다. 1인분의 차를 시키면 뜨거운 물을 두어 잔쯤 후하게 차주전자에 담아 주고, 원하면 뜨거운 물을 기꺼이 더 부어 준다. 그러니 사람들이 마시는 차의 양은 상당히 많은 편이다. 홍차에는 우유가 따라 나오는데, 사람들은 늘 홍차에 우유를 넣어 마신다. 이것을 '화이트 티(white tea)'라고 한다.

좋은 차를 끓이려면 무엇보다 좋은 품질의 찻잎을 써야 하지만, 두 가지를 잘 해야 한다고 사람들은 말한다. 하나는 신선하게 갓 길은 물을 바로 끓여서 써야 한다는 것, 또 하나는 물의 온도를 잘 맞춰야 한다는 것이다. 한번 끓인 물을 다시 끓이면 산소를 잃어 맛 좋은 차가 되지 않는다고 한다. 또 끓인 물이 찻잎에 닿을 때 적정한 온도가 유지되어야 한다고 해서 뜨거운 물로 미리 한 번 헹궈 차주전자를 덥힌 다음 차를 만든다. 주전자에 찻잎을 넣을 때는 사람 수대로 계산해 차를 넣은 후, 주전자 몫이라며 언제나 한 스푼을 더 추가한다.

가정에서는 누구나 '티 타월(tea towel)'이라 부르는 마른 행주를 사용한다. 티 타월은 찻잔이나 접시 등 젖은 사기그릇과 주방용품을 닦는 세수 타월 크기의 천이다. 티 타월은 물기가 잘 닦이는 면이나 마로 만들어지는데, 주부들은 세탁한 후 빳빳하게 다림질해 차곡차곡 개켜 주방 서랍에 넣어 두고 쓴다. 가정에서는 흔히 열 장, 스무 장 넘게 티 타월을 두기도 한다. 영국 어느 도시든지 기념 티 타월을 제작해 판매하기 때문에 여행을 다니면서 쉽게 티 타월을 사모을 수 있다. 티 타월은 홍차 문화에 잘 어울리는 지극히 영국적인 아이템이다.

티 타월 외에도 홍차와 관련된 소품들이 있다. 차주전자(tea pot)와 찻잔(tea cup)은 물론이고, 차 나르는 쟁반 '티 트레이(tea tray)', 차 담는 통 '티 캐디(tea caddy)', 차 여과기 '티 스트레이너(tea strainer)', 차와 함께 먹는 단 과자 '티 케익(tea cake)', 차와 음식을 대접하는 정원

'티 가든(tea garden)' 등 무엇이든 '티' 를 붙여 말을 만들면 끝이 없다. 차 마시는 도중 남은 차가 식지 않도록 차주전자를 덮어 두는 덮개, 그러니까 주전자 코트쯤에 해당하는 '티 코지(tea cozy)' 도 있다.

티 코지

영국 사람들은 '티(tea)' 라는 단어 하나를 몇 가지 다른 의미로 쓴다. 티가 음료가 아닌 식사를 의미하는 경우도 있다. 그러니 누가 집으로 초대하면서 "티 하러 오세요(Come to tea)" 하면, 차 마시러 오라는 뜻인지 식사를 하러 오라는 뜻인지 명확히 이해해야 한다. 그렇지 않으면 외국인의 경우 식사하고 가볍게 차를 마시러 갔다가 식탁에 앉게 되는 당황스러운 경우가 있고, 식사를 기대하고 갔다가 쫄쫄이 굶고 돌아오게 될 수도 있다. 또 점심식사를 티라 할 때가 있고, 저녁식사를 티라고 하는 경우도 있다.

'하이 티(high tea)' 라는 말은 정식 저녁식사 전에 마시는 차로, 흔히 끼니 역할을 한다. 따라서 하이 티에는 차와 함께 먹을 만한 실속 있는 음식이 곁들여진다. '핑거 푸드(finger food)' 라 하여 간단히 손으로 집어먹을 수 있는 햄, 소시지, 치즈, 오이나 토마토를 곁들인 샌드위치 같은 것이다. 사람들은 일요일 낮에 온 식구가 한자리에 모여 정식으로 전통적인 정찬을 하는데, 여러 시간에 걸쳐 느긋하게 진행되므로 식사가 끝난 후에도 서너 시 가까이 되도록 가족이 앉아 계속 차를 마실 때가 많다. 그렇게 든든한 점심을 먹다 보니 대부분의 영국 가정에서는 일요일 저녁을 따로 먹지 않는다. 대신 거실에 앉은 채 가벼운 하이 티로 저녁을 삼는다.

사람들이 즐겨 먹는 '크림 티(cream tea)' 는 홍차와 함께 먹는 전형적인 영국식 간식이다. 크림 티에는 작고 둥근 빵 스콘(scone)과 크림, 잼이

햇빛이 비치는 어느 곳이든 사람들은 찻집에 나와 앉아서 홍차를 즐긴다.

홍차와 함께 나오는데, 작은 접시와 버터 나이프를 따로 주어 직접 스콘을 갈라 크림과 잼을 발라 먹게 한다. 크림 티에 쓰이는 크림은 우유가 진하게 농축되어 굳으면서 아이보리색을 띠는 '클로티드 크림 (clotted cream)' 이다.

크림 티의 홍차와 스콘

크림 티가 유명한 남서부 데본(Devon) 지방에서 부활절 휴가를 보내며 크림 티를 맛본 적이 있었다. 계곡 사이로 굽이굽이 물결치는 푸른 들판을 달리다가 아침 티타임 무렵 '홈 메이드 크림 티' 팻말이 붙은 농장에 들어섰더니 찻집 아낙네가 갓 구운 따뜻한 스콘과 신선한 크림을 홍차와 함께 내왔다. 그런 찻집에서는 흔히 과일 알갱이가 듬뿍 씹히는, 집에서 만든 잼을 곁들여 준다.

바쁘고 힘든 세상인데도 사람들은 일상적으로 차 마시는 일에 여전히 멋을 내고 격식을 차린다. 차를 준비할 때 물의 온도는 몇 도로 맞춰야 하는지, 차에 따라 어떤 모양의 찻잔이 적당한지, 또 찻잔에 차를 부을 때 홍차를 먼저 붓는지 우유를 먼저 붓는지, 스콘을 먹을 때 잼을 먼저 바르는지 크림을 먼저 바르는지, 이런 사소한 것들을 굳이 따져 가며 번거롭고 귀찮은 격식을 지키는 것은 나름대로 이유가 있으리라.

하여간 차는 허기를 달래기 위해 마시는 것이 아니니, 마시는 방식에 따라 향과 맛이 달라지는 것이 당연하지 않겠는가. 사람들이 하루하루 일과처럼 지켜 오고 있는 홍차 습관을 보면, 일을 멈추고 차의 맛과 향을 음미한다는 것이 결국 삶의 여유를 의미하는 것이 아닐까 하는 생각이 든다.

혼자 떠난 여행

가방을 들고 도착하고 떠나기를 수없이 되풀이한 기차역은 온갖 감상이 깃들어 있는 곳이다. 처음 영국 땅에 발을 붙이던 때, 레스터 역에 도착하면서 낯선 곳에 왔다는 긴장과 두려움을 느끼면서도 한 편으로 막연한 설렘을 안고 있었다. 그런데 한 곳에 정착하여 살다 보니, 긴 여행 끝에 레스터 역에 도착하면 기차역이 마치 익숙한 고향의 품처럼 안도감과 편안함을 숨쉬게 해주었다. 기차역이 품고 있는 독특한 공기는 언제나 자유로움에 대한 막연한 설렘과 호기심을 불러일으켰다. 그러면서 한편 여행길에 품고 다니던 방랑의 외로움은 여행 끝에 기차역에 내리는 순간 느끼게 되는 안도감과 소속감으로 충분히 보상되었다.

석사 수업을 마무리하는 종합시험이 마침내 끝난 9월 중순. 학생들은 시험 감독관이 나가고 없는 강의실에 끼리끼리 모여서 후련하게 가슴을 쓸어내리면서 몇 시간 동안 시험지를 붙들고 흘렸던 땀을 식혔다. 여러 날 전부터 친구 두세 명이 틈만 나면 모여서 시험이 끝나면 암스테르담으로 여행을 떠날 계획을 세우곤 했지만, 나는 그저 남의 얘기처럼 흘려듣고만 있었다. 드디어 다음날 떠날 모양인지 친구들이 이전보다 더 강력한 어조로 여행을 같이 가자고 권유했다. 그동안 공부한다고 고생했으니 나도 유럽 대륙에 가서 기분전환을 하고 싶었지만 여행을 떠날 수 있을지는 불확실한 상태였다. 밤새 짐을 꾸려 다음날 기숙사를 비워 주고 새 집으로 이사를 해야 했기 때문이었다. 그래서 갈 수만 있으면 무조건 뒤따라갈 테니 암스테르담행 페리 안에서 나를 만나게 되면 동행하는 것으로 알라고 일러두었다.

영국과 유럽을 잇는 도버해협의 해저터널이 생기기 전에도, 레스터에서는 비행기를 타지 않고 기차로 암스테르담까지 갈 수 있었다. 그러려면 기차를 타고 우선 유럽행 페리가 떠나는 영국 남동부 해안의 항구 도시 하리치(Harwich)까지 가야 한다〔영국의 지명은 한번 들어 보지 않고는 발음하기 어렵다. 원칙을 무시하는 예외적인 발음이 많아서다. 여기서는 'w' 발음을 생략하고 '하리치'라고 한다. 관광지인 북서부 호수 지방(Lake District)의 케직(Keswick)이나 유명한 성으로 알려진 중부 도시 워릭(Warwick), 천문대로 잘 알려진 그레니치(greenwich)의 발음도 마찬가지다. 참고로 영국 사람들은 그리니치가 아닌 그레니치로 발음한다〕. 하리치의 페리 선착장에서 배를 타고 도버해협을 건너 네덜란드 땅에 닿으면 다시 기차로 암스테르담까지 연결된다. 레스터 기차역에는 국제선

레스터 역. 영국과 유럽을 잇는 도버 해협의 해저터널이 생기기 전에도 레스터에서는 기차로 암스테르담 까지 갈 수 있었다.

열차를 담당하는 창구가 있으므로 그곳에 가기만 하면 예매 없이도 암스테르담으로 가는 유럽행 기차표를 즉석에서 살 수 있고, 굳이 환전을 미리 할 필요도 없다. 그래서 나는 이사만 순조롭게 잘 되면 친구들의 여행에 합류할 속셈이었다.

다음날 오전 일찌감치 이사를 했다. 그리고 쌓인 책들을 도서관에 반납하는 것을 비롯해 자질구레한 일들을 서둘러 해치우고, 마침내 이른 오후에 출발하는 암스테르담행 기차표를 손에 쥐고 기차에 올랐다. 창가에 자리를 잡고 앉자 기차가 서서히 출발하기 시작했다. 그제야 여행을 떠난다는 실감이 나면서 해방감이 밀려왔다. 시험 결과는 한 달 후에 나온다지만 별 문제는 없을 테고, 그동안 무겁게 짊어지고 있었던 학업의 무게가 사라지고 힘겹던 씨름도 이제 다 끝났다 생각하니 새삼 날아갈 것 같았다. 이제 다 잊고 며칠간 낯선 곳을 다니며 여행을 즐겨 보는 거다.

달리는 기차에 몸을 맡기고 앉아 있노라니 온몸에 피로가 몰려왔다. 사실 그동안 피로를 느낄 시간조차 없을 정도로 쫓기었다. 7월 말 학위논문을 제출하자마자 여름 내내 휴일도 없이 시험 공부에 매달렸고, 더구나 지난 한 주간은 연일 계속되는 시험 때문에 초긴장 상태로 잠을 설쳤다. 그런데 무사히 지나고 보니, 시험 후를 대비하는 아무런 마음의 준비가 없었다. 암스테르담 여행에 관해서도 친구들이 알아서 다 계획했으려니 생각하고 아무런 사전조사 없이 무조건 몸만 떠난 것이다. 페리가 떠나는 시간은 밤 아홉 시 반이니 그곳까지 갈 시간은 충분했다. 종착역은 하리치이고, 티켓을 건네주던 역무원의 말대로 종착지까지 무조건 앉아 있기만 하면 되었다. 몇 시간이고 잠이 오면 그대로 자둘 작정으로 머리를 의자에 기대고 눈을 감았다. 그리고 기차가 레스터 역을 출발한 지 얼마 되지 않아 단잠에 빠져들었다.

얼마나 달렸을까. 눈을 떠보니 정지해 있던 기차가 서서히 움직이기 시작했다. 제복을 입은 직원이 승객 한 사람씩 기차표를 검사하며 다가왔다. 그는 내가 내민 표를 보더니 어디까지 가느냐고 물었다. 콧수염을 덥수룩하게 기른 그의 악센트는 지독하게 강한 지역 사투리였다. 그는 이 기차가 하리치로 가지 않는다고 했다. 그럴 리가 없다. 대체 어찌된 영문인가 그에게 물었지만, 빠르고 투박한 그의 말씨는 도무지 알아듣기 어려웠다. 기차는 얼마나 빨리 달리는지 멈출 수도 내릴 수도 없었을 뿐 아니라 도중에 내려서 어떻게 해볼 가까운 역조차 없었다. 내 초조한 심정 따위는 아랑곳없이 기차는 그렇게 엉뚱한 방향으로 한 시간을 더 달려서 드디어 어느 낯선 도시에 나를 내려놓고 말았다. 도시 이름은 노리치(Norwich)라고 했다 (이 지명 역시 'w'는 무시하고 '노리치'로 발음한다).

그때까지만 해도 영국 생활 초반인 데다 늘 시간에 쫓겨 여행이라고는 별로 다녀 본 적이 없었으므로 나는 영국 지리에 익숙지 않아 노리치라는 이름을 들어 본 기억이 없었다. 지도의 어디쯤 붙어 있는지조차 전혀 감이 없었다. 어찌된 일인지 확인하려고 기차역 사무실로 갔더니, 역무원이 그 기차는 운행 중 케임브리지 주 일리(Ely) 역에서 둘로 갈라져서 앞부분은 노리치로, 뒷부분은 하리치로 운행한다는 기이한 사실을 말해 주었다. 듣고 보니 나는 노리치로 가는 칸에 앉아 있었던 모양인데, 그걸 어찌 알 턱이 있었겠는가. 일리 역에서는 기차가 갈라진다는 예고 방송을 했을 법도 한데, 곤하게 잠이 들었다가 기차가 서서히 움직일 때 막 잠에서 깨어났으므로 아무것도 듣지 못했던 것이다. 시간은 이미 저녁 여덟 시가 가까워져 어둑어둑해지고 있었다. 역무원에 따르면 페리가 출발하기 전까지는 어떤 방법을 써도 도저히 하리치에 도착할 수 없다고 했다. 내가 선택할 수 있는 것이라고는 단 한 가지, 암스테르담행을 포기하는 것뿐이었다.

을씨년스러운 기분으로 가방을 들고 낯선 역을 나오니 마침 빨간 자동차 한 대가 미끄러져 들어와 한 여인을 내려놓았다. 시내까지 얼마나 먼가 물었더니 여인은 운전석에 앉은 신사를 쳐다보며, 남편이 나를 시내까지 태워다 주리라고 한다. 그러고는 종종걸음으로 역 안으로 사라져 버렸다. 아내가 남편에게 호의를 부탁하니 나는 경계 없이 고마운 마음으로 자동차를 탔다. 시내를 향해 들어가면서 그 신사는 간호사 아내가 야간 근무를 하러 다른 도시에 출근하는 중이라 역까지 데려다 주는 길이라고 들려주었다. 그러면서 여행 가방을 들고 방랑자처럼 보였을 내게 어떤 사연이 있느냐고 물었다. 나는 순순히 길을 잃었다고 대답했다. 짧게 얘기를 나누는 사이에 그는 어느새 한 호텔 앞에 나를 데려다 주었다.

찾아들어간 호텔은 마음에 들지 않았다. 숙박비는 모양새에 비해 터무니없이 비쌌고, 무엇보다 흐릿한 불빛이 영 내키지 않았다. 비록 낯선 곳에서 잠자리가 아쉬운 처지이긴 했지만, 그곳에서 하룻밤을 대충 묵을 생각을 하니 기분이 내키지 않았다. 계단을 내려와 터덜터덜 걷기 시작하려는데, 막다른 골목길 끝에서 머리를 돌리던 그 차의 헤드라이트가 내 모습을 비추었다. 그 신사는 차를 멈추고 창가로 몸을 기울여 어찌된 일인지 묻더니, 내 설명을 듣고 다른 숙소를 찾아보자며 다시 타라고 한다.

우리는 시내를 한 바퀴 돌아 도심지 반대편에 있는 어느 작은 규모의 게스트 하우스에 도착했다. 이번에는 확인을 해보는 것이 좋겠다면서 그는 일부러 인근 주차장에 차를 세워 놓고 게스트 하우스까지 함께 걸어가 초인종을 눌러 주었다. 그 여행자 숙소는 작았지만 밝았으며 무엇보다 문을 열고 맞아 준 여주인의 미소가 환해서 마음이 놓였다. 안심하는 내 모습을 확인하고 돌아서려는 그 신사에게 나는 후에 감사의 인사라도 할 생각으로 연락처를 물었지만, 그는 펜도 종이도 지니고 있지 않았기에 다만 감사의 인사만 받은 채 떠나가고 말았다.

그곳 여주인은 웃는 얼굴로 나를 맞아 방으로 안내해 주었다. 가족이 운영하는 게스트 하우스답게 아늑한 가정집 냄새가 났다. 날은 이미 저물어 어두웠지만 유리문 밖으로 엿보이는 정원에는 꽃들이 만발해 있었고, 아침 식사를 하게 될 식당 앞의 발코니도 꽃으로 장식되어 있었다. 긴장했던 마음이 밝아졌다. 그는 편히 쉬라고 하면서 아침식사 시간을 알려 주고 내려갔다.

방문을 닫고 나니 비로소 깊은 안도감이 밀려왔다. 어차피 저녁을 사먹으러 나가기엔 늦은 시간인 데다 낯선 밤거리를 어슬렁거릴 기분도 전혀 아니었으므로, 저녁은 굶기로 했다. 그러고 보니 분주한 와중에 오늘 점심을 어떻게 해결했는지조차 기억에 없었다. 사실 그동안 시험 때문에 식품을 사러 갈 시간도 없었고 요리할 여유도 없어 여러 날을 부실하게 지낸 처지였다. 어제 저녁 친구들과 종강 파티로 펍에 모였을 때 뭔가를 좀 먹었을 뿐, 오늘 아침도 냉장고를 비우고 이사하느라 정신없어 변변찮게 때웠으니 뱃속은 쫄쫄이 비어 있었다.

참으로 긴 하루였다. 어제 시험을 끝내고 집에 와 이삿짐을 꾸리다 보니 더 이상 필요 없게 된 복사물이며 처분해야 할 서류와 물건들이 산더미 같았다. 잠시 눈을 붙이고 새벽같이 일어나 짐싸기를 마무리하고 날이 새자 이삿짐을 옮겼고, 수많은 일들을 처리한 끝에 외국 여행을 하겠다고 즉흥적으로 표를 사 쥐고 오후 내내 달리는 기차 안에 앉아 있었다. 그러다 엉뚱한 곳에 내리게 되어 숙소를 찾아 헤맨 끝에 겨우 안전한 나만의 공간에 들어오게 된 것이다. 노리치의 이 낯선 숙소에 내가 묵고 있다는 것을 아는 이가 하늘 아래 한 사람도 없다고 생각하니 적막감이 밀려왔다. 하리치에서 제 시간에 페리를 탔을 친구들은 내가 못 떠난 것으로 알고 기다리지는 않았을 것이다. 짐을 간단히 풀어놓고 샤워를 한 다음 물주전자에 스위치를 넣어 차를 한 잔 끓였다.

나른한 기분으로 차를 마시는데 여주인이 노크하며 아래층 안내 데스크에 전화가 걸려 왔다고 한다. 아는 이 하나 없는 낯선 도시에서 누군가 나를 기억해 주는 사람이 있다니, 뛰어 내려가 전화를 받았다. 조금 전의 그 신사였다. 내가 안전하게 여장을 풀었는지, 잠자리가 편안하게 느껴지는지 확인하는 전화였다. 날이 어두운 데다 낯선 이 앞에서 좀전에는 내심 적잖이 긴장하고 있었는데, 이렇게 수화기를 드니 대하기가 훨씬 편했다. 그는 아내가 야간 근무를 위해 집을 비우지만 않았더라도 내게 하룻밤 숙소를 제공해 주었을 거라면서, 볼거리가 많은 노리치의 매력에 대해 잠시 소개해 주었다. 그날 나는 그가 불러 주는 주소를 적어 잘 보관해 두었다가, 후에 레스터로 돌아갔을 때 그 부부 앞으로 진심어린 감사의 카드를 띄워 보냈다. 길을 잃지 않았더라면 세상에 따뜻한 마음씨를 가진 이들이 짐작보다 훨씬 많다는 것을 아마 깨닫지 못했을지도 모른다.

방에 들어앉아 둘러보니 비치된 관광안내 책자들이 눈에 들어왔다. 지도와 책들을 뒤적이는 가운데 잠자고 있던 호기심이 슬그머니 발동

노리치 성당의 회랑. 노리치 대성당은 건물의 대대적인 규모나 역사로 인해 많은 관광객을 끌어들이는 곳
이다. 대성당에서는 해마다 9월이면 영국 전역에서 참전군인 추모 예배가 열리고 시가행진을 한다.

하기 시작했다. 기대감에 들뜬 나는 몸을 일으켜 그때부터 밤늦도록 침대 위에서 지도를 연구해 가며 본격적인 여행을 계획했다. 일주일 동안 혼자 영국 남부 지방을 돌아보기로 작정한 것이다.

　　　이튿날 아침 카메라를 둘러메고 숙소를 나설 때 게스트 하우스 여주인이 노리치에서 가볼 만한 곳을 몇 군데 추천해 주었다. 그의 말을 따라 제일 먼저 들른 노리치 대성당은 건물의 대대적인 규모나 역사로 인해 많은 관광객을 끌어들이는 곳이었다. 마침 대성당에서는 해마다 9월이면 영국 전역에서 열리는 참전 군인 추모 예배와 시가 행진이 있어 볼거리가 많았다. 급할 것이 없는 나는 여행자정보센터에서 얻은 지도를 참고로 옛 성곽에 올라가 시내를 내려다보며 박물관을 구경했다. 중심가의 자갈 깔린 골목길과 옛 건축물들 사이를 거닐며 휴일의 문 닫은 상가를 기웃거리기도 했다. 내 무거운 카메라가 좋은 벗이 되어 주었다.

　　　그날 예상치 못했던 호기심을 채운 나는 서둘러 노리치를 떠나는 대신 그 게스트 하우스에서 하룻밤을 더 묵기로 했다. 뜻밖에 만난 노리치는 매력 있는 관광도시였다. 모래사장에서 무심코 걷어찬 돌멩이를 가만히 들여다보고 예상치 않게 박혀 있는 보석을 발견한 기분이라고나 할까.

　　　다음날부터는 영국의 남부 지방을 돌면서 일주일에 걸친 본격적인 기차 여행을 시작했다. 나는 노리치가 있는 노폭(Norfolk) 지방에서 서폭(Suffolk) 지방으로, 그리고 서섹스(Sussex) 지방을 거쳐 결국 남쪽의 작은 섬 아일 오브 와이트(Isle of Wight)까지 흘러갔다.

　　　와이트 섬은 영국 최남단에 위치해 있어 마치 제주도를 연상케 하는 다이아몬드형 섬으로 독특한 분위기를 지니고 있다. 기후가 온화한 이

섬은 아열대에 가까워 영국에서 햇빛을 가장 많이 즐길 수 있는 곳이다. 일조량이 많고 아기자기해서 휴가를 보내려는 관광객들이 사계절 내내 끊임없이 찾아온다. 와이트 섬에 가려면 포츠머스(Portsmouth)에서 배를 타는데, 섬은 육지에서도 어렴풋이 보일 정도로 가깝다. 기차의 선로가 선착장까지 깊숙이 들어와 있어, 기차에서 내려 몇 발짝만 걸으면 자동적으로 배 안으로 들어가게 된다.

　　오래전부터 가보고 싶었던 와이트 섬의 공기는 밝고 따스했다. 섬 안에서 통용되는 '데이 로버(Day Rover)' 버스표를 사기만 하면, 어느 길 어느 방향이든지 수시로 지나가는 버스를 타고 내리며 가고 싶은 대로 편리하게 다닐 수 있다. 마을 전체가 초가지붕을 엮은 전통 가옥으로 고스란히 보존되어 있는 '섕클린 빌리지(Shanklin Village)'에 가니 아담하게 꾸민 즐비한 찻집들이 눈길을 끈다. 찻집에 들어가 지친 다리를 쉬고, 시간에 쫓기지 않고 앉아서 따끈한 차를 마셨다. 관광객들의 발길에 휩싸여 다니다 보니 하루가 짧았다. 애초에는 바닷가에서 일광욕이라도 하며 느린 시간을 즐길 생각이었는데, 볼거리 욕심을 내다 보니 충분하기만 할 것 같던 시간이 오히려 재빨리 흘러가 버렸다.

　　와이트 섬에서 묵은 베드 앤드 브랙퍼스트(Bed & Breakfast) 숙소는 노리치의 게스트 하우스만큼 인상적이었다. 그 집 층계참에 서 있던 괘종시계 때문에

더욱 그러했을 것이다. 여행자정보센터를 통해 찾아 들어간 그 숙소의 여주인은 내게 '그린 룸(Green Room)'이라고 이름 붙은 독방을 내주었다. 혼자 여행하는 이들을 위해 독방은 더 세심하게 관리한다면서 특별히 심리적 안정감을 주는 녹색으로 꾸몄다고 했다. 그의 말대로 그 방의 침구와 커튼, 벽지, 소품 등은 농담(濃淡)이 서로 다른 녹색으로 아늑하게 꾸며져 있었다. 덕분에 낯선 길을 찾아다니던 방랑자의 긴장된 마음이 누그러져 편안하게 그곳에서 또 며칠간 여장을 풀었다. 소탈한 안주인은 내가 마음대로 들락거릴 수 있게 독립성을 존중해 주었지만, 식당에서 혼자 식사할 때나 오가며 스칠 때는 심심찮게 말벗을 해주었다.

'그린 룸'에서 잠자던 첫날, 밤새도록 밖에서 비바람 소리가 들리기에 멍청하게도 나는 태풍이 몰려오는 줄로만 생각했다. 다음날 아침 밖에 나가 보니 아무 일도 없었다는 듯 하늘은 청명하기만 했는데, 알고 보니 그건 밤새 해변으로 몰려와 부딪치는 파도 소리였다.

내게는 나도 이해할 수 없는 희한한 증상이 하나 있었다. 사람들은 흔히 긴장하면 초조해서 잠을 못 이룬다고 하는데, 나는 할 일이 많고 시간에 쫓기기만 하면 한없이 밀어닥치는 잠과 싸워야 한다. 잠으로 스트레스를 피하려는 자기 방어 메커니즘인가. 그러나 일단 긴장에서 해방되면 언제 그랬던가 싶게 잠이 싹 달아나 버린다.

시험이 끝나던 날, 친구들은 이제 해방이라며 다음날 아침 늦게까지 늘어지도록 실컷 자두겠다고 벼르던데, 나는 그날 거의 잠을 자지 못했다. 사실 나는 평생 잠 못 들어 뒤척이는 법이 없고 아침 이불 속 달콤한 온기를 무척 좋아하는 잠꾸러기에 속한다. 그러니 다음날 이사를 해야 하고,

와이트 섬 섕클린 빌리지의 전통 가옥들과 와이트 섬의 해변. 밤새도록 밖에서 비바람 소리가 들리기에
태풍이 몰려오는 줄로 생각했는데, 알고 보니 그건 밤새 해변으로 몰려와 부딪치는 파도 소리였다.

해외여행을 떠나려니 들떠서 잠이 오지 않았겠거니 생각했다. 그런데 녹색의 방에 들어와 짐을 풀고 보니, 먼 길 끝이라 몹시 피로한데도 불구하고 일찌감치 불을 끄고 잠을 청해도 정신이 말똥말똥하기만 한 것이었다. 그래서 예기치 않게 나는 와이트 섬에서의 첫 밤을 꼬박 뜬눈으로 지새우고 말았다.

어둠 속에 누워서 나는 곰곰이 생각했다. 그동안 정신없이 달려온 나는 이제 어디로 가고 있는 것일까. 나그네처럼 가방을 두어 개 들고 낯선 곳에 와 적응하며 치열하게 살다 보니, 어느덧 목적지 끝에 와 있는 나를 발견하게 되었다. 학업은 끝났고 친구들도 흩어졌다. 한동안 정들여 살던 곳도 이제 떠나야 한다. 내가 영국에 온 목적이 학위였던가. 잠시 머뭇거리며 목표를 잃어버린 기분이었다. 이제 한 장은 끝나고 앞으로 또 어떤 장이 펼쳐지게 될까. 박사 수업을 위해 두어 군데 지원서를 발송해 놓았지만, 만일 장학금을 받아내지 못하면 나는 돌아가야 한다. 공부를 계속할 수 있을까, 한국에 돌아가면 어떤 일을 하게 될까, 만가지 생각이 꼬리에 꼬리를 물고 떠올랐다 사라지곤 했다.

2층에 있는 녹색의 방에서 계단을 몇 개 내려가면, 층계참에 대물림한 듯한 키가 크고 육중한 할아버지시계가 놓여 있었다. 밀려오는 파도 소리를 태풍으로 여기며 뒤척이다 보니 할아버지시계가 종을 댕댕 울리며 시간을 알리는데, 어둠 속에 누워서 이 생각 저 생각 떠올리다 보면 어느새 또 종이 울렸다. 난생처음 엄청난 시간의 속도를 느꼈다. 꼼짝 않고 그대로 누워 대여섯 차례 종소리를 듣는가 하다가, 창이 훤하게 밝아 오는 새벽녘에야 겨우 잠이 들고 말았다.

한 주간의 여행을 마치고 돌아가는 길에는 기웃거릴 필요도 없이 집으로 직행했다. 달리는 기차에 앉아 바라보는 창밖 풍경은 언제나 그렇듯이 푸르렀다. 지형적인 탓에 가도 가도 구릉과 들판과 숲이 끝없이 이어지고, 한가로이 풀 뜯는 양떼가 나타났다 스쳐가고 또 나타나기를 되풀이했다. 긴 기차 여행 끝에 레스터에 돌아오니 대단한 모험을 마친 기분이었다. 기차역 국제선 사무실에 들렀더니 복잡한 절차 없이 암스테르담행 기차표를 선뜻 환불해 주었다. 단, 일주일 이내에 반납하면 요금 전액을 돌려받을 수 있지만 일주일을 지체했으니 몇 푼의 벌금을 물고.

　　이렇게 해서 나는 여행에 맛을 들이게 되었다. 한번 재미를 들이고 나니 그 후로는 먼 길이건 가까운 길이건, 동행이 있건 없건, 호기심이 발동할 때마다 망설이지 않고 짐을 꾸려 훌쩍 떠날 수 있는 용기가 생겼다. 그리고 낯선 세상을 탐험하는 재미를 알게 되면서 틈틈이 섬나라를 동서남북 종횡무진하며 다녔고, 나아가 동유럽과 지중해 남쪽까지도 발을 디디게 되었다. 특히 혼자 떠난 여행들은 지금도 보석 같은 기억으로 남아 있다.

　　여행은 사는 법을 배우게 한다. 뜻밖에 의도하지 않은 길을 가게 될 때, 계획하지 않은 다른 길에도 즐거움이 있음을 터득하게 해준다. 낯선 곳에 가면 일상생활에서 닫히고 무뎌진 마음이 열리고, 빈손의 자유로움도 느끼게 된다. 더구나 혼자 떠난 여행길은 한 걸음 물러나 내 삶을 밖에서 담담하게 들여다볼 수 있는 여유를 갖게 해준다. 예기치 않게 문득 자신과 마주치고, 자신이 어디쯤 가고 있는지 돌아볼 기회를 얻기도 한다. 그러고 보니 홀로 떠나와 많은 사람들을 만나고 모르던 자신을 조금씩 알아 가던 내 타국 생활은 여행과 닮은꼴이다.

사과나무집 하숙생들

낯선 나라에서 집구하기는 가장 절박한 일이다. 기숙사에 살면 대체로 모든 것이 편안하게 해결되지만, 개인 집에 살려면 집을 잘 구해야 한다. 외국 생활을 하는 처지에 집마저 충충하고 허름하면 영 마음이 궁상스러울 것 같아 아무 집이나 들어가 살고 싶지는 않다. 그러나 신문에 광고를 낸 집은 일일이 다니면서 조건이 좋은 곳인지 확인해야 하고, 또 집을 다른 이들과 나눠 쓰려면 어떤 사람들과 지내게 될지 막상 살아 보기 전에는 안심이 되지 않는다. 영국의 대학생들은 모두 집을 떠나 사니 대학 기숙사는 언제나 만원이고, 대학이 있는 도시에서 마땅한 집을 구하기가 여간 힘든 일이 아니다. 더구나 학교 근처의 숙소는 미리미리 잡아 두지 않으면 구하기가 하늘의 별 따기이고, 막바지에 괜찮은 집 구하기란 전쟁과도 같다.

석사 공부가 끝나도 당분간 레스터에 더 머무르기로 했다. 박사 수업을 위한 입학허가서를 아직 기다리고 있는 중이고, 장학금도 확답을 기다리고 있는 상태이니, 모든 것이 결정될 때까지 기다릴 참이었다. 그러나 학업이 일단 마무리되면 학교 기숙사에는 더 이상 묵을 수 없다. 때가 9월이니, 10월 초에 시작될 새 학년을 앞두고 레스터 시내의 모든 방이 거의 동이 난 것 같았다. 주말이면 방을 비워 줘야 하는데 시간은 하루하루 날아가고……. 나는 초조해지기 시작했다. 섕클린 드라이브(Shanklin Drive) 15번지를 한번 알아보라고, 애태우는 내게 이언이 귀띔을 했다. 목사님 부부가 사는 그곳은 하숙치는 집은 아니지만, 사정이 있는 친구가 그곳에 잠시 머무른 적이 있으니 빈방이 있을 거라는 얘기였다. 나는 지도를 보고 위치를 확인한 다음 즉시 자전거를 타고 달려갔다.

섕클린 드라이브는 내가 살던 기숙사에서 그리 멀지 않은 곳으로 아름드리 고목들이 가로수를 이루고 있는 주택가였다. 학교까지는 걸어서 30분 정도 걸리는 거리에 있어 다소 멀긴 했지만 내게 자전거가 있으니 별로 문제될 것이 없었고, 안전한 지역에 산다는 장점도 있었다.

속도를 줄여 서서히 자전거 페달을 밟으면서 한 집 한 집 번지를 세며 따라가다 15번지에 멈춰 서니, 똑같은 모양의 집 두 채가 나란히 붙어 있는 반 단독주택이 눈에 들어왔다. 아담한 집과 고요한 주변 환경이 마음에 들었다. 현관 앞에는 작은 정원이 단출하게 가꾸어져 있었다. 15번지를 다시 한 번 확인하고 현관 벨을 누르니 중년 부인이 아무런 경계심 없이 문을 열어 준다. 나는 자신을 간단히 소개하고 빈방이 있으면 몇 달 동안 들어와 살 수 있겠느냐고 말했다. 불쑥 찾아와 다짜고짜 빈방을 내놓으라고 한 셈이다. 뜻밖에 낯선 동양인의 방문에 잠시 주춤하던 부인은 곧 나를 거실로 들여 주었다. 그리고 자초지종을 설명하며 간청하는 내 말을 듣고는 부인은 빙그레 웃으면서 당분간이라면 그러마고 흔쾌히 대답했다. 야호! 내 속 어디서 그런 용기와 배짱이 나왔는지는 나도 모른다.

며칠 후 나는 그 집으로 이사를 했다. 내 방은 2층 안쪽에 있어 안뜰 가장 깊숙이 들어앉아 있었다. 내 방에는 정원을 정면으로 바라보고 유리창이 하나, 왼쪽 벽면에 창이 또 하나 있어 아주 밝았다. 정면 창문 앞에는 반질반질하게 닳은 나무 책상이 놓여 있었는데, 이 방은 대학을 다니다가 휴학하고 스페인으로 건너간 막내아들 앤드루의 방이었다. 책상과 옷장, 침대 등은 앤드루가 쓰던 것이었고, 벽에는 그가 붙여 놓은 포스터들이 그대로 남아 있었다.

그때까지 이리저리 옮겨 가며 기숙사에서만 살았던 나는 생클린드라이브로 이사하면서 처음으로 영국인 가정에 들어가 중년의 가드너 씨 부부와 한지붕 아래 살게 되었다. 앤 가드너 부인은 중등학교 시간제 수학 교사였다. 일주일에 사흘은 학교에 나갔고, 한 주에 두 차례씩은 집으로 오는 어느 소년에게 수학 개인 지도를 했다. 그리고 매주 수요일과 토요일에는 역사와 이탈리아어 강좌를 들으러 다녔다. 남편 데이비드 가드너 씨는 은퇴한 목사로 언제나 아래층 현관 옆에 있는 서재에서 작업을 했다. 가드너 씨 부부에게는 2남1녀가 있었다. 큰아들 존과 딸 캐더린은 대학을 졸업한 뒤 런던에서 직장을 얻어 살았고, 막내아들 앤드루는 자유분방한 끼를 이기지 못해 학업을 접고 스페인으로 건너갔다. 세 자녀가 집을 떠나고 이 집에는 나이 든 개 패치와 어린 고양이 오지가 가족처럼 함께 살고 있었다.

패치는 강아지 때부터 오랜 세월을 가드너 씨 가족과 함께 살아온, 열 살이 넘은 의젓하고 충실한 개였다. 패치는 가족이나 다름이 없어서

가드너 씨 부부와 열 살이 넘은 의젓하고 충실한 개 패치.

가드너 씨 부부가 금요일 저녁 와인 한 병을 들고 파티에 나갈 때면 패치를 자동차에 태워 데리고 가곤 했다. 패치는 이가 빠지고 잘 듣지 못하는 등, 몸이 무겁고 노쇠해져서 늘 거실과 식당을 조용히 지키며 살았다. 이에 반해 태어난 지 몇 달밖에 되지 않은 어린 오지는 현관문에 난 우유 구멍을 마음대로 들락거리며 나가서 자고 아무 때나 들어오는, 길들여지지 않는 맹랑한 고양이였다.

고양이를 키워 본 적이 없는 나는 그때까지 알지 못했던 고양이의 생리를 하나 둘씩 신기하게 관찰하면서 오지의 매력을 알게 되었다. 오지는 가족들이 거실에 모여 얘기할 때면 내 무릎에 올라앉아 가슴에 착 안겨서 쓰다듬어 주는 내 손길을 잠잠히 받아들이다가는, 따스한 오지의 체온을 흐뭇하게 즐기게 될 때쯤 제 멋대로 내 무릎에서 훌쩍 떠나 버려 아쉽게 만들곤 했다. 집 안에서 오지가 가장 좋아하는 곳은 주방 작업대 위에 놓아 두는 나무로 만들어진 식빵통 속이었다. 그곳에 어린 고양이 오지가 들어가 길게 누우면 식빵 크기와 똑같았는데, 오지는 그곳이 침실처럼 편안했는지 자주 들어가곤 했다. 그 때문에 빵을 꺼내려고 뚜껑을 젖힐 때 누워 있는 오지를 발견하고 놀란 적이 한두 번이 아니었다. 오지는 또 드럼세탁기 속에 들어가 좌우로 통을 굴리며 장난하는 것도 무척 즐겼다. 고양이가 싫어하는 습관을 잘 파악하지 못했던 초기에는 오지를 쓰다듬다가 우연히 배를 스치는 바람에 갑자기 대들어 팔을 할퀴는 적도 있었지만, 그래도 나는 오지가 귀여워 종종 데리고 놀았다.

가드너 씨 집에 이사 들어 가면서 나는 편리한 시간에 주방을 이용해 음식을 스스로 만들어 먹기로 계약을 했다. 모든 주방용품은 공동으로 사용했지만 영국인의 주방에서 나만이 애용하는 꼭 필요한 물건이 있었으니, 그것은 바로 젓가락 두 쌍이었다. 한국에서 올 때 짐 속에 넣어 가져온 칠보 무늬 은수저 한 벌, 그리고 레스터에 온 지 얼마 지나지 않아 어렵게 시내 일본 식품점에서 구입한 일본제 나무젓가락 한 쌍이었다. 가드너 씨 부부는 내가 젓가락을 사용해 요리하거나 음식을 먹을 때마다 경이로운 눈길로 내 손놀림을 슬쩍슬쩍 곁눈질했다. 마치 요술을 하는 것 같다면서 찬사를 보내오는 적도 있었다. 내가 조리할 때마다 이들은 내 음식을 신기하게 여겼고, 내가 만드는 국적 없는 음식까지도 무조건 한국 음식으로 여겼으니 난처했던 적도 있었다.

가드너 씨 부부는 그들의 식탁에 나를 자주 끼워 주었다. 영국 가정에서는 흔히 홍차나 커피를 곁들인 토스트로 간단한 아침식사를 한다. 엄밀하게 말해 이런 식사를 사람들은 ‘유럽식 아침식사(continental breakfast)’라고 말한다. 영국 사람들에게 ‘유럽’은 ‘대륙’을 의미하고, 섬나라에 사는 자신들은 ‘유럽인’이 아닌 ‘영국인’이다. 가드너 씨 부부는 평상시에 시리얼에다 토스트와 차를 곁들인 간단한 식사를 했지만, 주말에는 ‘잉글리쉬 브랙퍼스트(English breakfast)’라는 전형적인 영국식 아침식사를

잉글리쉬 브랙퍼스트

했다. 영국식 아침식사는 조리한 음식으로 차려진다. 익힌 소시지와 베이컨 두어 장, 팬에 부친 달걀, 토마토소스에 익힌 콩, 또는 구운 토마토가 곁들여지고, 여기에 토스트와 커피 또는 홍차가 따른다. 따라서 유럽식 아침식사보다 무겁다. 아

침식사로 부친 달걀 대신 삶은 달걀을 먹을 때, 가드너 씨 부부는 '에그컵 (egg cup)'이라 부르는 작고 알록달록한 본차이나 사기 컵에 반숙 달걀을 얹어서 윗부분에 구멍을 내고 티스푼으로 떠먹었는데 내게는 마치 장난처럼 보였다.

이층에 있는 내 방 책상에 앉으면 창밖으로 동네 정원이 모두 한눈에 보였다. 얕은 울타리를 사이에 두고 정원들이 모두 맞닿아 있어 집집마다 가꾸어 놓은 정원이 시야에 들어왔다. 정원마다 사과나무가 있어 과수원처럼 사과가 주렁주렁 달린 채 익어 가고 우리 집 뒤뜰에도 사과가 탐스럽게 익어 가고 있었다. 영국에서 자라는 사과는 600여 종 되고, 흔히 먹는 사과의 종류만도 수십 가지가 된다고 하는데, '쿠킹 애플'이라 불리는 우리 집 정원의 사과는 시어서 날것으로 먹지 못하는 대신 디저트나 사과소스를 만드는 데 쓰였다.

앤 부인은 틈날 때마다 케익이나 과자를 구웠다. 남편 가드너 씨가 단것을 무척 좋아했기 때문이다. 영국의 설탕 소비량이 유럽 국가들 중 가장 높다는 기사를 읽은 적이 있는데, 실제로 가드너 씨는 케익이나 과자, 초콜릿 등 단것을 무척이나 즐겨 먹었다. 앤 부인이 부엌에서 단것을 만들 때면 나는 곁에서 이런저런 얘기를 나누며 케익 굽는 과정을 지켜보곤 했다. 앤 부인은 만들어 놓은 케익이나 먹다 남은 과자들을 알록달록한 케익통에 담아 주방 찬장 맨 위칸에 올려 두었다. 부인이 일찌감치 출근하고 내가 부엌에서 샌드위치 점심을 싸는 시간이면 가드너 씨가 서재에서 슬그머니 나와 주방에 들어와서는 의자를 밟고 올라가 케익통을 내리는 적이 있었는데, 그런 모습을 볼 때마다 찬장 위에서 꿀단지를 꺼내다 의자에서 미끄러져 꿀을 온통 뒤집어쓰는 밀른(A. A. Milne)의 동화 「위니 더 푸(Winnie the Pooh)」의 곰 주인공 '푸' 생각이 나서 혼자 웃음을 참던 기억이 난다.

어느 날 밤, 옆집에 사는 여인 가비가 우리 집에 불쑥 찾아왔다. 가비는 내가 다니던 레스터 대학의 독문과 교수인 독일인으로, 앤 부인과는 자매처럼 절친하게 지내는 이웃이었다. 가비는 제자 한 명이 자기 집에 며칠간 묵고 있는데 우리 집 빈방에 들어오게 해줄 수 있느냐고 했다. 사연을 들어 보니, 버밍엄에 집이 있는 그 여학생은 인도계 영국인으로 레스터 대학 독문과 3학년 학생이었다. 그 학생은 같은 학교의 독일인 학생과 사귀고 있었는데, 백인 청년과 교제하는 것을 강력히 반대하던 부모가 결국 외출 금지령을 내리고 집에 가두자, 맨발로 몰래 집을 빠져나와 가비 교수에게 온 것이다. 앤 부인과 나는 새 입주자를 받는 일에 아무 문제가 없음을 확인했고, 앤 부인은 비어 있던 딸의 방을 그 여학생에게 내주기로 했다. 그날 밤 가비는 집에 가서 움레이만이라는 이름의 여학생을 즉시 데리고 왔다. 나는 마침 나와 체격이 비슷한 움레이만이 아쉬운 대로 사용할 수 있게 몇 가지 옷과 양말을 내주었다. 그렇게 해서 생클린 드라이브 15번지에는 초대하지 않은 식구가 또 생기게 되었다.

움레이만은 성격이 활달하고 솔직하며 불 같은 정열의 아가씨였다. 움레이만 덕분에 그날부터 집 안에는 웃음소리가 커지고 활기가 생겼다. 앤 부인과 움레이만과 나, 셋은 종종 함께 어울려 앉아 차를 마셨고 한 자리에서 같이 식사하는 시간도 잦아졌다. 나는 그로부터 얼마 되지 않아 그 집을 떠나게 되었지만, 움레이만은 생클린 드라이브에 계속 머무르며 남은 학업을 무사히 마쳤다. 그는 절대로 집에 돌아가지 않을 것이고 다시는 부모를 보지 않겠다면서 부모와의 연락을 끊었다. 졸업식이 있던 날, 그를 다시는 딸로 여기지 않겠다던 움레이만의 부모는 끝내 졸업식에 나타나지 않았다고 한다. 앤 부인이 부모를 대신해 졸업식에 참석해 주었고 움레이만은 가비 교수의 특별한 격려를 받으며 학교를 떠나갔다. 졸업과 함께 그는 남자 친구이던 독일 청년과 바로 결혼하고 독일로 가서 자리 잡고 살았다. 그 후 간간이 내게 날아오던 앤 부인의 편지에 따르면, 가드너 씨 부부는 독일에 사는 움레이만을 방문하고 그의 집에서 한동안 머무르며 휴가를 보냈다고 한다.

세월은 극적인 사연들을 끌어안고 물살처럼 빠르게 흘러갔다. 몇 해가 지난 어느 여름에 가드너 씨 집을 다시 찾아갈 기회가 있었다. 생클린 드라이브를 떠난 지 일년 만에 다시 그 집을 찾았을 때 나를 기억하고 무거운 몸으로 길길이 뛰면서 반겨 나를 감격시키고 모두를 미소 짓게 했던 패치의 자취는 더 이상 거기에 없었다. 가드너 씨 부부는 몸이 노쇠해진 패치를 더 이상 고생시키지 않으려고 가축병원에 데려가 잠잠히 눈감게 하고 돌아와 문을 걸어 잠그고 한참을 울었다고 했다. 패치가 없는 대신 그 빈자리에는 한 가족의 싱싱한 웃음이 있었다. 아기를 포함한 움레이만 일가족이 마침 휴가를 보내려고 독일에서부터 생클린 드라이브에 와 있었던 것이다. 우리 셋은 모처럼 함께 모였고, 앤 부인과 나는 아기 엄마가 된 움레이만의 너스레를 들으면서 웃음꽃을 피웠다. 초대받지 않은 손님이었던 움레이만과 나에게 가드너 씨 부부는 말없이 가족 같은 따스함으로 채워 주었고, 나는 그렇게 해서 사과나무집에 듬뿍 정을 들였다.

2

다시 낯선 곳으로

무명의 작은 동양인으로 앵글로색슨 사회에 산다는 것은 소수자의 취약함과 외로움을
경험하는 기회가 된다. 조금이라도 가진 자가 취약한 자에게 베푸는 친절은 작은 것이라도
얼마나 마음을 안심시켜 줄 수 있는지 가슴으로 배우는 기회도 된다.

러프버러
•레스터
레스터셔

다시 낯선 곳으로

가을이 되어 다시 영국에 왔다. 그곳을 언제 떠나 있었는가 싶게 모든 것이 조금도 변함없이 그 자리에 있는 것 같다. 일이 분에 한 대씩 비행기가 뜨고 수많은 사람들이 정신없이 오가는 히드로 공항이지만, 이곳의 공기는 묵묵하고 고요한 인상을 준다. 대기는 축축하고, 길도 나무도 사람들도 차분하기만 하다. 한때 살았던 정든 레스터에서 지도교수를 따라 대학을 옮기면서 이제부터는 러프버러(Loughborough)에 살게 된다. 레스터나 러프버러는 모두 레스터셔(Leicestershire)에 속한다. 영국 지명에서 접미사로 '셔(shire)'가 붙으면 주(州)를 뜻한다. 이곳 지명에 붙는 '버러(borough)'는 에든버러, 스카버러, 피터버러, 말버러 등의 지명에서처럼 지역을 뜻하는 접미사다. 영국에 처음 가서 석사 공부를 하며 살았던 도시 레스터는 레스터셔의 중심 도시로 10대 도시의 규모 안에 드는 인구 30만 정도의 도시였다. 이제부터 박사 공부를 하며 살게 될 러프버러는 인구 5만 정도에다 인구 대다수가 대학생과 대학 관계자들인 아담한 캠퍼스 타운이

러프버러 기차역. 러프버러는 인구 5만 정도에다 인구 대다수가 대학생과 대학 관계자들인 아담한 캠퍼스 타운이다.

다. 러프버러는 레스터에서 10여 마일 떨어져 있어 기차로 10여 분밖에 걸리지 않는 가까운 곳에 있으니 이웃이나 마찬가지다.

한국에서는 영국의 지명에 대해서는 별반 알려진 바가 없어 '영국' 하면 먼저 런던이나 버밍엄, 에든버러 정도를 떠올리고, 대학이라면 옥스퍼드, 케임브리지를 생각한다. 그러니 어디서 공부하느냐고 묻고 레스터니 러프버러니 하는 대답이 나오면 좀 떨떠름한 표정으로 잠시 머뭇거리다가, 왜 런던이나 옥스퍼드, 케임브리지 같은 델 가지 그랬느냐고 되묻기 일쑤다. 출세하려면 한국에서 잘 알려진 대학을 나와야 할 테니 이해할 만한 일이다. 하지만 대학의 평준화가 확실한 영국에서는 대체로 전공에 따라 학교를 결정한다. 게다가 서울에서 오래 살았던 나는 레스터나 러프버러처럼 규모가 비교적 작고 조용한 곳에 살았던 것을 정말로 큰 행운으로 여긴다. 동네가 작을수록 아기자기한 일들이 많이 생기고 사람들이 훨씬 정겹게 살기 때문이다.

수트케이스 두어 개를 들고 또다시 히드로 공항에 내려 장시간 여행을 한 끝에, 기차는 완전히 낯선 곳에 나를 내려 주었다. 러프버러에 도착하기 전, 기차가 레스터를 지나갈 때는 첫정을 들였던 레스터 시절 생각에 가슴이 설레었다. 기차역에서 택시를 타고 대학 캠퍼스를 찾아가니 전형적인 영국 날씨답게 하늘은 낮고 찌뿌둥하게 흐려 있었다. 9월이면 가을이어서 나무들은 이미 단풍으로 물들어 가고 있었다. 예약되어 있는 숙소의 열쇠를 받기 위해 짐을 이끌고 기숙사 사무실까지 순조롭게 찾아갔으나, 마침 그 시간은 공교롭게도 학교 모처에서 회의가 있다며 담당 직원이 자리를 비운 때였다. 얼마를 기다렸는데도 직원은 좀체 나타날 기미가 없었다.

가든 파티에서 대학 총장 부부와 함께. 이날은 각 나라에서 온 러프
버러 학생들이 갖가지 화려한 고유 의상을 입고 나와 교정을 수놓
는다.

밤이 되기 전에 방을 찾아 들어가야 마음이 놓일 텐데, 대기실에 혼자 썰렁하게 앉아 있자니 마음은 초조해지기 시작하고 몸은 피곤했다. 낯선 땅에서의 첫날은 언제나 그렇듯이 을씨년스럽다. 따뜻한 것을 좀 먹어 두어야겠기에 나는 짐을 사무실 입구에 내버려둔 채 학교 식당을 찾아갔다.

식당은 점심도 저녁도 아닌 애매한 시간 탓에 텅 비어 있었다. 덜그럭거리며 그릇 정리하는 소리가 부산한 주방에서 한 식당 아주머니가 나오더니 영업이 끝나 정리 중이라고 했다. 하긴 여름방학이 아직 끝나지 않았으니 오후 늦은 시간까지 식당을 열 리가 없다. 날이 흐려서 일찍 어두워지고 시간은 자꾸 흘러갔다. '아직 잘 곳도 없는데 짐을 사무실에 잠시 내버려둔 채 어디서 저녁을 때워야 할까. 이대로 밤이 되면 어떻게 할까. 왜 다시 낯선 나라에 와 고생을 시작하려는가.' 몸이 피곤하면 생각이 많아지고 마음도 약해진다. 춥고 피곤하여 뭔가 따뜻한 음식을 먹고 싶은 생각에 잠시 주위를 서성거렸다. 내 어정쩡한 모습을 보고 아주머니가 다가왔다. 공항에서 막 도착했는데 어디 뭘 좀 먹을 곳이 없는가 물으니, 그는 카페테리아를 가로질러 텅 빈 교직원 식당으로 나를 데려가 한 테이블에 앉게 하더니 주방에서 곧 홍차와 비스킷을 쟁반에 담아 왔다. 그러고는 내 곁에서 "걱정 마요. 우리가 잘 돌봐 줄 테니." 하면서 내 어깨에 따뜻한 손을 얹었다. 담대한 마음으로 무장하고 떠나왔지만 그 한 마디로 아이처럼 기대고 싶어졌다. 아쉬운 순간에 누군가 베푸는 그런 친절은 평생 잊히지 않을 만큼 마음에 와 닿는다. 그의 가슴에는 수잔이라고 새겨진 명찰이 달려 있었다.

그날 나는 물론 무사히 열쇠를 받아 들고 내 방을 찾아 들어갔다. 며칠 후 학교 식당에서 점심식사를 하다가 수잔 아주머니를 만났다. 낯선 하늘 아래에서는 우연히 한 번 마주친 얼굴이라도 반가운데, 그 친절한 사연이 있었기에 오래 알던 이를 만난 것처럼 반가웠다. 다가가 반갑게 인사하니, 이젠 자리를 잡았느냐고 묻는다. 그렇게 해서 수년간 대학에 머무는 동안 우리는 식당에서 마주칠 때마다 인사를 나누며 지내게 되었다.

해마다 6월이면 교정 잔디밭에서는 외국 학생들을 위한 가든파티가 열린다. 이때는 각 나라에서 온 러프버러 학생들이 갖가지 화려한 고유 의상을 입고 나와 교정을 수놓는다. 다양한 국적의 학생들이 어우러져 서로 다른 문화를 배우며 한나절을 보내는 것이다. 초여름 가든파티에는 언제나 크림을 얹은 딸기인 '스트로베리 크림'과 홍차가 나오는데, 학교의 요식업 부서에서 음식을 준비한다. 마지막 해 가든파티에 갔다가 테이블 뒤에서 동료 직원들과 분주하게 딸기와 차를 접대하는 수잔 아주머니를 만났다. 나는 수잔 아주머니에게 공부가 끝나 다음 달이면 고국으로 돌아가니 이번이 마지막 파티가 된다고 들려주었다. 내 첫날 도착을 지켜본 그는, 수년에 걸친 학업을 무사히 마치고 돌아갈 날을 앞두고 있는 나에게 다가와 손을 잡으며 앞날의 행운을 빌어 주었다.

무명의 작은 동양인으로 앵글로색슨 사회에 산다는 것은 소수자의 취약함과 외로움을 경험하는 기회가 된다. 조금이라도 가진 자가 취약한 자에게 베푸는 친절은 작은 것이라도 얼마나 마음을 안심시켜 줄 수 있는지 가슴으로 배우는 기회도 된다. 수잔 아주머니의 차 한 잔에 담겼던 배려와 친절을 일상생활에서 간간이 마주치면서, 나는 타국 생활의 힘겨움을 이겨 내고 활력을 찾곤 했다. 따뜻한 사람들은 어디에나 있게 마련이니 세상 어느 끝에 간다 해도 외롭지만은 않으리라.

킹 가족이 되다

러프버러에 처음 도착해 마땅한 교회를 찾고 있던 중 우연히 손에 들어온 쪽지에 실린 지도를 보고 찾아간 홀리웰 (Holywell) 교회는 그곳에 살았던 몇 년 동안 나에게 든든한 영적 · 정신적 뒷받침이 되어 준 공동체였다. 처음 그 교회에 갔던 날 이후로 나는 곧 그 교회의 식구가 되었고, 그곳 사람들은 하나같이 좋은 친구가 되어 주었다. 그 교회는 학교에서 지리적으로도 그리 멀지 않은 홀리웰 지역에 있고 학교 교직원과 학생들이 많아 수시로 도착하고 떠나는 교인들이 많았으며 분위기가 늘 생동감 있었는데, 특히 학업을 위해 러프버러에 와 머무르는 외국인들에게 유난히 많은 관심과 배려를 기울여 주었다.

낯선 교회에 처음 찾아갔던 날, 아는 사람은 아무도 없었지만 예배가 끝나고 일부러 다가와 반겨 주는 사람이 여럿 있었다. 킹씨 부부인 말콤과 그의 아내 마거릿이 내게 다가와 자신들을 소개하고 다가오는 주일 예배 후 점심식사를 같이하자면서 집으로 초대해 주었다. 교회에 낯선 얼굴이 나타나는 주일이면 언제나 놓칠세라 먼저 다가가서 인사를 건네고, 외국 학생의 경우 타국 생활과 학업의 어려움은 없는지 확인해 주는 이들이니 그 관심의 그물이 나를 놓칠 리 없었을 것이다.

킹씨 가족은 처음 만난 날부터 서슴없이 마음을 열어 이방인인 나를 받아 주었고, 내가 영국을 떠나는 순간까지 안정된 타국 생활을 할 수 있도록 가까이서 벗해 준 이들이었다. 그들을 알게 되면서 나는 타국에서도 가정의 따스함을 누릴 수 있었다.

말콤과 마거릿 부부는 외국인 돌보는 일을 타고난 직분으로 알고 사는 이들이었다. 그런 일을 하는 데 그렇게 서로 장단이 잘 맞는 부부를 나는 일찍이 본 적이 없었다. 동갑내기인 두 사람은 옥스퍼드 대학 재학 시절에 만나 곧바로 결혼에 골인했다. 말콤은 우리 학교의 경영대 교수로 일하고 있었고, 신학과 언어학을 전공한 마거릿은 외국인을 위한 언어학교에서 영어를 가르치고 있었으니, 두 사람 모두 외국인을 일상적으로 접하면서 사는 이들이었다. 그 가정의 청소년 아들인 스티븐과 필립도 외국인들이 수시로 드나드는 열린 환경에서 자라서인지, 집에 오는 손님이면 남녀노소를 막론하고 누구와도 쉽게 대화하고 어울렸다.

그 집에는 늘 문이 열려 있어 사람들의 발길이 끊이지 않았다. 이들은 일요일이면 언제나 손님을 초대해 점심식사를 같이 나누었다. 직장일로 언제나 바쁜 이들이었지만, 쉬는 날인 일요일에 가족끼리만 식사하는 것을 본 적이 거의 없었다. 손님이 와서 먹고 놀다가 돌아갈 때는 흔히 선물을 들려 보내곤 했다. 주위 사람들의 생일이나 경조사를 기억했다가 카드와 선물을 챙겨 주고, 누군가 곤경에 빠지는 일이 있거나 외롭게 지낸다는 소식을 들으면 즉시 달려가 도움의 손길을 내밀었다. 크리스마스와 부활절이면 가족 없이 홀로 지내는 이들을 많이 초대하기 때문에 그 집은 언제나 사람들로 활기가 넘쳤고, 그런 절기 때마다 나는 킹 가정의 단골손님이었기에 오히려 처음 오는 손님들을 접대하는 주인 같은 기분이었다. 행복하고 아쉬울 것 없는 가정일수록 폐쇄적이 되기 쉬운 법인데, 킹 가족의 열린 마음은 나를 은근히 감동하게 만들곤 했다.

마거릿은 성격이 즉흥적이고 재즈 같은 파격미가 있었는데, 내게는 없는 것 같은 그런 점이 내 마음을 끌었다. 나와 성격은 달랐지만, 우리의 관심사나 주위에 일어나는 사건을 보는 시각은 서로 기가 막히게 일치하는 편이었다. 따라서 마거릿과 나는 사람이나 사건의 성격을 분석하기를 즐겨 했다. 우리는 또한 호기심이 많은 편이어서 함께 앉으면 화제가 끝없이 이어지곤 했다.

한편 말콤은 계획적이고 조직적인 것을 좋아한다는 점에서 나와 비슷할 수도 있겠으나, 우리의 취향은 정반대였다. 나는 틈틈이 촐랑촐랑 돌아다니면서 러프버러 시내에 어느 가게가 새로 생기고 문을 닫았는지 모두 알아야만 했는데, 그는 일년에 한두 번쯤 시내에 갈까 말까 하여 불가사의할 정도로 쇼핑에 무관심한 사람이었다. 나는 가끔씩 예정에 없던 일을 불쑥 벌여 이따금 규칙 깨기를 좋아하고 그래야만 숨통이 트이는 걸 느끼는 데 반해, 말콤은 언제나 규칙적으로 제 시간에 일어나고 일년 사계절 거의 똑같은 옷을 입고 비가 오건 눈이 오건 정확히 여덟 시 반에 자전거를 타고 학교에 출근했다. 그리고 오후 여섯 시 반이면 정확하게 자전거로 집에 돌아와 저녁을 먹었다. 토요일 오후에는 예외 없이 늘 정원 뒤편에 있는 채

킹 정원의 자두나무 아래서 어머니와 말콤과 함께.

소밭에서 손에 흙을 묻히고 있었다.

그 집 채소밭에 드나드는 걸 나는 아주 좋아했다. 토요일에 아무리 끙끙대며 연구실에 앉아 있어도 제자리걸음일 뿐 진전이 없는 날은 자전거를 휙 집어타고 말콤의 채소밭을 향해 달려갔다. 그러면 말콤은 영락없이 흙을 뒤집어쓰고 밭을 일구고 있고, 마거릿은 보통 부엌에서 다음날 손님에게 대접할 음식을 준비하고 있었다. 내가 오면 마거릿은 하던 일을 잠시 중단하고 차를 만들어 들고는 정원으로 나오곤 했다.

우리 셋은 앉아서 바빴던 한 주간에 있었던 일들을 얘기하면서 잠시 호흡을 돌렸다. 감자를 심을 때 정확하게 평행으로 줄을 대놓고 간격을 맞춰 가며 씨감자를 꽂거나 퇴비 주는 일, 양파밭을 가꿔 주는 일, 푸른 콩 줄기가 타고 올라가도록 나뭇가지로 받쳐주는 일 등은 어린 시절 어머니가 뜰에 만들어 놓고 가꾸시던 채소밭에 들어가 놀던 기억을 회상시켜서 마냥 즐거웠다. 비록 농사일은 서툴지만, 채소밭에 들어가 있으면 두통이 언제 있었던가 싶게 사라지곤 했다. 말콤과 내가 채소밭에 있으면 마거릿은 저녁에 쓸 잘 여문 콩 따는 일을 내게 맡기곤 했다. 말콤이 채소밭에서 시간을 보내는 동안 마거릿과 나는 부엌에서 함께 채소를 다듬기도 했고, 마거릿이 후식을 만드는 동안 곁에서 거들며 케익 굽기를 배우기도 했다.

그 집 정원에는 나무딸기 라스베리(raspberry)와 붉은 까치밥나무 레드커런트(red currant), 초록 까치밥나무 구스베리(gooseberry) 등 작은 열매를 맺는 덤불이 있고 사과나무도 여러 그루 있었는데, 여기서 나오는 과일은 잼이나 디저트가 되어 일년 내내 손님 접대에 요긴하게 쓰였다. 잔디밭 한쪽에는 자두나무가 한 그루 있었다. 그 자두는 익으면 검붉은 빛이 되는데, 말랑말랑하게 익은 자두를 손으로 가르면 큼직한 씨가 쏙 빠져나왔다. 8월이 되면 가지가 휘어지도록 많은 열매가 열렸고, 미처 따지 못한 자두는 익으면서 땅에 떨어져 잔디밭에 무수히 뒹굴었다. 그러면 주말에 마거릿과 나는 바구니를 들고 나무 아래서 신나게 자두 줍기를 하곤 했다. 한 바구니 가득 채워 집으로 가져온 자두는 잠잘 시간을 아껴 가며 혼자 밤늦도록 부엌에서 요리책을 보며 잼을 담갔다가 친구들에게 나눠 주었다.

킹 가족과 함께 식탁에 앉으면 기발한 화제가 튀어나오곤 했다. 보수적인 경영학자 말콤과 풋내기 사회과학도가 함께 앉으면 논쟁으로 이어지기 일쑤였다. 런던 출신의 마거릿과 북부 요크셔 출신의 말콤이 단어 발음을 놓고 옥신각신하면 학구적인 막내아들 필립이 일어나서 사전을 꺼내 확인하고 해결을 보는 때도 있었다. 세계 지리도 종종 식탁에 올라오는 메뉴였다. 세계지도는 영국 생활 초기에 나에게 큰 문화적 충격을 준 것 중 하나인데, 그도 그럴 것이 우리나라에서 내가 평생 보았던 세계지도에는 한반도가 한가운데를 차지하고 있지만, 영국인들은 영국이 중심에 박힌 세계지도를 사용한다. 영국이 세계의 중심이 아니라 어느 나라건 시각에 따라 세계의 중심이 된다는 당연한 이론에 따라, 나는 틈나는 대로 이들에게 한국 얘기를 들려주었다. 그들은 동양의 작은 나라 이야기를 즐겨 들어주었다.

식후에 필립과 나는 아마추어 음악회를 즐겨 열었다. 고등학생이지만 수준급 클라리넷 연주자인 필립이 클라리넷을 들고 내가 피아노 앞에 앉아 이중주를 하기 시작하면, 오후가 언제 지나는지 모르게 훌쩍 날아가 버렸다. 마거릿과 말콤이 결혼한 지 25주년이 되던 해에는 필립과 함께 사중주단을 구성해 은혼식에서 축하 음악을 연주함으로써 틈틈이 키워 오던 우리들의 솜씨를 공개적으로 발휘했다.

킹 가족과 가까이 지내면서 나는 영국 가정의 이모저모에 대해 많은 것을 엿보게 되었다. 마거릿이 직장일과 살림을 동시에 하면서 많은 손님을 거뜬히 치르는 것을 보면, 확실히 영국식 가정생활이 우리보다 여러 모로 여자들에게 편리하게 되어 있는 것 같다. 카펫 깔린 바닥 청소는 주말에 한 번쯤 하면 되니, 날마다 무릎 꿇고 쓸고 닦으며 고된 집안 청소로 많은 시간을 소비할 필요가 없다. 침대 생활을 하니 여자들이 날마다 이부자리를 깔고 개킬 필요도 없다. 이부자리는 시트를 사용하고 이불보를 씌우고 단추를 채우면 되니, 방바닥에 앉아 이불을 펼쳐놓고 홑이불을 일일이 꿰매거나 뜯는 수고를 하지 않아도 된다.

식생활도 훨씬 간편해 보인다. 밥 따로 국 따로 반찬 따로 조리하고, 그것도 반찬 가짓수대로 따로따로 프라이팬에 볶고 조리고 무쳐서 밑반찬을 만드는 우리 식단에 비해, 영국의 일상적 음식은 양념이 그리 많이 들어가지 않고 소금과 후추로만 간을 하니 조리 방법이 비교적 간단하다. 또 즉석에서 조리해 먹어야 제 맛이 나는 우리 음식에 비해 영국 음식은 오븐에 넣어 오래 익히는 요리가 많아, 손님들이 와 있는 동안에도 오븐에서 음식이 조리되는 동안 손님과 차를 마시며 얘기를 나눈다.

영국 생활 초기에는 가정집에 식사 초대를 받을 때마다 주부가 손님 치르는 과정이 진기하게 비쳐졌다. 영국 사람들은 일단 집에 손님이 오면 음식 준비가 다 될 때까지 거실에서 와인이나 차를 접대한다. 대개 남자들이 접대를 맡지만, 주부가 손님과 차를 마시며 대화하는 경우도 흔하다.

주부가 몇 차례 부엌을 들락날락하다 식당으로 자리를 옮기자 하여 안내하는 대로 식당에 가보면, 식탁은 어느새 준비되어 있게 마련이었다.

한국식 손님 접대를 하려면 여자들은 전날부터 재료를 사다 썻고 다듬고 미리 조리해 두어야 하고, 또 손님이 도착하면 조리대에 붙어 서서 막바지 조리를 하느라 여념이 없는 게 보통인데, 거기에 비하면 영국 여인들의 일손은 한결 가벼워 보인다. 조리 방법의 차이 때문이라 할까. 빵은 여자들의 식생활 부담을 덜어 주는 데 공헌한 기특한 음식이다. 빵이 있으면 아침식사가 간편해지는 것은 물론이고, 가족 누구나 샌드위치를 스스로 만들 수 있으니 주부의 도움 없이도 각자 점심 도시락 문제를 쉽게 해결할 수 있다.

게다가 킹 집안에서는 주부가 가정을 이끌어 가는 데 가족의 도움이 제법 많다. 손님상 보는 일은 으레 아들들의 몫이다. 수납장에서 새 테이블보를 꺼내 깔고, 식탁 매트와 접시, 유리잔, 포크, 나이프 등을 식구 수대로 차려 놓고 냅킨을 잘 접어서 놓아둔다. 음식이 준비되면 말콤은 손님과 가족들이 앉을 자리를 일일이 지정해 주는데, 온 가족이 둘러앉으면 비로소 식사가 시작된다. 가족끼리의 식사는 물론이고, 손님상을 차리느라 분주한 날에도 남자와 자녀와 손님들이 먼저 먹고 주부가 혼자 식사 시중을 드는 장면을 나는 본 적이 한 번도 없었다. 요리는 주부가 맡더라도 나머지 일들은 흔히 식구들이 나누었다. 음료수를 잔에 채워 주는 일은 늘 필립이나 스티븐의 차지였고, 식사 기도 후 식탁에서 음식을 배분하는 일은 언제나 말콤이 맡았다.

설거지는 으레 남자들 차지였다. 마거릿이 남은 음식을 정리하고 차를 준비하는 동안 한 사람이 설거지를 시작하면 나머지 사람들은 곁에서 티 타월을 들고 그릇의 물기를 닦아냈다. 차곡차곡 정리된 그릇을 들어다 찬장에 넣으면 말끔히 정리가 끝나니, 손님들이 돌아간 뒤 주부가 혼자 설거지를 하느라고 오래 힘들이지 않는다. 이렇게 가족이 일을 분담해 주부의 일손을 덜어 주는 것은 말할 것도 없이 보기에 좋았다.

남자들의 설거지 시간에는 내가 질색하는 일이 가끔 벌어질 때가 있었다. 한번 발동이 걸리면 젖은 행주가 사람을 향하여 날아가고 되받아 던지는 장난이 시작되는 것이다. 비눗물이 튀고 옷이 젖는 해괴한 일이 일어나지만, 마거릿이 주방에 들어서서 이 광경을 목격해도 빙긋이 웃고 나가 버린다. 그러니 남자들의 행주 날리기 게임은 쉽게 멈추질 않고, 행주는 물론 손님을 향해서도 날아왔다.

내가 한때 갑자기 이사할 집을 구하게 되어 킹씨 집에 한 달간 머무른 적이 있었다. 한집에서 먹고 자며 지내니 가족의 시간 활용, 가사일 분담 등의 생활 습관을 더 가까이서 보게 되었다. 마거릿은 바쁜 일상생활에서도 고정적으로 하는 일들이 몇 가지 있었다. 그는 아침에 일어나면 제일 먼저 아래층으로 내려와 아무에게도 방해받지 않는 시간에 자신의 책상 앞에 앉아 조용히 묵상하고 기도하는 시간을 가졌다. 그 시간이 바로 수없이 많은 할 일을 앞두고 자신을 충전하는 시간이었을 것이다. 그는 또 격주로 토요일 오전 10시를 옆집의 홀로 사는 노년의 부인과 마주 앉아 차 마시는 시간으로 정해 놓고, 주기적으로 말벗이 되어 주면서 이웃 간의 밀린 얘기를 나누었다.

매주 화요일 저녁은 작은아들 필립과 게임을 하는 시간이었다. 두 사람은 영어사전을 옆에 놓고 앉아 단어 만들기 크로스워드 게임을 시작했다. 모자간의 이 게임은 필립이 어릴 때 시작되어 10년 넘게 계속되어 왔다

마거릿 정원의 스위트피. 여름이 되면 마거릿의 정원에는 스위트피가 풍성하게 꽃을 피워 그 주변 공기가 달았다.

고 하니, 두 사람 모두 전보다 훨씬 높은 점수를 얻는 것은 당연한 일이었다. 매일 밤 마거릿이 잠자리에 들기 전에는 남편 말콤과 거실에 마주 앉는 시간이 있었다. 일년 사계절 하루도 빼놓지 않고 이들은 변함없이 작은 과일 접시를 놓고 마주 앉아 하루를 마무리하는 것이었다. "밤의 과일은 납, 아침 과일은 다이아몬드"라는 속담을 들려준 적도 있었지만 이들만의 마주 보기 시간은 여전히 고수되었다. 마거릿이 정해 놓고 지키는 그 모든 고정적인 시간들을 관찰하고 보니, 시간을 따로 떼어놓고 투자하여 자신과 이웃, 아들, 남편과 양질의 관계를 탄탄히 가꾸어 가려는 원칙이 분명하게 있었던 것 같다.

마거릿과 말콤이 늘 나를 반겨 주고 먹여 주었던 것에 반해 나는 시간에 쫓긴다는 구실로 언제나 가서 받기만 했지만, 일년에 적어도 한 번은 킹씨 부부를 초대해 우리 집에서 식사를 대접할 때가 있었다. 말콤과 내 생일이 우연히 같은 날이어서 언제나 마거릿이 우리 두 사람의 생일을 기념해 주었는데, 그 대신 마거릿의 생일은 항상 내가 챙겨 주는 습관을 갖게 되었던 것이다.

7월 초, 마거릿의 생일이 다가오면 나는 두 사람을 초대하고 우리집 정원에 정성껏 식탁을 차렸다. 일광욕을 즐기는 마거릿과 직사광선을 싫어하는 말콤, 두 사람을 모두 만족시키려고 식탁은 그늘과 햇볕에 반씩 걸치도록 놓아두었다. 물론 식사 시간이 길어지면 그들의 움직임에 따라 식탁을 움직이는 묘미도 있었다. 마거릿은 진기한 외국 음식 맛보기를 즐겨 하는 반면, 입맛이 보수적인 말콤은 낯선 음식을 조심스러워한다. 순수한 우리 음식을 차리려면 재료 구하기도 쉽지 않고 시간도 많이 걸려 한국 음식의 진수를 보여주지 못하는 것이 아쉽지만, 그래도 나는 요리책을 참고해 몇 날을 고심하며 두 사람을 모두 만족시킬 식단을 정하곤 했다.

　　마거릿은 해마다 식사에 초대받은 날에는 한창 만발한 스위트피 (sweet pea) 꽃을 한 묶음 들고 나타났다. 스위트피는 꺾으면 그 자리에서 더 많은 꽃이 나오므로 자주 꽃을 꺾어 줘야 한다면서 스위트피를 그렇게 나눠 주었다. 스위트피는 관상용 콩꽃의 일종으로 한뿌리에서도 다양한 색깔의 꽃이 나오는데, 수수한 꽃이지만 향기가 몹시 달콤하다. 마거릿의 정원에는 여름이 되면 스위트피가 풍성하게 꽃을 피워 그 주변 공기가 달았다. 말콤과 마거릿이 우리 집 정원에서 한나절을 보내고 돌아가고 나면, 꽃을 놓아둔 내 방에서는 언제나 스위트피 향기가 그윽했던 기억이 난다.

　　마거릿과 말콤의 가정에는 퍼내도 끝없이 솟아나는 샘물 같은 신선함이 있었다. 자신만을 위해 살지 않고 주위 사람들과 기꺼이 삶을 나누는 사람은 행복하다. 그들의 삶에는 꺾어다 나눠줄수록 더 많은 봉오리가 나와 꽃피우는 스위트피 같은 생명력이 깃들어 있다는 생각이 든다.

팬케익 데이

오늘은 팬케익 파티가 있는 날이다. 음력을 기준으로 하여 팬케익 데이는 해마다 거의 2월에 온다. 겨울이 물러가지 않아 여전히 싸늘한 기운이 있지만 그래도 조금씩 해가 길어지기 시작하는 때다. 초저녁에 말콤과 마거릿이 차로 데리러 오기로 했으므로 여느 때보다 일찍 학교에서 돌아와 옷을 갈아입고 외출할 준비를 했다. 파티가 열리는 곳은 마거릿의 친구인 헤이즐과 리처드 부부의 집이다.

우리가 도착하자 언제나처럼 헤이즐이 문을 열고 환하게 반겨 주면서 나를 껴안고 볼에 입을 맞춘다. 리처드는 식당에서 팬케익 파티가 열릴 테이블을 정리하고 있는 중이다. 함께 저녁을 보낼 인도 학생 부부도 이미 와서 우리를 기다리고 있었다. 그러니 오늘은 일곱 명의 파티가 된다. 기숙사에서 살던 해에는 학생들이 모두 주방에 모여 팬케익을 만들어 나눠 먹었고, 어느 해에는 파와 호박 등 야채를 넣어 만든 밀가루 야채전을 부치고 한국식 팬케익이라고 선보여 인기를 얻은 적이 있는데 올해는 어떤 파티가 될까.

팬케익 대회가 열리면 참가자들은 앞치마를 두르고 프라이팬을 들고는 팬케익을 부치면서, 주걱을 안 대고 얼마나 기술적으로 팬케익을 뒤집는지 경연을 벌인다.

우리가 둘러앉은 흰 식탁보가 깔린 원형 테이블에는 초콜릿 소스와 잼 그리고 각종 작은 열매가 놓여 있었다. 오븐 옆에는 헤이즐이 이미 반죽을 만들어 놓고 프라이팬을 대기해 놓아, 차례대로 한 사람씩 팬케익 부치는 실력을 발휘하도록 준비되어 있었다. 팬케익이 완성되면 테이블로 가져와 여러 가지 속재료를 입맛대로 얹어 먹으면 된다. 말하자면 셀프서비스인 것이다.

영국식 팬케익은 두툼하게 부풀어 오르는 미국식 팬케익과 달리 반죽이 묽어서 우리나라 밀가루 부침개처럼 얄팍하다. 한편 프랑스식 팬케익인 크레이프는 너무 얇아서 뒤집기가 아주 조심스럽다. 그러나 영국식 팬케익은 프라이팬을 들어 손을 안 대고 공중에서 뒤집는 재주를 부릴 수 있을 만큼 두께가 있다. 물론 나 같은 초보자가 흉내내기란 여간 어려운 게 아니다. 자칫하다가는 팬케익을 땅바닥으로 날려 버릴 수도 있다. 실제로 저녁 내내 나나 다른 사람은 진짜 묘기는 엄두도 내지 못했고, 요리 전문가라 할 만큼 노련한 주부인 헤이즐과 마거릿만 몇 차례 묘기에 성공해 우리를 즐겁게 해주었다.

'팬케익 데이'는 음력에 따라 정해지므로 날짜가 해마다 조금씩 달라지지만 언제나 화요일이다. 기독교에서는 해마다 부활절을 앞두고 40일 동안을 수난절로 지키는데, 수난절이 시작되는 수요일은 '성회 수요일(Ash Wednesday)'이고 하루 전날은 고해 화요일, 즉 '슈로브 튜즈데이(Shrove Tuesday)'라 부른다. 이날이 바로 팬케익을 먹는 날이다. 오늘날 고해와 팬케익은 서로 아무 관련이 없어 보인다.

그런데 예로부터 사람들은 부활절까지 40일의 수난절 기간에 단식과 참회를 행하기 위해 수난절이 시작되기 전날 집 안에 있는 모든 기름진 음식을 없애려고 버터·달걀·우유 등을 이용해 팬케익 같은 음식을 만들어 먹었다고 한다. 그 습관이 영국에서 오늘날까지 이어져 오고 있는 것이다.

이때가 되면 슈퍼마켓에서는 여느 때는 눈에 띄지도 않던 팬케익이 부쩍 많이 팔려 나간다. 가정에서는 팬케익을 만들어 먹고 전국적으로 각 지역 단체에서 팬케익 대회를 연다. 팬케익 대회가 열리면 참가자들은 앞치마를 두르고 프라이팬을 들고는 팬케익을 부치면서, 주걱을 안 대고 얼마나 기술적으로 팬케익을 뒤집는지 경연을 벌인다. 또 야외에서 프라이팬을 들고 일렬로 출발점에 서서, 팬케익 뒤집기 솜씨를 보여주며 달리는 경기도 벌인다. 팬케익 먹기 대회가 곳곳에서 열리기도 한다.

이날 저녁 우리는 그 자리에 앉아 몇 개나 먹었는지 셀 수 없을 때까지 연달아 팬케익을 부쳤다. 그리고 식사 후 으레 이어지는 순서대로 둘러앉아 게임을 하면서 밤늦도록 시간이 흘러가는 것을 잊었다.

프랑스에 한동안 살았던 헤이즐에 따르면, 프랑스 사람들은 누군가를 알게 되면 식당에서 만나 교제하며 친해지고, 영국 사람들은 집으로 초대해 교제하며 친구가 된다고 한다. 실제로 영국 사람들은 일상적으로 집에 모여 크건 작건 파티하기를 좋아한다. 정원 구경을 시켜 주겠다는 구실로, 또는 식사나 차 한 잔 하자는 구실로 손님을 쉽사리 집으로 초대하는 것이다. 음식을 반드시 푸짐하게 준비해야 하는 것도 아니고, 손님 초대에 큰 부담을 느끼는 것 같지도 않아 보인다.

예로부터 정이 많은 민족이라던 우리는 점차 집들이나 생일잔치 때마저도 집에서 음식을 차리는 일에 부담을 느끼며 사는데, 낯선 이에게 마음을 쉽게 열지 않는 깍쟁이로 알려진 보수적인 영국 사람들은 사적인 공간을 일상적으로 개방하며 살고 있으니, 문화적 습관과 모순은 쉽사리 설명되지 않는 것인가 보다.

토요일의 노천시장

        시청이 서 있는 타운 홀 광장을 나는 퍽 좋아한
다. 그곳 주소는 마켓 플레이스(Market Place) 1번지, 그러니까 우리 식으로
말하면 '장터'라는 뜻이다. 이 시청 앞 광장은 일년 내내 사람들의 발길이
끊이지 않아 주민들에게 아주 친숙하고 그 도시에서 가장 역사가 깊은 곳이
다. 이곳은 평소에 비어 있다가 수요일과 토요일, 한 주에 두 번씩 광장 한복
판에 장이 서는데, 특히 토요일에 장이 들어서면 주민들이 거리로 쏟아져 나
와 시내가 생기 넘치고 붐빈다. 아침 여덟 시 반 즈음해서 광장에 차양이 쳐
지고 트럭이 들어서서 각종 푸짐한 과일과 채소, 꽃, 골동품, 의류, 생활용품
들을 쏟아놓기 시작한다. 아홉 시가 되면 가판대에 진열이 대충 끝나서 손님
맞을 준비가 갖춰진다. 비가 오나 눈이 오나 장날은 오고, 화창한 날씨면 사
람들은 더욱 활기찬 표정으로 장바구니를 들고 나타난다. 그러면 고요하기
만 하던 광장이 일시에 북적이고 살아 있는 시장으로 변하는 것이다.

        나는 토요일에 장에 나가 사람들을 구경하거나 사람들 사이에 섞

여 여기저기 기웃거리는 것이 즐거웠다. 내가 시내에 나갈 수 있는 날은 일주일에 한 번, 토요일뿐이다. 주중에는 예외 없이 이른 아침부터 밤늦게까지 꼬박 학교 연구실에서 보내야 한다. 그러니 생활에 필요한 여러 가지 일들을 하려면 토요일 오전밖에는 시간이 없다. 주일에는 모든 상점이 전국적으로 일제히 문을 닫기 때문에 토요일은 일주일 동안 먹을 식품을 쇼핑하는 날이기도 하다. 토요일 아침은 의무적인 주간 음식 쇼핑을 비롯해 내가 하고 싶은 많은 일을 할 수 있는 유일한 기회이자, 쏟아져 나온 인파에 섞여 시내를 걸으며 해방감에 잠시 몸을 맡길 수 있는 시간이다.

그러나 문제는 언제나 시간이다. 토요일 오전이라고 해서 공부에 대한 중압감이 없는 것은 아니어서, 빨리 볼일을 마치고 들어가야 한다는 생각이 늘 머릿속에 들어 있다. 집으로 돌아가서 재빨리 점심을 먹고 오후에는 학교 연구실에 가야 하기 때문이다. 서두르지 않고 실컷 시내에서 기웃거려 봤으면 하는 생각이 언제나 나를 사로잡는다. 그러나 주말에 이틀씩 공부를 접어둘 수는 없는 노릇이니, 그나마 일요일 하루를 온전히 쉬려면 토요일에 공부를 좀 더 해야 한다.

토요일이라 해도 시내에 나가지 못하는 때가 있다. 과제 마감 날짜가 가까운 주말에는 시내로 향하는 마음을 꾹꾹 누르고 아침을 먹자마자 급히 학교로 와야 한다. 고요한 토요일 캠퍼스를 가로질러 와 텅 빈 건물의 현관 잠금 장치 암호를 꾹꾹 눌러 열고 들어가서, 전날 밤 늦게까지 달구던 연구실의 열기를 기억해 가며 밤새 썰렁해진 책상에 앉아 다시 공부에 발동이 걸릴 때까지 인내심 있게 책상 앞에 엉덩이를 붙이고 있어야만 한다.

타운 센터에 나가 보아도 작은 곳이니만큼 갈 곳은 뻔하지만, 그

The Market Place, Loughborough

러프버러 시청앞 광장의 옛 모습. 생일 선물로 친구들에게서 받은 액자의 그림으로, 거리 구조와 건물들이 오늘날까지 전혀 변하지 않은 채 남아 있다.

래도 여간해서는 따분하거나 지루하지 않다. 하루쯤 공부를 접어두기로 작정만 하면 어슬렁거리며 혼자서도 하루를 몽땅 시내에서 무료하지 않게 보낼 수 있다. 음반을 뒤적거리거나, 서점에서 여행 서적을 들여다보거나, 고국의 가족이나 친구에게 보낼 카드와 그림엽서를 고르거나, 주위 사람들의 생일 선물을 살 수 있는 날도 이날이다. 늘 연구실 컴퓨터 앞에 앉아 먹는 샌드위치 대신, 간혹 친구를 만나 어느 베이커리에 앉아 따끈한 점심을 먹을 수도 있다.

아침잠이 많은 나지만 토요일 아침에는 유난히 일찍 눈이 떠진다. 평일만큼 서두를 필요가 없는데도, 나는 서둘러 아침을 먹고 간단히 쇼핑 준비물을 챙겨 집을 나선다. 타운 센터에 나가는 작은 버스는 바로 우리 집 현관 앞에 선다. 그러니 버스 시간에 맞춰 현관문을 나서기만 하면, 버스가 와서 나를 싣고 10여 분 만에 시내까지 데려다 준다.

내가 좋아하는 노천시장에는 슈퍼마켓에서 느낄 수 없는 살아 있는 분위기가 있다. 늘 싱싱한 것을 고를 수 있다는 매력이 있고, 값이 싸다는 장점도 있다. 시장에는 제철 모르는 각종 채소와 과일들이 넘친다. 한국에서 볼 수 없던 별난 이름과 모양과 빛깔의 채소들이 풍성하니 시장을 기웃거리며 진기한 것들을 구경하는 것이 즐겁다. 또 갖가지 영어 이름을 익히는 것도 재미있다. 이 채소의 맛은 어떤지, 조리는 어떻게 하는지, 그 안에는 어떤 영양소가 있고 보관은 어떻게 하는지, 이렇게 각 채소의 특성을 하나씩 배워 가는 재미도 여간 쏠쏠한 것이 아니다.

영국에 온 지 얼마 되지 않았을 때는 노천시장에서 채소나 과일을 사는 일이 얼마나 어렵게 느껴졌는지 모른다. 외국인에게는 그럴 수밖에 없는 몇 가지 이유가 있다. 우선, 영국의 화폐 단위가 파운드인 데다 무게 단위도 파운드를 쓴다는 점 때문이다. 그러니 무게와 돈의 단위가 혼동되기 일쑤여서 영국 사람들조차 가끔씩 혼동하는 때가 있다. '1파운드요(One Pound, please)'하면, 돈 1파운드인지 무게 1파운드인지 다시 물을 때가 있다. 또 어떤 청과물은 무게 단위로 팔지만 어떤 것은 개수로 팔기 때문에, 과일이나 채소 앞에 값이 쓰인 피켓이 꽂혀 있다 하더라도 시장 문화에 익숙지 않은 외국인들은 눈치껏 사는 요령을 터득해야만 한다.

게다가 상인들의 강한 악센트는 알아듣기가 쉽지 않다. 남대문 시장에서처럼 그네들도 흥이 나면 '바나나 1파운드에 50펜스!' 하며 소리를 지른다. 하지만 그러지 않아도 영국식 영어에 익숙지 않은 외국인들은 무슨 소린지 놓칠 때가 많다. 국제적인 접촉이 많을수록, 그리고 중산층일수록 알아듣기 쉬운 말씨를 쓰고, 외부 접촉이 별로 없을수록, 그리고 노동자 계층일수록 악센트가 강하다. 그러니 상인들이라고 다 그런 것은 아니지만 한 지역에서 평생을 살아온 시골 사람이라면 악센트가 투박할 수밖에 없다.

시장에서 물건 사는 외국인을 눈여겨보면 그 사람이 이 나라에 얼마나 오래 살았는지 거의 정확하게 짐작할 수 있다. 대형 슈퍼마켓에서는 물건을 척척 골라 담아 계산대 앞에 가 줄서기만 하면 초보자라고 눈에 뜨일 리가 없다. 그러나 사람이 많고 공간이 비좁은 시장에서는, 하루 종일 부지런히 일손이 돌아가고 바쁘게 움직이는 동선은 있는데 그 그림이 명확하게 잘 보이질 않는다. 보이지는 않지만 시장에도 분명 차례가 있고 명확한 질서가 있어서 손님들은 이 보이지 않는 규칙에 따라 일사불란하게 움직인다. 진열대 앞에는 서빙을 받느라고 기다리는 사람이 있는가 하면 주문할 차례를 기다리는 사람이 있고 그저 물건을 구경하는 사람도 있을 테니, 초보자는 어디에 가서 줄을 서야 할지 모르는 것이 당연하다. 영국 사람들은 직감적으로 누가 누구인지, 그리고 자기 순서가 어디쯤인지를 곧 파악하지만, 외국인에게는 그게 한눈에 들어오지 않는 것이다.

　　나도 초기에는 가끔씩 실수를 했다. 다른 사람이 먼저 와서 기다리고 있는데 모르고 끼어들기를 한다거나, 차례 기다리는 사람이 아무도 없는데 기웃거리는 사람들 뒤에 서서 멍청하게 줄서기를 하고 있다거나 하는 것 말이다. 순서가 있는데 누군가 불쑥 나타나 주문하기라도 하면, 상냥하던 상인이라도 정색을 하고 순서가 있으니 기다리라고 한다. 우리나라에서 널리 통용되는 소위 융통성이란 게 전혀 통하지 않는 것이다. 질서와 신용이 철저하게 지켜지다 보니, 노천시장의 작은 진열대 한 구석에 신용카드 마크를 붙여 놓고 신용카드를 받는 모습도 보인다.

　　시장에는 과일과 채소뿐 아니라 온갖 잡화가 다 나온다. 시장 물건은 대부분 싸구려지만 손으로 구워 페인트칠한 도자기 컵이나 장식접시처럼 제법 마음에 드는 물건이 나올 때도 있는데, 절약해야 하는 나는 구경만 실컷 하곤 한다. 추리소설이나 로맨스 소설 같은 헌책들을 파는 아저씨는 늘 그 자리에 후줄근한 책들을 진열해 놓고 있다. 집시 스타일의 현란한 옷가지들이 진열된 곳은 여학생들에게 인기가 있다. 각종 사탕 과자 코너에는 검정 고무줄을 돌돌 말아 놓은 듯한 서양 감초 리커리쉬(liquorice, 정확한 발음은 리커리스가 아닌 리커리쉬. 사람들이 어째서 그렇게 이상하게 발음하는지 모르겠다), 현란한 빛깔의 귀여운 모양을 한 당과인 젤리 베이비(jelly babies)가 아이들의 시선을 끌며 언제나 빠지지 않고 진열되어 있다.

노천시장과 주말에 등장하는 거리의 저글러.

무엇보다 내가 시장에서 즐겨 지나가는 코너는 꽃을 파는 곳이다. 시장에는 일년 사계절 철따라 늘 꽃이 나온다. 꽃을 사는 날은 나에게 특별 대우를 하는 날이다. 아껴 쓰며 살다 보니 꽃을 산다는 것이 조금 사치스럽게 여겨져 망설이기도 하지만, 꽃값이 싼 시장에서는 단돈 몇십 펜스만 주면 수선화나 튤립을 한두 묶음 살 수 있다. 그러면 그걸로 일주일 내내 거실이나 창가를 환하게 할 수 있어 두고두고 기분이 좋다. 그러니 열심히 공부한 주말에는 푼돈을 투자해 꽃을 사곤 했는데, 지금 생각하니 가장 돈을 적게 들이면서 가장 확실하게 나를 상 주는 방법이었다.

양손에 무겁게 한 주 동안 먹을 음식이 든 장바구니를 들고 바구니 속에 꽃 한 묶음을 찔러 넣고서 헐레벌떡 버스를 타러 오면, 운전대에 앉아 출발 시간을 재던 운전기사 아저씨는 단골 승객인 내 얼굴을 아는지 모르는지 싱글싱글 웃으면서 "무거운 쇼핑도 했으니 집에 가면 발 뻗고 한숨 돌리쇼" 하고 말을 건넨다. 이렇게 해서 운 좋게 출발 직전에 타면 안심이다.

그러나 꼭 두어 시간만 시내에 있자고 마음먹고 나와도 여기저기 기웃거리다 보면 예정했던 시간에 일을 마치기가 언제나 빠듯해서, 이번 차는 보내고 다음 차를 타기로 할 때가 한두 번이 아니다. 버스는 30분에 한 대씩 출발하는데, 부지런히 서둘러 와도 앞차가 막 떠나고 난 뒤면 '쯧, 오늘도 또 30분을 까먹었군!' 하고 생각하지만, 그래도 그 덕분에 버스 정류장 앞 서점에 들러 조금 더 기웃거릴 수 있게 되니 좋다.

시간과 돈을 그때만큼 아끼며 산 적이 없었지만, 훗날 두툼한 지갑을 들고 러프버러 시장을 온종일 어슬렁거린다 해도 구경하고 싶은 것들이 그때만큼 여전히 많을지는 알 수 없는 일이다.

선데이 런치

영국의 전통 음식이 뭐냐고 누가 물으면 딱히 할 말이 없을 만큼 영국 사람들은 다양한 국적의 음식을 먹으며 산다. 그럼에도 불구하고 가장 먼저 떠오르는 영국식 식사는 '로스트 비프(roast beef)'와 '요크셔 푸딩(Yorkshire pudding)'일 것이다. 가족이 모이거나 손님상을 차릴 때, 대부분의 가정에서 예외 없이 식탁에 올리는 음식이기 때문이다.

영국 사람들은 일요일 한낮에 온 가족이 모여 정찬을 한다. 제각기 분주한 주중에는 한자리에 모일 수 없는 대신, 일요일 점심에 한자리에 둘러앉아 먹고 얘기하며 두세 시간을 느긋하게 보내는 것이다. 이 일요일 한낮의 정찬을 '선데이 런치(Sunday Lunch)'라고 한다. 선데이 런치에는 거의 예외 없이 오븐구이 고기 요리가 나오게 마련이다. 따라서 오늘날 '선데이 런치'란 용어는 일요일의 정찬뿐 아니라 오븐구이 고기 요리 메뉴를 지칭하는 말처럼 되어 버렸다.

흔히 '로스트'라 불리는 이 요리는 고기를 특별한 양념 없이 덩어

리째 오븐에 넣어 굽는 음식으로, 보통 잎채소와 뿌리채소를 두어 가지 곁들인다. 전형적으로 오븐구이 고기 요리는 쇠고기가 제격이지만, 광우병 파동의 여파로 오늘날은 쇠고기 대신 닭고기나 양고기를 흔히 쓰며 돼지고기를 쓰기도 한다. 일반적으로 영국 음식은 조리할 때 양념을 별로 쓰지 않는 대신 각종 허브나 소스, 젤리 등을 식탁에서 곁들이는데, 어떤 육류를 사용하느냐에 따라 곁들이는 양념이 달라진다. 쇠고기 요리에는 흔히 무즙처럼 톡 쏘는 맛이 있는 서양고추냉이를 곁들이고, 돼지고기 요리는 사과소스와 함께, 양고기 요리는 향이 강한 박하와 함께 먹는다. 닭고기를 오븐구이 할 때는 세이지나 파슬리 등의 허브를 섞어 미리 속을 채운다. 한편 크리스마스 정찬에 나오는 칠면조 요리에는 앵두같이 새빨간 덩굴 월귤로 만든 크랜베리 소스가 제격이다.

오븐구이 요리에 함께 나오는 파삭한 '요크셔 푸딩'은 밀가루에 우유·버터 등을 섞어 오븐에 둥글게 부풀려 구운 것이다. 외국인이 요크셔 지방에 가서 향토 음식을 맛보겠다고 카페에서 요크셔 푸딩을 찾는 일이 간간이 있다고 하는데, 그런 음식이 카페에 있을 리 없다. 요크셔 푸딩은 이름만 푸딩일 뿐 고기 요리와 함께 주식으로 먹는 달지 않은 음식이기 때문이다.

주부가 처음부터 끝까지 식탁 시중을 드는 우리네 식사 습관과는 달리, 영국인 식탁에서 고기를 분배하는 것은 전통적으로 가장의 권한이자 책임이며 남자의 몫이다. 따라서 오븐구이 고기 요리가 준비된 식탁에 식구들이 둘러앉으면, 아버지가 날이 선 서빙 나이프를 들고 고기를 썰어서 아내와 자녀, 또는 손님의 접시에 일일이 담아 준다.

로스트 비프와 요크셔 푸딩은 그 담백한 맛 때문에 감칠 맛 나는

영국 사람들은 일요일 한낮에 온 가족이 모여 정찬을 한다. 일요일 점심에 한자리에 둘러앉아 먹고 얘기하며 두세 시간을 느긋하게 보내는 것이다(위는 브리짓트 가족의 부활절 선데이 런치, 아래는 메리디스 가족과 함께 한 크리스마스 런치).

음식이라 하기는 어렵다. 사실 외국인들 사이에서 영국 음식은 매력이 없기로 유명하다. 영국인들은 세계 최상의 재료를 가지고 최악의 요리를 해놓는다는 혹평마저 있다. 하지만 영국인들이 요리를 모른다고 하면 이들은 억울하다 할 것이요, 그네들의 입맛은 근본적으로 우리네와 다르니, 영국인들은 진한 양념을 도무지 좋아하지 않는다. 그러기에 우리 음식처럼 갖은 양념에 맛깔스럽게 무치고 조리고 진하게 섞는 음식보다는, 있는 그대로 굽거나 삶아 재료 고유의 맛을 즐기는 것을 선호한다.

근래 들어 이국 음식에 관심을 갖는 젊은 세대를 중심으로 일부 영국인들 사이에 이탈리아 요리나 동양 요리처럼 마늘을 한두 조각 넣어 향을 내는 흉내를 내는 것이 유행이 되고 있다. 또한 이제 전국 어디서나 인도 식당과 중국 식당을 쉽게 발견할 수 있고, 멕시코·터키·일본·태국 요리를 맛볼 수 있는 이국 식당도 점차 호기심을 자극하고 있다. 그러나 대부분의 영국인들은 자극이 없고 덤덤한 맛에 익숙해서인지, 마늘 한 쪽의 냄새나 고추 한 개의 자극에도 여전히 엄살과 허풍이 대단하다. 문화적 차이에 우월을 가리는 잣대를 댈 수 없다는 걸 뻔히 알면서도 우리는 곧잘 우리 음식이 세계 최고란 자부심을 가지며 살고 영국 사람들은 변함없이 그들 나름의 식습관을 고수하며 사니, 입맛처럼 보수적인 게 없다는 말은 동서고금의 진리인가 보다.

요즈음은 '선데이 런치'의 전통이 조금씩 밀려나는 추세라고 한다. 번거롭게 정찬을 차리기가 부담스러울 뿐 아니라, 생활 형태도 점차 변하고 있다는 뜻일 것이다. 그러나 많은 가정에서는 여전히 일요일 한낮이면 로스트 비프와 요크셔 푸딩을 즐기고, 선데이 런치를 제공하는 전국의 펍은 외식하러 나온 이들로 붐빈다. 사람들에게 선데이 런치의 전통은 가족이 점차 붕괴되어 가는 오늘날에도 여전히 가족을 견고히 묶어 주는 관습처럼 보인다. 가족이 모일 때마다 번거로운 전통 요리를 준비하고 정찬을 나누는 것은, 가족공동체의 유대감을 나누며 영국인의 정체를 은연중에 확인하는 일종의 의식일까.

펍에서 쉬어 가기

생일 아침, 여느 때처럼 간단한 아침식사를 하고 일찌감치 학교로 직행해 연구실 문을 열었다. 그런데 웬일인가. 뜻밖에도 내 방에는 온통 풍선과 오색 종이 띠와 글씨가 가득했고, 큼직한 종이에 '해피 버스데이' 라고 쓴 플래카드가 나를 반기고 있었다. 축하 장식은 벽에도, 문에도, 책꽂이에도, 책상에도, 심지어 컴퓨터 스크린에까지도 매달려 있었다. 그럴 때 내 얼굴에 순간적으로 환하게 번진 미소를 누군가가 카메라에 담았더라면 세상에서 가장 행복한 표정을 그대로 남길 수 있었을 것이다.

아직 고요하기만 한 이른 아침이어서 흥분을 나눌 사람도 없었기에 나는 혼자서 방을 서성거렸다. 창밖으로 내다보이는 잔디밭 위로 아침 이슬이 사라지지 않은 채 데이지 꽃이 하얗게 덮여 있었다. 작은 데이지 꽃은 어찌나 생명력이 강한지 잔디를 깎을 때 함께 다 잘려 버리고 말지만 이 삼 일만 지나면 다시 하얗게 나와 푸른 잔디를 뒤덮는다. 여름철 아침에 가장 신선하고 사랑스러운 꽃이다.

생일 아침 내 연구실의 생일 장식과 생일 파티.

여름 교정은 유난히 싱그럽다. 떠들썩한 학부 학생들은 두어 달 전 학기가 끝나자 모두 짐을 싸가지고 떠나 버렸다. 그러니 학업의 진도가 어떠니, 연구 데이터가 어떠니 하며 지쳐서 축 처진 어깨를 하고 종일 책에만 코를 박고 지내는 따분한 대학원생들과 교수와 연구원, 직원들만 넉 달 동안 계속되는 여름방학 내내 교정을 지킨다. 실은 학교가 붐비지 않고 조용해서 가장 공부하기 좋은 때가 바로 여름방학 기간이다. 그러나 가끔씩은 유혹하는 햇빛 아래에서도 아무 일 없다는 듯 연일 반복되는 고요한 환경에 너무 짓눌려, 우리는 때때로 작은 반란을 일으킨다. 대학원생들끼리 모여 떠들썩한 파티를 꾸미는 것이다.

출근 시간이 가까워지면서 인기척이 들리기 시작하더니 사람들이 내 방으로 들어와서 "해피 버스데이!" 하면서 악수를 하거나, 내 뺨에 입을 맞추고 한바탕 껴안아 주었다. 여느 때 같으면 각각 자기 방 책상 앞에서 씨름할 시간인데, 모처럼 오늘 아침은 책을 잠시 밀어놓고 한데 모였다. 간밤에 누군가가 직접 구워 만든 생일 케익이 나오고, 차를 만들어 돌리고, 생일 축하 노래를 부르면서 사방에서 나를 향해 종이 딱총을 쏘아 댔다.

우리는 생일 장식 얘기로 꽃을 피웠다. 그 생일 장식은 별난 데가 있었다. 오색 테이프와 함께 체리 열매가 달린 나뭇가지까지 군데군데 벽에 걸려 있었으니 말이다. 그리고 체리 가지 옆에는 '소중한 생일(Cherished Birthday)'라고 대문짝만하게 쓴 색종이가 붙어 있었다. 그날 생일의 테마는 체리라고 했다. 운율을 넣어 글쓰기 놀이를 좋아하는 한 싱거운 친구가 소중한 생일을 기원한다는 의미로 간밤에 체리나무들이 있는 학교 뒤 울타리에 가서 꺾어 왔다니 극성스럽기도 하다.

나는 간밤에 10시가 넘도록 연구실에 앉아 있다 나갔는데 언제 장식할 시간이 있었을까. 내 방에는 또 어떻게 들어왔을까. 늦은 밤에 연구실을 나설 때 간혹 이 방 저 방에 불이 환하게 켜져 있는 것을 보곤 하는데, 듣고 보니 간밤에는 늦게까지 아래 위층 연구실에 각기 앉아 있던 동료 친구들이 내가 나가는 것을 확인한 뒤 낮에 학과 사무실에서 미리 빌려다 놓은 마스터키로 내 방문을 열고 무단 침입했던 것이었다. 방을 장식한다고 이 친구들이 대체 몇 시까지 학교에 있었을까. 알고 보니 이번 깜짝 파티는 일체가 레바논 출신인 앗사드의 각본이었다.

앗사드는 사람을 감동시키는 일을 곧잘 했다. 아내와 어린아이 둘과 함께 살고 있는 아저씨 앗사드가 그 나이에도 그렇게 살 수 있다는 것을 나는 경이로운 눈으로 지켜보곤 했다. 그는 석사 시절에도 레스터의 같은 학교에서 공부했으므로 나와는 인연이 깊다. 신실한 이슬람교도인 그는 나와 호흡이 잘 맞았다. 해답 없는, 늘 떠도는 사회과학도의 질문들을 안고 앗사드와 내가 토론을 시작하면 시간 가는 줄 모르고 끝없이 얘기를 하곤 했다.

경제적으로나 시간적으로나 늘 빠듯한 생활을 하면서도 앗사드는 주위 사람들의 필요를 제일 먼저 감지하고 도움을 베푸는 데 선수였다. 그는 고국을 떠난 지 이미 오래된 데다 학비 보조금도 끊어져 전전긍긍하면서 아르바이트 수입으로 공부하고 있었는데, 복잡한 중동의 국제정세로 인해 고국으로 돌아가지 않은 채 학업이 길어지는 바람에 비자 문제에 걸려 영국을 강제로 떠나야 할 상황에까지 갔었다. 후에 들으니 여러 가지 문제로 학업을 중단해야 할 정도로 곤경에 빠졌다고 한다. 이제는 각 나라로 흩어진 당시 친구들이 사람 좋은 앗사드를 회상하며 서로 그의 연락처를 애타게 묻곤 하지만, 그가 어느 하늘 아래서 무슨 일을 하는지 이제는 아무도 모른다. 스스로 연락을 끊고 불법 체류자가 되어 어딘가에 숨어 있는 것일까.

외롭고 힘든 객지 생활에서 위로가 되는 것은 구실이 있을 때마다 서로를 챙겨 주는 것이다. 그러니 누군가의 생일이 되면 한 가지씩 음식을 들고 모여 파티를 열어 주었고, 모두들 주머니가 궁색하거나 시간에 쫓길 때는 잠시 펍에서 모여 기분전환을 하곤 했다. 펍은 우리가 파티를 하기에 적당한 장소였다. 무엇보다 호주머니의 푼돈으로 드나들 수 있을 만큼 값싸고 자유롭기 때문이었다. 펍에서 음료는 유리잔 한 잔 정도의 반 파인트(pint)부터 주문할 수 있고, 그 정도로 저녁 내내 자리를 잡고 앉아 시간을 보낸다 해도 눈치 볼 일이 없었다. 물론 흥이 오르면서 잔이 수북이 쌓이게 마련이기는 하지만.

펍은 '퍼블릭 하우스(public house)'의 줄임말이다. 말 그대로 영국의 펍에서는 펍을 이용하는 대중의 구분이 그다지 없다. 아이를 동반한 일가족 또는 노부모와 함께 오는 자녀도 있다. 펍에서는 알코올 음료 외에도 차나 커피, 과일주스나 탄산음료를 마실 수 있고, 따끈한 식사를 할 수도 있다. 펍에서 파는 알코올은 맥주와 와인, 스피릿(spirit)이라 불리는 독주 외에도 제법 매력적인 영국식 알코올 사이다(cider)가 있다. 사이다는 당도에 따라 스위트, 미디엄, 드라이 세 종류가 있다. 영국에서 사이다는 탄산음료가 아니고 사과주다. 사과주스 같은 맛이 있기는 하지만 맥주보다 알코올 도수가 조금 높다. 대학에 갓 입학한 젊은이들이 해방감에 멋모르고 과일주스 마시듯 몇 잔 홀짝거리다 만취해 버리기 일쑤라는 술이다.

펍의 간판. 펍은 '퍼블릭 하우스'의 줄임말이다. 말 그대로 영국의 펍은 남녀노소 구분없이 드나든다.

사람들은 서서 하는 파티에 익숙하다. 손님들이 북적이는 펍에서는 자리에 구애받지 않고 그저 홀에 둘러서서 마신다. 자리가 비좁으면 사람들은 잔을 들고 펍 밖으로 나가기도 한다. 시골 펍의 근처에는 백조가 한가롭게 떠 노니는 작은 강물이나 개울이 있기 일쑤다. 수백 년쯤 묵은 나무가 우거진 공원 한 구석, 마을 광장 한 모퉁이 같은 곳에도 어김없이 펍이 자리잡고 있다. 펍 입구에 털썩 주저앉거나, 주위 빈터의 벤치에, 또는 나지막한 돌담에 걸터앉거나, 고목이 된 나무 기둥에 기대어 서서 얘기를 나누며 맥주를 들이키는 광경은 흔히 마주치는 장면들이다.

영국 전역의 모든 펍은 법에 따라 밤 11시가 되면 문을 닫는다. 그러니 파티는 아무리 흥겨워도 11시면 파장이다. 11시 폐점 정책은 논란 속에 오늘날 완화되었지만, 문 닫을 시간이 가까워지면 마감 15분 전에 카운터의 바텐더가 작은 종을 딸랑딸랑 울린다. 마지막 주문을 받는다는 신호다. 더 마실 생각이 있는 사람은 서둘러 카운터에 가서 잔을 받아 와야 한다.

홀로 책상 앞에서 자신과 씨름하는 사람들이기에 결국 다시 혼자가 될 테지만, 같은 길을 가는 사람들이 주위에 있다는 건 든든한 일이다. 낯선 땅에 와 살면서 혼자 맞는 생일만큼 외로운 것은 없을 것이다. 사람들은 어른 아이 할 것 없이 사랑하는 이의 생일을 극진히 챙긴다. 생일은 주위에서 기억해 줄 때 비로소 값진 날이 되는 것 같다. 평소에는 서로 존재의 진가를 잊고 지내다가도 생일에는 주위 사람들로부터 소중히 여김받고 있음을 확인하게 되니, 생일은 누구나 세상에서 특별한 사람이 되는 날이다.

템즈 강 뱃놀이

벼르고 벼른 끝에 5월 1일 메이데이 연휴를 끼고 학과 동료들이 모여서 드디어 뱃놀이를 가기로 했다. 시름에 젖게 만드는 공부 생각을 떨쳐 버리고, 이렇게 며칠 동안을 함께 보낸다는 것은 좀처럼 만들기 어려운 기회였다. 봄빛이 슬그머니 따가워지기 시작하는 4월의 마지막 날은 '뱅크 홀리데이(bank holiday)' 연휴가 시작되는 날이다. 영국에서는 국정 공휴일을 은행이 문을 닫는다는 이유로 '뱅크 홀리데이' 라 하는데, '뱅크 홀리데이' 는 언제나 월요일이다. 일요일을 끼고 휴일이 이어지기 때문에 모처럼 함께 놀아 볼 궁리를 하게 된 것이다.

우리가 뱃놀이를 하게 될 코스는 옥스퍼드 주의 작은 마을 월링포드(Wallingford)에서 옥스퍼드 시까지 이르는 템즈 강 상류의 뱃길이었다. 이 길은 20마일이 채 안 되는 거리인데 열 개 이상의 갑문을 통과하게 된다. 이 템즈 강 뱃길은 육로가 사방으로 잘 뻗어 나간 오늘날에는 운송 수단의 쓸모를 잃은 대신, 뱃놀이를 즐기는 이들에게 여가 활동을 위한 환경을 제공하고 있다.

텝즈 강 뱃길을 소재로 해서 쓴 잘 알려진 책이 있다. 『배 위의 세 남자(*Three Men In a Boat*)』라는 제목으로 제롬(Jerome K. Jerome)이 쓴 책이다. 거기에는 세 남자가 몽고메리라는 개 한 마리를 배에 태우고 이 뱃길을 지나며 벌이는 갖가지 유머 있는 에피소드와 삽화가 담겨 있다. 이 책이 처음 출판된 것이 1889년이었으니, 백년 이상 꾸준히 출판을 거듭하며 여전히 독자들의 사랑을 차지하고 있다. 그 책 속의 뱃길이 정확히 그대로 우리가 지나가게 될 코스였다.

우리 일행은 20명이나 되었다. 연휴 첫날 아침에 우리는 몇 대의 자동차에 나눠 타고 한 시간 남짓 걸리는 월링포드에 도착해 출발 지점인 템즈 강변에 모였다. 선창가 주차장에 차를 주차해 놓고 대기 중인 배로 갈아타고 뱃길 여행을 시작하는 것이다. 목적지인 옥스퍼드에 도착하면 그곳 강변에 배를 정박시키고 옥스퍼드 시내에서 보내다가, 다시 뱃머리를 돌려 월링포드의 출발 지점으로 와 배를 돌려주고 자동차로 귀가할 예정이었다. 며칠간 잠은 물론 배 안에서 자게 된다.

미리 예약해 둔 배 두 척에는 각각 '킹스턴의 소녀', '도체스터의 소녀' 같은 낭만적인 이름이 붙어 있었다. 며칠 살게 될 그 배는 '바지 (barge)'라고 불리는 좁고 긴 배다. 너무 좁아 밖에서 보기에는 방이 있으려나 생각될 정도지만, 바지 안에는 열

우리가 뱃놀이를 하게 될 코스는 옥스퍼드 주의 작은 마을 월링포드에서 옥스퍼드 시까지 이르는 템즈 강 상류의 뱃길이었다. 이 길은 20마일이 채 안 되는 거리인데 갑문을 열 개 이상 통과하게 된다.

명의 정원을 수용할 만한 공간이 있었다. 침실 세 개와 화장실, 샤워실, 식당, 주방이 있는데 주방에는 전기로 가동되는 오븐과 냉장고, 그리고 개수대 설비가 있고 전자레인지도 갖추어져 있었으니 그 정도면 충분했다. 이제부터 며칠 동안은 운항은 물론 전기·가스·물 등 에너지를 자급자족하면서 스스로의 책임 하에 모든 것을 관리해야 한다. 우리는 미리 장 보아 온 식품을 냉장고에 채워 넣고 각자의 침실에 짐을 던져 두고 나서 배 안의 구조를 구석구석 확인한 뒤 드디어 엔진에 시동을 걸었다.

가장 먼저 할 일은 모두 조종실에 모여 번갈아 운전대를 잡아 보고 운전을 익히는 일이었다. 배의 조종은 쉽고 간단했다. 바지는 아주 느린 속도로 운행하니 빠르게 노 젓는 배의 속도와 별반 차이가 없을 정도였다. 배는 수면 위를 조용하게 미끄러진다. 배가 지나가는 동안 양쪽 강둑으로 끝없이 스치는 봄 풍경을 감상할 수 있다. 유채꽃으로 뒤덮인 샛노란 들판이 나오고, 방목하는 소떼가 한가하게 풀을 뜯는 들판이 나타나기도 한다. 멀리서 마을이 흘러가다가 강물이 갑자기 숲 사이로 흘러들어가기도 한다.

강폭은 각양각색이다. 유난히 폭이 좁아지는 곳에서는 바지 두 대가 서로 간신히 비낄 정도여서 운전자뿐 아니라 배 안의 모두가 아슬아슬하게 손에 땀을 쥐어야 한다. 그러다 다시 강이 넓어지면 수십 대의 바지들이 나타나 한가롭게 강물 위를 미끄러져 간다. 마을을 지날 때면 선착장 여기저기에 배를 정박시켜 놓고 갑판에서 일광욕하는 이들이 시야에 들어온다. 마침 그날은 연휴 첫날이어서 수많은 바지 행렬이 앞서거니 뒤서거니 하며 스쳐가곤 했다.

좀처럼 보기 힘든 눈부신 하늘을 보며 우리는 모두 갑판에 나와

멀리서 갑문이 보이기 시작하면 일단 속도를 늦추고 배를 멈출 준비를 해야 한다. 갑문 앞에 다다르면 시동을 끄고, 배 안에 실린 밧줄을 끌러 내려 강둑 군데군데 박힌 쇠말뚝에 밧줄을 단단히 걸고 배를 매둔다.

앉았다. 몇몇은 그것도 성에 차지 않아 지붕에 올라앉거나 드러누워 목말 랐던 햇볕을 실컷 들이킨다. 느리게 움직이는 배에 스치는 바람이 가볍다. 잠잠히 따라오던 건너편 배에서 사람들이 얌전히 있을 리 없다. 합창 소리 가 들리는가 했더니 몇 명이 급기야 지붕 위로 올라가 삼바춤을 추기 시작 한다. 흥은 구경꾼에게까지 전염되는 법이라, 지나치는 바지에서 사람들이 웃으며 엄지손가락을 치켜든다.

　　　뱃길을 가다 보면 '로크(lock)'라 불리는 갑문이 나온다. 이 갑문 을 통과하는 데에 바지 여행의 묘미가 있다. 월링포드에서 옥스퍼드까지 가려면 많은 갑문을 통과해야 한다. 기차역마다 이름이 있는 것처럼, 모든 갑문의 오두막에는 고유한 이름이 쓰인 간판이 붙어 있다. 멀리서 갑문이 보이기 시작하면 일단 속도를 늦추고 배를 멈출 준비를 해야 한다. 갑문 앞 에 다다르면 시동을 끄고, 배 안에 실린 밧줄을 끌러 내려 강둑 군데군데 박 힌 쇠말뚝에 밧줄을 단단히 걸고 배를 매둔다. 그리고 갑문으로 가서 닫혀 있는 수문을 연다. 그러면 막혔던 물이 일시에 쏟아져 내려가기 시작하는 데, 배가 지나가기 위해서는 수면이 수평이 될 때까지 기다려야 한다. 드디 어 수면이 같아지면 묶인 밧줄을 풀고 배의 시동을 걸어 서서히 운전하면 서 좁은 수문을 통과한다. 통과 후에는 다시 배를 정지시킨 다음 같은 방법 으로 쇠말뚝에 배를 매어 두고 되돌아가 갑문을 닫아야 한다. 그렇게 마무 리하고 나서야 가던 길을 계속 갈 수 있다. 바지놀이는 느리게 갈수록 더욱 묘미가 있다. 갑문을 통과하는 것이 처음엔 서툴고 시간이 많이 걸리지만, 여러 차례 반복하다 보면 요령이 생겨 점차 기계적으로 척척 되풀이할 수 있게 된다.

이 과정에서 꼭 주의할 점이 있다. 배를 말뚝에 묶어둘 때 밧줄을 헐렁하게 매어 두지 않으면 큰 낭패를 볼 수 있다는 것이다. 갑문을 사이에 두고 서로 다르던 수면이 문을 열면 빠른 속도로 같아지기 시작해 아래쪽에서는 수면이 올라가고 위쪽에서는 수면이 쭉 내려가는데, 이때 밧줄이 충분히 길어야만 배 바닥이 자연스럽게 수면을 따라 올라간다. 밧줄이 짧으면 물이 빠지면서 배가 공중에 대롱대롱 매달리는 아슬아슬한 일이 벌어지게 된다.

오두막에는 갑문지기가 대기하고 있어 통과하는 배를 지켜보고 있다가, 필요하면 언제든 도움을 준다. 바지가 도착하면 한두 마디 인사를 건네기도 한다. 마을 주변에서 개를 데리고 산책하던 이들이 다리에 멈춰 서서 갑문을 통과하는 배를 구경하기도 한다.

저녁이 되자, 우리는 옥스퍼드에서 그리 멀지 않은 작은 마을 아빙든(Abingdon)에 배를 정박시키고 하룻밤을 묵기로 했다. 배 두 척을 나란히 묶어 두고 모두들 기어 나와 마을의 펍을 찾아갔다. 아빙든에는 옛 문인 존 러스킨이 옥스퍼드 칼리지의 학장으로 재직하던 시절에 살았던 펍이 지금도 남아 있다. 워낙 작고 고요한 시골이라, 펍에 나온 마을 주민들은 대대적으로 몰려온 한 떼의 이방인들을 신기한 듯 곁눈질했다. 따끈한 저녁을 먹고 돌아와 물 위에서의 첫 밤을 보냈다. 갑판에서도 침실에서도 밤새도록 화제가 꼬리를 물고 이어졌다. 그날부터 며칠 동안 우리는 그렇게 배 안에서 설레는 밤을 보냈다.

옥스퍼드에 도착해 크라이스트처치 칼리지 메도우(Christ Church College Meadow) 부근에 배를 정박시켰다. 일요일 새벽, 모두들 잠자는 시간에 일찌감치 일어나 카메라를 들고 살그머니 배에서 기어 나왔다. 해뜨기 전 시내를 향해 걷다 보니 펍마다 술잔을 든 남녀 학생들이 쏟아져 나왔다. 나비넥타이를 반쯤 풀어헤치고 양복 윗저고리를 벗어 든 채, 성장을 한 선남선녀 무리가 파장한 파티에서 나오듯 차도를 메우고 거리를 활보한다. 일요일 아침이면 학생들이 죽은 듯 잠자고 있을 시간인데 전혀 새벽 풍경이 아니었다. 꿈속일까, 시간을 착각했을까, 잠시 혼란스럽던 머릿속에 문득 5월 1일 '메이데이(May Day)'가 떠올랐다. 도시 전체에서 밤새 축제가 벌어져 학생들이 꼬박 밤을 샌 것이었다.

옥스퍼드의 메이데이 축제는 특별하다. 5월 1일, 메이데이는 햇빛이 돌아오고 흙이 비옥해지며 봄이 끝나 여름이 시작된다는 날이다. 전통의상을 입은 남자들은 '메이폴(May pole)'이라 불리는 막대기의 꼭대기에 화환을 걸어 놓고, 메이폴을 중심으로 종과 리본을 흔들며 리듬에 맞춰 '모리스 댄스(Morris dance)' 민속춤을 춘다. 메이데이 새벽에 모들린 칼리지(Magdalen College)의 종탑에서는 대학 합창단이 올라가 온 도시를 내려다보며 노래를 부르고, 치기 있는 학생들은 해가 뜰 무렵 모들린 다리에서 옷을 벗어던지며 아직 한기가 있는 강으로 풍덩풍덩 뛰어든다.

비좁은 배 안에서 며칠을 서로 복작이며 붙어 있다 보니 시간이 지나면서 하나 둘 문제가 생겼다. 사생활이 없는 상황은 사람의 속성을 적나라하게 노출시킨다. 잠자는 습관, 일에 대처하는 방식, 시간 활용의 취향, 음식 선호에 이르기까지 갈등의 씨앗은 끝없이 많다. 이층 침대 위칸에서 코고는 소리에 잠을 못 잔 사람, 한쪽에서는 대중지를 들고 밤늦도록 시시덕거리고 한쪽에서는 자야겠다고 귀를 막는 사람, 번갈아 샤워를 하는 탓에 인내심을 배워야 하는 사람, 오븐에 데운 소시지와 즉석 파이가 식탁에

메이데이 새벽의 크라이스트 처치 칼리지 메도우(위)와 옥스퍼드 거리.

올라오면 신선한 샐러드가 생각난다는 사람, 배가 고프니 점심을 먹자고 하면 평소에 안 먹는 아침식사로 아직도 배부르다는 사람, 조리하는 사람이 있는가 하면 설거지 그릇에는 손끝도 대기 싫은 사람, 남들이 일손을 나눠 노동할 때 갑판에서 일광욕을 하며 책만 읽고 있는 사람. 휴! 이렇게 해서 우리는 조금씩 지치기 시작했다.

옥스퍼드에서는 누구의 제안이랄 것도 없이 만장일치로 뿔뿔이 흩어져서 종일 각자의 시간을 갖기로 했다. 모두들 배에서 나오니 숨통이 트이는지 끼리끼리 시내를 어슬렁거리며 홀가분함을 만끽했다. 저녁이 되어 다시 약속 장소에 모였지만, 그 많은 인원이 어느 식당에 들어갈까 정하느라고 또다시 애를 먹었다.

마지막 날, 옥스퍼드를 출발하면서 뱃놀이는 다시 시작되었다. 뱃머리를 돌려 왔던 길을 따라 월링포드에 도착해서 배를 반납하고, 우리는 선창가 잔디밭에서 성대한 피크닉을 했다. 한 팀은 열심히 만든 거대한 파스타 접시를 받쳐 들고 노래를 부르며 잔디밭을 행진하는 의식을 재현했다. 다른 팀도 남은 음식을 모두 꺼내서 볶고 굽고 삶아 만든 요리를 펼쳐 놓고 마지막 성찬을 벌였다.

자동차로 돌아오는 길에 옥스퍼드에서 멀지 않은 윈스턴 처칠의 생가인 블레넘 궁전(Blenheim Palace)에 들렀다. 블레넘 궁전은 오래전부터 관심을 갖고 궁금하게 여기던 곳이었지만, 건축이나 실내 장식, 정원과 거대한 숲의 매력에도 불구하고 사람들은 여행의 막바지인 탓에 바람이 빠져가는 풍선처럼 지쳐 있었다. 뿔뿔이 흩어져 정원을 거닐 때는 떼지어 다니던 이전의 우리가 그리웠지만, 이제 그쯤 하고 무리에서 해방되어 혼자 있고 싶은 생각이 간절했다. '어울림의 찬미'는 결국 실속 없는 지적 유희였던가?

긴 여행을 마치고 오후에 집에 도착하니, 하우스메이트인 발레리는 어디론가 외출했는지 아침에 배달된 우윳병이 그대로 대문 앞에 놓여 있었다. 빈집에 들어서서 가방을 털썩 내려놓고 차를 한 잔 끓여 들고 정원으로 나갔다. 귀가 멍멍하게 적막한 고요함이 느껴졌다. 지난 며칠간의 뱃놀이 순간들이 머리를 스치고 지나갔다. 한 번쯤 다시 해보고 싶은 모험이었다. 그러나 열 명이 한 배에서 복닥거리는 건 이제 절대 사절이다. 천천히 차를 마시며 생각한다. 아, 혼자가 이렇게 좋은 것일 줄이야!

크리스마스

　　　　한 해가 빠른 속도로 날아가고 있다는 생각에 슬그머니 마음이 썰렁해지는 늦가을 무렵이면 어김없이 어느 날 문득 거리에 화려한 오색 조명이 내걸려 어둠을 밝히기 시작한다. 대도시에서부터 이름 없는 작은 마을에 이르기까지 크리스마스 축제의 시작을 알리는 불빛이 거리에 일제히 등장하는 것이다. 크리스마스는 그렇게 거리에서 먼저 다가온다. 런던의 리전트 거리는 전국에서 크리스마스 장식이 가장 화려하게 꾸며지기로 유명해 해마다 테마를 바꾸어 가며 장식한 조명으로 관광객들의 시선을 끌어모은다. 트라팔가 광장에는 해마다 노르웨이의 오슬로 시민들이 보내 준다는 거대한 전나무 트리도 등장한다. 가을이 채 꼬리를 감추기도 전부터 이렇게 슬그머니 크리스마스 신호가 시작되어 한 해의 막바지에 이르면, 이 축제는 대대적인 활기를 띤다.

　　　　실제로 크리스마스는 더 일찍, 가정에서 여인들이 크리스마스 케익을 굽는 냄새에서 시작된다고 해야 할 것이다. 하숙집의 가드너 씨 댁에

크리스마스는 거리에서 먼저 다가온다. 대도시에서부터 이름 없는 작은 마을에 이르기까지 크리스마스 축제의 시작을 알리는 불빛이 거리에 일제히 등장하는 것이다.

서는 앤 부인이 서리도 채 내리기 전인 10월 하순에 크리스마스 케익을 구웠다. 크리스마스 케익은 밀가루에 버터와 달걀을 넣고 각종 말린 과일을 듬뿍 넣어 약한 오븐에 오랜 시간 굽는 것으로, 여기에는 계피를 비롯한 각종 향신료에 브랜디나 포트처럼 향이 진한 술이 추가로 듬뿍 들어가기 때문에 구울 때 진한 향이 퍼져 나온다. 케익이 오븐에서 구워질 때 온 집안을 채우는 향은 일찌감치 크리스마스를 알리는 신호다. 어둑어둑해지는 초저녁 기운을 타고 웅크린 어깨로 집 안에 들어설 때 케익 굽는 냄새가 풍기면, 하숙생이라도 가정의 분위기를 맛보는 것 같은 기분이 된다.

이렇게 두어 달쯤 미리 구운 케익은 유산지에 싸서 케익통에 담아 보관하면서, 간간이 한 번씩 꺼내서 브랜디를 끼얹어 주며 크리스마스 때까지 충분히 숙성되기를 기다린다. 12월이 되어 크리스마스가 며칠 뒤로 다가오면 그동안 보관해 온 케익을 꺼내 장식하는데, 이때는 호두·아몬드·헤이즐넛 등의 굵직한 통견과류를 보기 좋게 얹거나, 아몬드 가루로 만든 마지팬(marzipan)으로 케익을 하얗게 장식해 마무리한다.

축제를 축제답게 만드는 것은 역시 음식이다. 크리스마스에는 각종 단 음식을 포함해 전통 음식을 듬뿍 준비한다. 크리스마스 푸딩은 '플럼 푸딩(plum pudding)'이라고도 하며 녹색의 홀리 잎과 새빨간 홀리 열매로 장식을 한다. '민스 파이(mince pie)'도 크리스마스에 빼놓을 수 없는 대표적인 음식이다. 12월이 되기만 하면 민스 파이를 먹을 일이 자주 생긴다. 각종 파티나 음악회 등의 모임에서는 언제나 차나 와인과 함께 민스 파이가 나온다. 민스 파이는 속에 각종 말린 과일을 넣어 만든 작은 타르트다. '민스'는 다진 고기라는 뜻이지만, 고기가 전혀 들어가지 않는 과일 디저트를

민스 파이

민스 파이라 부르는 이유는 오래전 다진 고기를 넣고 파이를 만들어 먹었던 습관이 있었기 때문이다.

크리스마스 카드 쓰기는 한 해를 마무리하기 전에 누구나 꼭 거치는 전 국민의 연례 행사다. 그러니 카드산업의 규모는 대대적이다. 사람들은 한 해가 가기 전에 가족과 친지 등 아끼는 주위 모든 사람들에게 일일이 카드를 써서 크리스마스 인사를 보낸다. 그러니 11월 말부터 배달되기 시작하는 크리스마스 카드는 한 집에 100장, 200장을 쉽게 넘긴다. 각 가정에서는 집집마다 연일 날아드는 크리스마스 카드를 곳곳에 펼쳐 진열하거나, 줄에 매달아 천장에서 늘어뜨려 집 안을 장식한다. 카드 장식과 아울러 집 안의 크리스마스 분위기를 돋우는 크리스마스 트리는 12월 첫 주말쯤이면 각 가정에 등장하며, 거실 한편에 세워 둔 트리 아래에는 미리부터 가족들에게 줄 선물 상자를 쌓아 둔다.

12월 24일 저녁부터는 모든 공공기관과 상점들이 완전히 문을 닫고 대중교통이 끊겨 모든 것이 중단된다. 사람들은 며칠간 완전히 집 안에 들어앉아 가족과 함께 지낸다. 25일 한낮에는 집집마다 가족이 둘러앉아 정찬을 한다. '크리스마스 디너'라 불리는 이 정찬에서 사람들은 전통적으로 구운 칠면조 요리를 먹는다.

크리스마스 정찬을 시각적으로 화려하게 하는 데는 구운 칠면조 외에도 '크리스마스 크래커(cracker)'가 한몫 한다. 크리스마스 크래커는 과자가 아니라 사탕처럼 양옆을 꼬아 포장한 화려한 색깔의 종이 원통이다.

식탁에 둘러앉아 식사를 시작하기 직전에 사람들은 자기 앞에 놓인 크래커를 뜯어본다. 두 사람이 크래커의 양 끝을 각각 잡고 세게 당기면 딱총처럼 요란한 소리를 내며 크래커가 터지는데, 그러면 그 속에서 자질구레한 장신구, 유머나 경구가 쓰인 쪽지, 종이로 만든 화려한 색깔의 왕관 등이 나온다. 사람들은 자신의 크래커에서 나온 쪽지의 유머나 퀴즈를 읽어 보고 실없는 농담을 잠시 나누고 나서, 각자 원색의 종이 왕관을 머리에 얹고 식사를 하기 시작한다.

크리스마스 오후 세 시가 되면 가족들은 보통 텔레비전 앞에 모인다. 노폭 지방의 샌드링엄 궁에서 크리스마스를 보내는 여왕이 영국 국민과 영연방 국가들에게 보내는 크리스마스 메시지 생중계 방송을 듣기 위해서다. 여왕의 연례 크리스마스 메시지가 끝나면 언제나 케임브리지 대학의 킹스 칼리지 합창단이 부르는 크리스마스 캐럴 프로그램이 이어서 방영된다. 가족들은 식사 후 크리스마스 트리 아래 쌓인 선물을 가져다 하나씩 끌러 보고, 오후 내내 거실에 둘러앉아 어두워질 때까지 차를 마시고 게임을 한다.

크리스마스 다음날은 '복싱데이(Boxing Day)'다. 복싱데이란 이름의 유래는 800여 년 전 교회에서 뒤뜰에 상자를 놓아두고 가난한 이들을 위한 모금을 한 데서 비롯되었다고도 하고, 크리스마스에 열심히 일했던 하인들이 다음날 휴가를 얻어 가족에게 돌아갈 때 주인이 선물 상자를 들려 보낸 데서 생겼다고도 한다. 지금도 가정에서는 일년 동안 수고한 신문배달원, 우유배달원, 쓰레기 청소부들에게 팁이나 선물을 전달한다.

복싱데이가 되면 크리스마스에 연 이틀간 거의 집 안에만 틀어박

크리스마스에는 여우 사냥을 하는 오랜 전통이 있어 검정 모자에 붉은 기마 복장을 하고 말을 탄 사냥꾼들이 한 무리의 사냥개들을 몰고 다니는 모습과 간혹 마주칠 수 있다.

혀 있던 사람들이 일제히 가까운 공원이나 숲으로 산책을 나간다. 이날 교외에서는 여우 사냥을 하는 오랜 전통이 있어서 검정 모자에 붉은 기마 복장을 하고 말을 탄 사냥꾼들이 한 무리의 사냥개들을 몰고 다니는 모습과 간혹 마주칠 수 있다. 영국 사회에서 여우 사냥은 오늘날까지도 논란이 많다. 개를 앞세우고 그 큰 동물을 잔혹하게 사냥하니 동물보호 차원에서 여우 사냥을 반대하는 이들의 주장이 설득력을 얻기도 하지만, 여우 사냥을 금지하면 먹이사슬이 깨져 야생동물과 자연환경이 영향을 받고 농작물 피해를 방치하는 결과를 가져올 수도 있다니, 반대 의견이 팽팽히 맞서는 것도 일리는 있다.

해마다 복싱데이가 되면 극장에서는 종합 무대 공연인 '판토마임'을 한다. 판토마임에는 춤과 노래를 포함하는 연극적 요소가 있고 팝 스타나 코미디언 등이 배우와 함께 출연하는데, 이 극에는 흔히 여장 남자 또는 남장 여자가 등장한다. 판토마임의 주제는 권선징악이다. 관객들은 흥이 나서 극중 악당을 야유하고 착한 이를 응원하는 등 공연에 소리 높여 참여한다. 그리고 분위기가 고조될 때쯤이면 언제나 어린이 관객 한두 명이 무대 위로 불려 나와 배우와 한두 마디 나눈 뒤 상을 받고 내려간다.

판토마임의 줄거리는 민담과 동화를 섞은 것으로 '백설 공주', '잭과 콩나무', '신데렐라', '로빈후드', '피터팬' 등 레퍼토리는 거의 고정적이다. 해마다 비슷비슷하게 되풀이되는 뻔한 줄거리에다 장르 자체가 갖는 한계에도 불구하고 가족들이 해마다 판토마임 공연장을 즐겨 찾는 이유는, 극장에 들어서면 누구나 어린이가 되게 만드는 명랑한 가족극이란 매력 때문일 것이다.

서리 내린 크리스마스 거리와 정원.

크리스마스에는 안개가 대지를 덮기 일쑤다. 겨울이라 해도 좀처럼 영하로 내려가는 날이 드물지만, 축축하게 습한 공기가 대지를 덮으면 영하의 날씨 못지않게 으슬으슬 떨리고 춥다. 오늘날 사람들은 깨어진 가정이 점점 많아져 걱정을 하고, 교회는 사람들이 점점 발길을 멀리한다고 안타까워한다. 게다가 해를 더할수록 크리스마스가 상업화되는 추세를 사람들은 염려한다.

그럼에도 불구하고 크리스마스는 이 땅에 행복함과 따스함, 추위와 외로움을 교차시키며 해마다 변함없이 축제의 절기로 다가온다. 사라지는 한 해의 끄트머리에서 바쁜 발길을 재촉하면서도 이들이 여전히 달력을 확인하며 크리스마스를 기다리는 이유는 아마 이 땅에 사랑이 있다는 믿음 때문일 것이다.

3

위크 나인 블루스

봄은 힘들고 더디게 온다. 밤이 길고 일조량이 적은 겨울은 길고 지루하다.
그러나 3월이 다 가도록 날이 풀릴 기미가 영 없다가도, 때가 이르면 지루하던 겨울의
자취는 마침내 사라진다. 그리고 삼라만상에 생기가 돌기 시작한다.
그러니 때가 올 때까지 그저 꾹 참고 기다리는것밖에 없다.

위크 나인 블루스

할 일은 끝이 없고 해를 마지막으로 본 게 언제였나 싶게 을씨년스러운 날이 계속되면 학교 생활은 정말 지루하다. 그나마 생활에 작은 탄력을 주는 특별한 행사나 사건도 별로 없는 채 10주로 채워지는 학기의 종반쯤에 접어들면, 학생들은 막바지 언덕을 힘겹게 오르기라도 하듯 지친 표정들이다. 게다가 연일 비바람이라도 몰아치면 우울함은 절정에 이른다. 그런 학기말의 따분함을 학생들은 '위크 나인 블루스(week nine blues)' 라 부른다.

그러나 신기한 일이다. 영국의 겨울은 좀처럼 영하로 내려가는 적이 없이 늘 고만고만한 기온을 유지하며 몇 달씩 계속되는데, 어두운 하늘과 잦은 비바람 속에서도 어떻게 봄이 오는 것을 아는지 한겨울 땅속에서 어느 날 문득 작달막한 크로커스 봉오리가 삐죽삐죽 올라온다. 때가 되면 어김없이 봄꽃들이 나오기 시작하는 것이다.

그렇지만 봄은 힘들고 더디게 온다. 밤이 길고 일조량이 적은 겨울

비 오는 기숙사 창가에서. 찌푸린 하늘이 연일 계속될 때면 햇빛이 몹시 그립다.
그래서 사람들은 겨울의 끝 무렵을 가장 견디기 힘들어한다.

은 길고 지루하다. 혹독한 추위가 없는 대신, 눈이 오는 것도 아니고 바람마저 한 점 없이 찌푸린 하늘이 연일 계속될 때면 햇빛이 몹시 그립다. 그래서 사람들은 겨울의 끝 무렵을 가장 견디기 힘들어한다. 봄 학기가 끝나 가는 3월이 되어도 겨울은 꾸물꾸물하면서 물러갈 듯하다가는 다시 차가운 비나 쌀쌀한 기운을 몰고 오니, 날이 쉽게 풀리는 기미가 없다. 3월인데도 자전거를 탈 때 손이 새빨갛게 얼어 연일 털장갑을 끼고 다녀야 할 때도 있다.

영국의 대학은 1년이 세 학기로 되어 있고, 각 학기는 10주씩이다. 세 학기 중 1월부터 3월까지 10주 동안 계속되는 봄 학기가 아마 가장 더디고 지루할 것이다. 10월 첫 주간에 시작되어 12월 중순에 끝나는 첫 학기는 새 학년의 흥분과 기대로 어영부영 술렁이다 곧 크리스마스를 맞게 되어 너무도 빨리 지나 버린다. 한편 4월 하순부터 시작되는 여름 학기는 흥청망청 보낼 여유가 없다. 그 마지막 학기는 시작되는가 하다가 곧장 시험으로 들어가기 때문에, 이때쯤 학생들 가슴에는 일제히 빨간 비상등이 켜진다.

학부 학생들에게 시험 기간은 일년에 단 한 번, 학년말인 여름 학기에 있다. 그 시험은 몇 주씩 계속되기도 하므로 공부하지 않으면 살아남기 어렵다. 학부생 시험의 감독은 대학원생에게 제법 후한 아르바이트 거리인데, 시험 감독에 들어가 보면 수험생들은 두툼한 백지 답안지를 받아 들고 몇 시간씩 땀흘리며 씨름한다. 따라서 준비 없이 눈치만으로 시험장에 임하고 무사하기를 기대하기란 불가능한 일이다. 영국 대학의 시험 결과는 학점이나 석차로 매겨지는 대신 3등급으로 나뉘어 통보된다. 그러나 그 결과가 학교 건물에 공개적으로 나붙기 때문에 학년말 시험에 대한 압박과 긴장이 어느 정도인지 짐작할 만하다.

영국의 대학은 1년이 세 학기로 되어 있고, 각 학기는 10주씩이다. 학기 종반쯤에 접어들면, 학생들은 막바지 언덕을 힘겹게 오르기라도 하듯 지친 표정들이다. 그런 학기말의 따분함을 학생들은 '위크 나인 블루스' 라 부른다.

시험이 시작되는 5월이 되면 야속하게도 날씨가 갑자기 화창해지고 기온이 올라간다. 시험 공부에 매달리는 학생들에게 그런 눈부신 날씨는 차라리 고역이다. 겨우내 어둡던 하늘이 갑자기 이렇게 밝아지는데 책상 앞에 붙어서 유혹하는 햇빛을 잊어야 한다는 것은 가혹한 일이다. 학생들은 너도나도 무거운 옷을 벗어던지고 교정에 쏟아져 나와 일광욕을 즐기고 싶어안달이다. 그래도 공부는 하겠다고 잔디밭에 엎드려 책을 붙들고 있기 일쑤다. 물론 요염한 봄빛 때문에 젊은이들이 집중할 수는 없을 테니, 손에 책을 든 채 마음이 딴 데 가 있는 것은 충분히 이해할 만한 일이다. 5월 말이면 지루한 시험이 끝나고 마침내 넉 달에 걸친 긴 여름방학에 들어간다. 따라서 시험을 치르면서도 학기말 바비큐, 방학 중 아르바이트 구하기, 여름 여행 준비 등으로 기대에 들떠 있게 마련이다.

학년말이 되어서야 큰 시험이 있으니 일년 내 판판이 놀아도 되겠거니 생각할 수도 있겠지만, 학교에서 학생들을 그냥 놔둘 리 없다. 시험 대신 각종 과제물과 발표, 세미나, 에세이 등을 빡빡하게 안겨 준다. 또 슬렁슬렁 넘어가려는 학생들을 잡아두는 '튜토리얼(tutorial)'이란 제도적 장치가 있다. 튜토리얼은 과목 담당 교수와 몇 명의 학생이 매주 둘러앉아 진행하는 소규모 토론식 수업이다. 튜토리얼은 학생들에게는 질문이나 토론을 통해 강의 내용을 보충하는 기회가 되고, 교수에게는 학생들이 강의를 제대로 소화하고 있는지 개별적으로 점검할 수 있는 기회다.

학사 일정에 얽매이지 않는 대학원생들은 지도교수와의 개별 면담 형식인 튜토리얼을 중심으로 학업을 진행한다. 교수 연구실에서 이루어지는 튜토리얼을 통해 지도교수는 연구의 골격을 짜는 일부터 이론적 도움은 물론 학업 일정과 진도, 학습 요령에 이르기까지 연구에 관련된 모든 면에서 도움을 준다. 이 과정에서 지도교수는 학생의 지적 능력을 속속들이 알게 되므로, 학생이 철저한 준비 없이 교수와 마주 앉는 것은 여간 부담되는 일이 아니다. 게다가 문화적 배경이 다른 외국 학생들은 서구식 인간 관계나 생소한 교육 방식 등으로 인해 격차와 갈등을 체험하기도 한다.

연구 과제는 길을 갈 때나 밥 먹을 때, 잠자리에 누울 때를 가리지 않고 언제나 머릿속에서 윙윙거린다. 혼자 공부하다가 저절로 속도가 붙어 빠르게 굴러갈 때도 있지만, 영 풀리지 않을 것 같은 날들이 계속될 때도 있다. 문제를 안고 찾아갈 때마다 지도교수는 보통 답을 주는 대신 스스로 해결할 길을 찾게 해주는데, 나뭇잎 하나하나를 보는 대신 숲의 윤곽을 보는 법을 터득하게끔 선이 굵은 도움을 주곤 한다. 그럴 때는 연일 계속되던 찌푸린 하늘 사이로 반짝 해가 비치는 것과 같다.

봄 학기의 지리함을 견디게 해주는 것은 부활절 방학이다. 학기가 끝나면 해방감에 젖어 모두들 캠퍼스를 썰물같이 빠져나간다. 시계추처럼 규칙적으로 움직이던 일상에서 벗어나 잠시 여행을 떠날 수 있는 좋은 기회인 것이다. 방학이 시작되는 3월 하순이면 여행하기 좋은 절기다. 이맘때 부쩍 눈에 띄는 것은 들판에 널린 양떼들이다. 양들은 3월 하순부터 일제히 새끼를 낳기 시작하는데, 기차나 자동차로 들판을 달리다 보면 어미 주위를 아장아장 따라다니는 새끼 양들이 시야에 들어온다. 들판에 깔린 양들을 멀리서 보면, 마치 크고 작은 하얀 점들을 찍어 놓은 것 같다. 또 이때가 되면 수선화가 샛노랗게 피기 시작한다. 웨일즈의 꽃이라 불리는 수선화는 밝고 청초한 빛깔로 전국을 물들인다.

부활절이 가까워 오면 슈퍼 마켓과 베이커리에는 계절 음식이 등장한다. 향신료를 넣고 빵 윗면에 십자가 모양을 새겨 구운 부활절 풍미인 '핫 크로스 번(hot cross bun)'이 불티나게 팔려 나가고, 부활절 다과 모임

씸널 케익

도 자주 마련된다. 사람들은 달걀이나 토끼 모양의 초콜릿을 선물로 건네고, 이런저런 구실을 붙여 발길이 뜸했던 서로를 초대한다. '씸널 케익 (simnel cake)'을 맛볼 기회도 바로 이때다. 씸널 케익은 참된 그리스도 사도들의 수를 본떠 열한 개의 아몬드 가루로 만든 마지팬 볼을 얹어 장식한 부활절 케익이다.

3월이 다 가도록 날이 풀릴 기미가 영 없다가도, 때가 이르면 지루하던 겨울의 자취는 마침내 사라진다. 그리고 삼라만상에 생기가 돌기 시작한다. 시간이 흐르면서 저절로 리듬이 바뀌고 활력이 생기는 것이다. 그러니 무조건 기다려야 한다. 때가 올 때까지 그저 꾹 참고 기다리는 것밖에 없다.

단련과 휴식

　　　　　　　날마다 씨름하는 학업은 무거운 짐일 수도 있지
만 삶의 의미를 확인해 주는 엄청난 에너지의 원천이 되기도 한다. 온종일 학
업에 집중하면 속도는 나게 되어 있다. 때론 아주 느리게, 때로는 술술 돌면
서 바퀴는 계속해서 굴러간다. 그러다 보면 진도를 재촉할 욕심이 생길 때가
있다. 그러나 빨리 달리기만 계속할 수는 없는 일이다. 삶이란 줄타기에서 균
형잡기의 요령을 배우는 지혜는 학업에서도 마찬가지로 필요하다.

　　　　　　　아침에 가방을 들고 학교에 가려는데 갑자기 편두통이 왔다. 가끔
씩 소화가 느리거나 머리가 무거워서 고생한 적은 있지만 편두통은 이전에
겪어 본 적이 없어 심상치 않다. 그럴 수도 있으려니 하고 두통약을 한 알
털어 넣고 학교에 갔다. 그런데 책상 앞에 앉아 진정하고 있어도 좀처럼 누
그러질 기미가 없다. 날카로운 통증이 머리를 지끈지끈 누른다. 버텨서 될
일이 아닐 것 같은 예감에, 가방을 싸가지고 그냥 집으로 돌아왔다. 이 증세
가 무엇을 의미하는지 사실은 익히 잘 알고 있었다. 약은 급한 대로 잠시 증

세를 누그러뜨릴 수 있을지는 모르나 근본적인 도움은 되지 못한다. 처방은 간단하다. 책에서 즉시 손을 떼는 것이다.

지난 몇 주 동안은 좀 무리를 했다. 정확히 말하면 지난 일년 동안 학업의 방향을 정하고 하루하루 공부하는 패턴과 습관을 익히느라고 긴장의 연속인 나날을 보냈다. 이제 한 해를 마치려면 얼마 남지 않았지만 몸이 긴장을 견디다 못해 저항하고 있는 것이다.

나는 점심을 간단히 먹고 시골길에 나가 보기로 작정하고 자전거를 끌고 무작정 집을 나섰다. 도시를 벗어나 교외로 들어서면, 풀꽃과 억새가 끝없이 나부끼는 들판 사이로 자전거 길이 펼쳐진다. 한낮에 외딴 시골길을 달리는 것은 좀처럼 드문 일이고 그날은 바쁠 것도 없어서, 천천히 페달을 밟아 잠자는 듯 한적한 시골 마을에 들어가 보았다. 작은 광장과 골목길, 집집마다 꽃이 가꿔진 정원을 둘러보고 작은 시골 카페에 앉아 차도 한잔 마셔 가며 느긋한 오후를 보내고 저녁이 가까워질 무렵에야 집으로 돌아왔다. 이 정도면 충분한 휴식이었으려니 생각하고서.

그런데 그날 저녁에도, 다음날 아침에도 통증이 가시질 않았다. 그래서 증세가 완전히 없어질 때까지는 학교에 아예 가지 않기로 작정했다. 다음날은 대낮에 혼자 시내 영화관에 갔다. 할 일을 놔두고 딴청을 피우며 쉰다는 것이 결코 마음 편한 일은 아니지만, 평소에 하고 싶었던 것을 하며 놀아 보기로 작정 했다. 서점에 가서 여행 서적을 뒤적거리기도 하고, 슈퍼마켓에서 낯선 식품을 사다 요리책을 보며 실험도 했다. 그렇게도 실컷 듣고 싶었지만 시간이 아까워 듣지 못했던 음악도 마음껏 들었다. 그렇게 해서 머리가 맑아지는 데까지 꼭 일주일이 걸렸다. 신기하게도 노는 사이

도시를 벗어나 교외로 들어서면 풀꽃과 억새가 끝없이 나부끼는 들판 사이로 자전거 길이 펼쳐진다.

에 편두통이 사라져 버린 것이었다.

영국에 와 학업을 시작하면서 이전에는 알지 못했던 몸과 마음의 원리를 조금씩 터득하게 되었다. 그러나 배우면서 시행착오를 거듭해야 했다. 한국에서는 이것저것 관심사가 많아서 그랬던지 건강에 별 관심을 두지 않았다. 몸을 아껴야 한다거나 규칙적인 운동이 필요하다는 사실을 별로 의식해 본 적이 없었으니, 젊었던 탓일 수도 있지만 그때만 해도 운동을 논하기엔 우리 사회가 아직 먹고살기 바빠 여유가 없었기 때문인지도 모른다. 학업을 계속하면서 몸이 원하는 대로 말을 들어주지 않아 고전을 했는데, 그때까지 순탄하게 살아왔던 나에게도 모든 일이 노력하는 만큼 되지 않는 일이 있다는 것을 뒤늦게 처음으로 깨달은 셈이었다.

첫해의 학업은 단거리 달리기와 같았다. 많은 독서량에다 빡빡한 강의와 세미나, 에세이 등, 한꺼번에 많은 것을 끌어안고 달렸다. 학생들은 허덕이며 코스를 따라갔고, 나도 수없이 밤샘을 했다. 달고 치면 맞아야지 별수 없다는 한국 속담이 있다. 위기 대처 능력이 뛰어난 한국인 학생들은 절박한 상황에 몰리면 숨이 차도 대개 따라가게 마련인데, 문제는 지적 능력보다도 공부의 요령과 체력이었다. 이 두 가지가 없으면 낙오하지 않고 결국 목적 지점에 도달한다 하더라도 마칠 때까지 엄청난 고생을 한다. 그러니 체력의 뒷받침은 완주하는 데 아주 중요한 열쇠였다.

내 주위의 서양 학생들은 공부하다 능률이 안 오르면 책을 덮고 산책을 하거나 다른 방법으로 충전하는 지혜를 나보다 일찍 터득하고 있었다. 그들이 공부와 휴식을 잘 구분하는 것을 보고 내심 감탄하곤 했는데, 이들은 대체로 주말에는 확실하게 쉬었다. 그때까지 나는 모국어가 아닌 언

내 주위의 서양 학생들은 공부하다 능률이 안 오르면 책을 덮고 산책을 하거나 다른 방법으로 충전하는 지혜를 나보다 일찍 터득하고 있었다. 그들이 공부와 휴식을 잘 구분하는 것을 보고 내심 감탄했다.

어로 공부하니 서양 학생들보다 배 이상 공부해야 한다는 생각으로, 밤낮이나 주말 구분 없이 공부에 매달렸다. 각오하고 공부하러 왔으니 집념만 변치 않으면 문제가 없으리라고 생각했다.

그런데 시간이 지나면서 몸이 자꾸 아픈 것이었다. 영국에서는 의사가 환자에게 주사나 약을 처방하지 않고 그냥 돌려보내는 때가 흔히 있다. 내게도 그런 경우가 간혹 있었다. 의사는 심인성 증세라면서 내게 약을 주지 않고, 연료가 떨어진 자동차를 멈추지 않고 무모하게 달리지 말고 쉬어야 한다고 말해 주었다. 그러나 한국 학생들은 머리를 싸매고 스물네 시간 공부하는 데 너무도 익숙하다. 그 시절에는 공부하다 지치면, 떨어진 우유를 사러 큰길가의 구멍가게까지 10여 분 걸어 나가는 것이 바람을 쐬는 유일한 시간이었다. 휴식이 필요하면 그냥 나가서 산책을 하고 들어올 수도 있었을 텐데, 구실을 붙여서야 책을 덮고 나갈 수 있었으니 지금 생각해 보면 어리석기 짝이 없었다.

박사 수업은 평균 사오 년 동안을 혼자서 해나가는 외롭고도 긴 마라톤 같은 것이다. 혼자 프로그램을 만들고 스스로 학업을 진행시켜야 하니, 그만큼 철저한 자기 단련과 목표 없이는 살아남기 어렵다. 언젠가 동료 학생들이 모여 우연히 건강에 관한 얘기를 나누다가, 하나같이 남모를 건강상의 문제를 안고 제각기 씨름하고 있음을 털어놓은 적이 있었다. 그때 우리는 인체의 오묘한 원리를 깨닫고 얼마나 신기하게 여겼는지 모른다.

학생들의 증세는 다양하지만 고질적인 증세의 공통점이 있었다. 증세가 나타나는 주기에 관해서였다. 과제를 제출할 날짜가 정해지면 그날부터 원인 모를 불편한 증세가 슬그머니 시작되어 마감일이 다가오면 점차 명백해지다가, 과제물 제출이 끝나고 지도교수의 평가를 받고 긴장이 풀리면 슬그머니 사라진다. 한 편의 글을 쓸 때도 같은 과정이 되풀이된다. 그러니 논문 마감일 즈음해서는 모두들 각자 자신만의 말 못할 문제에 시달리는 것이었다. 가장 흔한 것은 두통과 소화불량이고 체질에 따라 기침이나 피부병, 원인 모를 설사 등도 나타난다. 그러나 학업을 중단하지 않는 한 피할 길은 없으니 문제와 더불어 살기를 받아들이고 씨름해야만 했는데, 1년, 2년, 같은 과정을 수없이 되풀이하는 동안 사람들은 각기 나름대로 살아남는 방식을 터득하는 것이었다.

　　　내게 가장 확실한 방법은 운동이었다. 특히 의도적으로 건강에 투자한 것은 테니스와 수영이었다. 한때 직업이 체육 교사였던 기숙사의 어느 학생은 친절하게도 언제든 코트에 나가 기꺼이 짝이 되어 주었다. 테니스를 하는 시간은 토요일 아침 일곱 시경이다. 아침잠을 좋아하는 나지만 테니스 약속이 있는 날은 저절로 일찍 눈이 떠진다. 인적 없는 새벽길을 달려가 텅 빈 코트를 독차지하고 공을 치면, 라켓에 부딪치는 공 소리가 그토록 경쾌할 수가 없다. 한 시간쯤 땀을 흘리고 나면 온몸에 탄력이 생기는 기분이었다. 그때는 시간이 어찌 그리 빨리 달아나는지, 장차 공부가 끝나면 날마다 코트에 나와 시계를 보지 않고 실컷 공을 치리라 작정하기까지 했다.

　　　날마다 수영장에 들르던 일과도 학업에 많은 기여를 했다. 저녁 무렵 집에 돌아오면 재빨리 수영복을 가방에 챙겨 넣고 자전거를 타고 수영장에 간다. 따뜻한 물에 몸을 담그고 있으면 온종일 움츠리고 있던 몸의 긴장이 풀리고 두통·소화불량·근육통 같은 증세가 짧은 시간에 사라지는 기분이었다. 수영장 이 끝에서 저 끝까지 몇 번을 오가며 가쁜 숨을 몰아쉬면 폐 속 깊숙이 호흡할 수 있게 되니, 종일 얕게 숨쉬던 습관을 잠시나마 교정할 수도 있었다. 대부분 학생들이 춤추러 나가거나 파티로 분주한 금요일 저녁, 텅 빈 수영장을 차지하고 물속에 들어앉아 있으면 세상 걱정이 모두 사라지는 것처럼 느긋해졌다. 수영 후 뜨거운 샤워 아래 몸을 헹구고 시원한 공기를 들이마시며 수영장을 나서면, 한결 가뿐하게 다시 공부에 도전할 의욕을 느끼는 것이었다.

우리 몸은 참으로 신비하다. 원하는 대로만 내버려두면 어느 사이엔가 나태해져 탄력을 잃고 늘어져 버리고, 마음과 몸은 충돌을 일으킨다. 편안히 자기 위해 조금씩 천막 안으로 기어들어오는 낙타에게 점차 양보하다 결국 잠자리를 빼앗겨 버리는 낙타 주인의 우화처럼, 편안함에 한번 익숙해지면 조금만 더, 조금만 더, 이렇게 몸은 끝없이 편안해지고 싶어진다. 훈련되지 않은 상태에서는 본격적인 일을 할 수 없다. 그러니 고달픈 수행처럼 끊임없는 몸의 단련이 필요하다.

그러나 한편 우리는 몸에 친절해야 한다. 몸은 때로 섬세한 속삭임으로, 때로 애절한 간청으로, 때로는 격렬한 항변으로 신호를 보낸다. 의지력뿐 아니라 몸도 자신의 일부일진대, 그런 신호를 세심하게 듣고 달래 주어야 한다.

온전한 몸 없이는 온전한 마음과 참된 의지도 없다. 일과 휴식의 균형이 소중하다는 평범한 진리를 터득하기까지는 많은 대가를 치러야 했지만, 학업을 마감할 때쯤 되어서는 몸이 말하는 소리에 귀기울여 들을 줄 알게 되고, 자신의 참모습을 조금씩 알아 가게 되었으니 학업 못지않은 소득이라 할 것이다.

웰 드레싱 로맨스

외국 생활을 오래 하다 보면 한국에서 가족이 방문하는 일만큼 기대되는 것이 없다. 타향살이 끝에 잠시나마 가족과 함께 지낸다는 것은 큰 위안이다. 드디어 한국에서 어머니가 오신다. 공항으로 마중 나갈 생각에 마음이 들뜬다. 공항에 갈 때면 나는 언제나 러프버러에서 기차를 타고 런던에 도착해 기차역에서 피커딜리 노선을 타고 전철로 히드로 공항까지 간다. 늘 그렇게 다니니 익숙해서 불편한 것은 없지만, 몇 차례 갈아타야 하기 때문에 시간이 많이 걸린다. 어머니가 오신다고 하니 고맙게도 한 친구가 자진해서 자동차로 공항에 모시러 가는 수고를 해주겠다고 했다. 시간이 절반은 절약되는 셈이다.

우리는 느긋하게 시간 계산을 하고 출발했지만 가다가 고속도로에서 그만 오도 가도 못하게 막혀 버렸다. 공항에 가려면 런던 외곽을 순환하는 25번 고속도로(M25)를 거쳐야 하는데, 평상시에도 잘 정체되는 곳이지만 그날은 대단했다. 대형 교통사고로 고속도로가 주차장으로 변해 버린 것이다. 하늘에서 비행기가 자주 오가는 걸 보면 공항 가까이 오긴 했는데, 시간은 자꾸 흐르고 차는 전혀 움직일 생각을 하지 않았다. 급기야 비행기 도착 시간이 지나자, 내 머릿속에서는 온갖 상상이 꼬리를 물고 지나갔다. 과연 어머니를 만날 수 있을까. 마음만 애타게 차 속에 갇혀 있다가, 결국 비행기가 도착한 지 두 시간이나 지나서야 허겁지겁 공항으로 뛰어들어갔다.

어머니는 입국 통로 바로 옆 좌석에 혼자 앉아 믿기지 않을 정도로 침착하게 몇 시간째 나를 기다리고 계셨다. 수만리 이국땅에 오셔서 말한 마디 통하지 않는데도 무조건 나를 믿으셨던 거다. 공항안내소에 내 이름과 연락처를 보여 주셨다는데 일단 기다려 보자 했다고 하신다.

우리는 잠시 얼싸안고 반가움을 나눴다. 먼 길을 날아오시느라 피곤한 기색은 있었지만 그다지 변하지는 않으셨다. 올해 칠순 생신을 맞으시는 어머니를 위해 집에서 파티를 하려고 어머니 방을 정성껏 꾸며 두고, 냉장고도 가득 채워 놓고, 선물도 준비해 놓고 왔다. 어머니께 소개해 드리고 싶은 사람도 많고 보여 드리고 싶은 곳도 많아서, 오래전부터 여행 계획도 세워 놓았다. 이제부터 바쁜 나날을 보내게 될 테니 흥분되어 마음이 들뜬다. 어머니가 영국에 두어 달 계시는 동안 공부는 대충 접어놓을 생각이다.

5월이 되니 해가 어지간히 길어져 영국의 밤은 정말 짧다. 집에 도착해 그동안 쌓였던 얘기를 꼬리를 물고 나누다 보니 어느새 날이 훤하게 밝아 온다. 영국 생활 첫해에는 다급해서 책을 붙들고 꼴깍꼴깍 밤을 샌 적이 무수히 많았는데, 이렇게 얘기로 밤을 새워 보기는 처음이다. 하루쯤 쉬신 다음부터는 함께 다닐 곳이 많으니 이쯤 해서 잠을 자둬야 한다. 어머니께는 낯선 집이지만 그래도 편안하시기를 바라는 마음뿐이다.

어머니를 영국에서 다시 뵙게 되니 수년 전, 길을 떠나오던 생각이 자꾸 났다. 떠나는 사람보다 보내는 이의 가슴이 항상 더 허전한 법이라는데, 떠나는 사람이야 갈 길이 멀고 닥치면 감당해야 할 앞일이 있어서 몇 걸음 내딛는 사이에 아쉬움은 곧 새로운 긴장으로 덮여 버리지만, 보내는 심정은 아무래도 가슴 한 구석이 뻥 뚫리게 허전할 것이다. 외할머니는 어머니를 시집보내시고서 따스한 봄볕에 앉아 계시다가도 집이 너무 허전해 안으로 들어가지도 못하셨다 한다. 어머니를 떠나올 때 나는 눈물을 보이지 않으려고 뜨겁게 치미는 감정을 꾹꾹 눌러 가며 씩씩하게 웃으면서 돌아섰었다. 어머니도 여간해서 눈물을 보이는 적이 없으시니 고맙게도 담대하게 날 기꺼이 보내 주셨다. 단 둘이 살다가 홀로 남겨지셨지만 어머니는 의연하게 홀로서기를 잘 하시기에 한편으로는 안심이 되었다. 시린 가슴을 안고 공항을 떠나던 때가 바로 얼마 전 같은데, 세월이 흘러 이렇게 다시 어머니와 함께 있으니 기쁘기만 하다.

서울을 떠나올 때 어머니 말씀이 영국에 도착해도 전화 자주 하지 말라 하시기에, 워낙 꼿꼿하신 분이니 그 말씀을 그대로 믿었었다. 게다가 나도 낯선 곳에 와서 을씨년스러운 기분으로는 다이얼을 돌리고 싶지 않았다. 어머니가 몹시 궁금했지만 자신이 생길 때쯤 통화해야지, 하고 며칠이 지나서야 전화를 드렸다. 그랬더니 어머니는 여전히 환한 음성으로 "아이고 반가워라. 잘 도착했어? 얼마나 궁금했는데 어째 이제야 전화하는 거야?" 하신다. 이제나저제나 하시며 도착 소식을 얼마나 기다리셨을까. 그 심정을 헤아리지 못했으니 다 커서도 철없기가 그지없다. 다른 유학생들은 어머니가 하도 울어 집에 전화하기 두렵다던데, 우리 어머니는 전화 드릴 때마다 외로운 내색 없이 항상 음성이 밝으시다. 어머니와 전화 통화를 하고 나면 저절로 힘이 솟는다.

처음 영국에 왔을 때는 어머니와 통화할 때마다 한없이 오래 전화기를 붙들고 있었다. 하고 싶은 얘기가 무수히 많았던 것이다. 공중전화를 사용해야 했던 기숙사 시절, 외국인들 사이에서는 어딘가에 동전 없이도 국제전화를 할 수 있는 고장난 공중전화가 있어 밤새도록 공짜 전화 앞에 줄이 늘어섰더라는 진상 모를 얘기가 돌았는데, 정말 운 좋게 그런 전화라도 한번 발견해 봤으면 하는 게 내 심정이었다. 전화 대신 나는 편지나 엽서를 자주 띄웠다. 낯선 나라에서 보고 느끼는 것, 새로 만난 사람 이야기, 공부하는 것, 먹고 사는 이야기까지 상세히 편지에 쓰다 보니 멀리 떨어져 있어도 어머니가 늘 가까이 계셔서 대화하는 것 같았다.

어머니도 나 못지않게 편지 쓰기를 즐기셔서 수년간 많은 편지와 답장이 오고 갔다. 어머니의 귀여운 영어 글씨로 쓰인 편지 봉투가 아침에 현관 앞에 툭 떨어지면 그날은 정말 기분이 좋았다. 기숙사 식당에서는 아침식사를 하면서 막 배달된 우편물을 뜯어보는 것이 학생들의 일과였는데, 어머니의 편지는 다른 우편물과 달리 곧바로 뜯지 않고 소중하게 방으로 들고 들어와 혼자 읽었다. 살아가며 힘이 되는 성경을 때마다 작은 쪽지에 적어 우리 5남매에게 건네주시는 것으로 유명한 어머니는, 가끔씩 맞춤법도 틀리는 정다운 편지에 생활에 지표가 되는 성경 구절을 자주 보내 주셨다. 그 후 본의 아니게 자주 이사하게 되면서부터는, 그러지 않아도 익숙지 않은 영어로 주소 쓰기가 힘드실까 봐 아예 봉투에 쉽게 붙이시라고 주소가 바뀔 때마다 새 주소를 인쇄해서 편지에 수십 개씩 넣어 드렸다.

다비셔의 챗스워드 성과 양떼들.

어머니가 오셨다고 친구들이 우리 집에 자주 드나들었다. 금발이나 푸른 눈을 가까이서 보는 것을 어머니는 신기해하셨다. 이국 음식을 맛볼 기회가 잦아지면서, 낯선 음식인데도 기꺼이 접시를 비우시는 어머니가 나는 신기하고 감사하기만 했다. 어머니가 계시는 동안 김치 한번 담아 드리지 못하고 여느 때처럼 이것저것 국적 없는 음식을 해 먹었더니 어느 한국 학생이 나더러 너무하다고 한다. 패스트푸드에 길들여진 젊은이들의 입맛도 아니고 그 연세에 하루 이틀 지나면 고추장·된장이 그리우실 텐데도, 어머니는 어떤 음식이든 잘 드셨다.

어머니가 계시는 동안 우리는 부지런히 국립공원과 궁전, 성, 정원 등을 찾아다녔다. 아침에 일찌감치 부엌에 내려와 샌드위치를 두 개 만들고 보온병에 커피를 담고, 기차 시간표와 지도, 그리고 카메라를 챙겨 가방에 넣고, 새벽 택시를 불러 기차역으로 가서 하루 여행을 다녀오곤 했다. 꽃과 정원을 좋아하시니 영국 정원을 많이 보여 드리려고 어머니의 체력과 한계를 잊은 채 내 의욕대로만 다닌 적도 있었다. 어머니를 모시고 해외에 다녀오는 길에도 대서양 건너 장시간 비행 끝에 공항에 내리자마자 집으로 곧장 오지 않고 런던 외곽의 햄튼 코트 궁전(Hampton Court Palace)엘 모시고 갔으니, 어머니는 그만 지쳐서 그렇게 좋아하시는 꽃밭에서도 구경은커녕 오후 한나절 잔디밭에 누워 잠에 떨어지셨다. 겨우 깨어나셨을 때, 구경은 아예 접어두고 어머니와 정원을 바라보며 카페에 앉아 식사한 것이 고작이었다. 내 욕심 때문에 무리한 강행군을 했으니 어머니께는 미안했지만, 장미 향기를 맡으며 곤히 잠드셨으니 그래도 아깝지 않은 여행길이었다.

얼마 후 어머니에게도 드디어 친구가 생겼다. 집에서 한 시간 거리에 있는 다비셔(Derbyshire, 영국 사람들은 '더비셔'가 아니라 '다비셔'라고 발음한다) 국립공원에 하루 다녀오면서부터다. 다비셔 국립공원에는 해마다 여름이면 산속 마을마다 우물을 꽃으로 장식하는 전통이 있는데, 이것을 '웰 드레싱(Well Dressing)'이라고 한다. 마침 교회의 클래어 파월 할머니가 다비셔의 웰 드레싱을 보러 갈 계획이라면서, 어머니를 모시고 함께 가자고 했다. 이렇게 해서 어머니와 나는 클래어 할머니와 자동차 여행을 하게 되었고, 이날 동행했던 일행과는 그날을 계기로 더욱 친밀한 사이가 되었다. 클래어 할머니는 내가 영국을 떠나던 날 자신의 차를 손수 운전하여 공항까지 기꺼이 배웅해 주기까지 내내 나를 딸처럼 여기며 든든한 후견인이 되어 주었다.

그날 아침에 클래어 할머니가 두 친구와 함께 차를 가지고 와서 뜻하지 않게 나는 어머니를 포함한 네 분의 노인과 길을 떠났다. 날씨가 청명하고 녹음이 우거진 6월이었으니 국립공원의 푸른 계곡과 들판, 시냇물과 맑은 공기 등 모든 것이 우리 여행을 축복하는 것 같았다. "보라 저 산들이 얼마나 찬란한가, 보라 저 시냇물 소리가 얼마나 사랑스러운가" 하면서 클래어 할머니는 시를 읊조리듯 종일 자연을 찬미하고 '원더풀'을 연발했다. 칠십 넘게 살았으면 고난과 역경의 흔적이라도 얼굴에 남아 있을 텐데 클래어 할머니는 꿈꾸는 소녀 같기만 했다. 나중에 알게 되었지만, 분위기가 그렇게 좋았던 데는 그럴 만한 이유가 있었다. 어머니는 대화 내용을 알 수는 없고 내 통역에만 의지해야 하셨지만, 화기애애한 분위기 덕에 기분이 좋아 보이셨다.

웰 드레싱은 영국에서 유일하게 다비셔에서만 행해지는 독특한 여름철 행사다. 오래전 이교도적 풍습으로 시작되어 오늘날까지 해마다 이어져 오는 웰 드레싱은, 가뭄이 들었을 때 물에 감사하고 우물을 축복하는 표시로서 우물이나 샘을 꽃잎이나 나뭇잎 등의 소재로 장식하는 마을의 전통 행사다. 장식은 해마다 달라지는데, 그해의 주제에 따라 다양한 그림과 디자인을 만들어 꽃으로 꾸민다.

우리가 갔던 해의 우물 장식은 비어트릭스 포터의 동화 속 주인공 '피터 래빗(Peter Rabbit)', 바슬로 마을 교회의 창립 800주년을 기념하는 것 등이었다. 우물을 여기저기 찾아다니면서 직접 실물을 대하니 꽃과 나뭇잎들로만 꾸민 솜씨가 감탄사가 절로 나올 만큼 정교했다.

다비셔 국립공원의 우물 장식은 이삼십 군데에 이른다. 그 중 웰 드레싱의 전통이 특히 잘 알려진 마을은 팃싱튼(Tissington), 베이크웰(Bakewell), 애쉬포드 인디워터(Ashford in the water), 벅스튼(Buxton), 바슬로(Barslow), 율그레이브(Yulegrave) 등이다. 역사가 오랜 이런 마을에서는 성직자를 앞세우고 마을 사람들이 우물에서 우물로 행진하는 행사가 벌어지고, 밴드 행렬을 동반한 카니발이 열리기도 한다.

돌아오는 길에는 클래어 할머니 집에 가서 다과를 나누며 여행을 마무리했다. 고향집에서 넓은 꽃밭을 가꾸다가 서울로 이주해 오랫동안 아파트 생활을 해오신 어머니는, 지평선 끝까지 하늘이 훤히 보

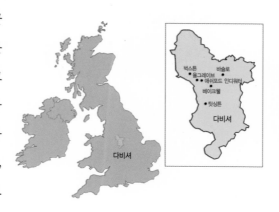

비슬로 마을의 웰 드레싱. 웰 드레싱은 가뭄이 들었을 때 물에 감사하고 우물을 축복하는
표시로서 우물이나 샘을 꽃잎이나 나뭇잎 등의 소재로 장식하는 마을의 전통 행사.

이는 시골 언덕에 자리잡은 그 집의 넓은 터와 유실수들을 자못 부러워하셨다. 클래어 할머니는 일찌감치 남편을 여의고 자녀들이 모두 독립하여 이제는 그 큰 집과 텃밭을 혼자 돌보며 살고 있다면서 그동안 살아온 이야기를 상기된 표정으로 들려주었고, 어머니도 자녀들을 키우며 꿋꿋하게 살아오신 얘기를 마주 나누셨다. 찻잔을 앞에 두고 둘러앉아 시간 가는 줄 모르고 진지하게 대화에 빠진 네 분의 노인들 사이에서, 나는 통역하느라고 진땀을 흘렸다. 그날 이후에도 우리 일행은 두어 차례 클래어 할머니 집에 모여 정성껏 준비된 음식을 나누며 그 여행을 회상하곤 했는데, 여행의 기억을 반복하고 또 하곤 했던 걸 보면 그 여행이 모두에게 인상적이었던 것 같다.

그날은 전혀 눈치채지 못하다가 나중에 비로소 알게 된 것으로, 웰 드레싱을 보러 갔던 날을 계기로 클래어 파월 할머니와 제럴드 골딩햄 할아버지 사이에 싹튼 로맨스가 더욱 깊어지게 되었다. 후에 생각하니 대자연을 찬미하는 클래어 할머니의 가슴이 얼마나 두근대었으며, 숙녀들을 안내하는 노신사의 심정은 또 얼마나 신이 났겠는가. 그날 저녁 어머니 앞에서 각자의 인생을 진지하게 나누며 대화에 집중했던 것도 두 사람을 더 가깝게 해준 계기가 되었다. 이제 와 생각하니 같이 대동하고 왔던 제3의 할머니는 영국식 표현으로 '구즈베리', 그러니까 아직 노골적으로 데이트하기엔 어색한 사이였던 두 연인의 들러리였다. 어머니와 나도 결과적으로는 들러리 노릇을 한 셈이었는지 모르지만, 우리를 여행에 기꺼이 초대했던 이들의 호의는 진정한 것이었다. 그로 인해 어머니와 이들은 오늘날까지도 지속적으로 해마다 크리스마스와 생일이면 편지나 전화로 인사를 주고받는 정겨운 사이가 되었다.

클래어 파월 할머니는 이제 클래어 골딩엄으로 성이 바뀌었다. 일 년 후인 이듬해 9월, 이 한 쌍의 연인은 온 교회의 축복을 받으면서 홀리웰 교회에서 결혼식을 올렸던 것이다. 결혼식 예배에 참석할 때 나는 어머니가 한국에서 축하 선물로 보내신 우리 목공예 원앙새 한 쌍을 들고 갔다. 이들의 결혼은 참석한 모든 이들에게 흐뭇한 미소를 안겨 주었다.

두 사람은 각각 사별한 배우자의 흔적이 담긴 각자의 집을 처분하고 자그마한 새 주택에 입주하여 간편한 노년의 신혼살림을 꾸몄다. 어머니가 두 번째 영국에 오셨을 때는 이들의 신혼집에 초대받아 가셨는데, 재회의 반가움은 물론이고 신혼의 단꿈에 젖은 두 분의 가정을 확인하고 흐뭇해하셨다. 그러면서도 클래어 할머니가 꿋꿋하게 인생을 개척하며 홀로 지켜 온, 과수원같이 드넓은 정원 딸린 이전 집을 처분한 것에 대해서는 못내 아쉬워하셨다. 하지만 아무리 소중하고 아름답던 흔적이라도 과거는 흘러가고 더 좋은 앞날을 위해 변화는 받아들여야 하는 법이니, 신혼의 두 노인은 각자의 흘러간 추억만을 고집하는 대신 현명한 선택을 한 것이었다.

어머니가 떠나시기 전날, 10여 명의 친구들이 토니의 집에 모여 송별 파티를 열어 주었다. 음식을 한 가지씩 들고 와서 나눠 먹는 포트럭 (potluck) 파티였다. 어머니께 자상한 비서가 되어 드리려고 노력은 많이 했는데, 사람들과 있을 때마다 어머니 곁에 꼭 붙어서 통역을 하는 것이 보통 일이 아니었다. 이날 파티에서 나는 사람들과 잡담하는 통에 잠시 어머니를 떠나 한눈을 팔고 있었다.

그런데 클래어 할머니가 딸기를 손에 들고 나에게 다가와서 무어라고 말을 건넸다. 귀기울여 보니 딸기를 들고 서투른 발음으로 '뭔가, 뭔가' 한다. 영문을 알 수 없어 나는 어머니를 바라보며 잠깐 사이에 무슨 일이 생겼나 여쭈어 보았다. 어머니가 웃으시면서, 내가 사람들과의 대화에 몰두해 있는 동안 클래어 할머니가 다가와 어머니에게 직접 말을 걸었다고 하신다. 딸기 한 개를 손에 들고 어머니에게 '한국말로 딸기를 뭐라고 하는가?' 영어로 자꾸 물으니, 무슨 소린지 통 감을 잡지 못하신 어머니는 그저 혼잣말로 '어? 뭔가?' 두어 차례 하셨는데, 클래어 할머니가 그 말을 딸기로 알아듣고 열심히 외워 두었다가 나에게 갓 배운 한국말 솜씨를 과시한 것이었다. 나는 그만 와하하 웃음을 터뜨리고 말았다.

　　꿈결같이 어머니와 지내던 시간이 흘러갔다. 만나면 이별하고 이별하면 또 만난다. 이국땅에서 어머니를 만나 이렇게 함께 지낸 것이 그저 꿈만 같다. 어머니는 곧 짐을 꾸려 떠나신다. 어머니가 가시고 나면 빈방이 휑하게 느껴지겠지만, 고국에서도 나를 위해서 여전히 새벽마다 기도하실 어머니를 생각하면 이 세상 어디에 있다 한들 마음이 약해질 수 없다. 오래 전 어머니가 서울에서 나를 떠나 보내셨듯이 이젠 히드로 공항에서 내가 어머니를 떠나 보내 드릴 차례다. 그리고 다시 혼자 이국땅에 남아 치열하게 내 인생과 씨름할 일이 남아 있다.

안개

　　　　사면이 바다에 둘러싸인 섬나라인 탓에 영국의 사계절은 우리나라 기후와 차이가 있다. 무엇보다 절기의 변화가 한국만큼 극적이지 않다. 회색 겨울이 물러가면 일제히 진달래 · 개나리 · 목련을 찬란하게 피워내는 우리네 이른봄이나, 입추만 되면 어김없이 살갗을 시원하게 하는 찬바람이 도는 우리의 초가을과는 전적으로 다르다. 그곳에서 가장 인상 깊은 경관은 푸르름인데, 가을 겨울 할 것 없이 전국의 잔디는 사계절 푸르고 비가 잦은 겨울철에는 물기를 머금어 잔디가 더욱 싱싱하다. 겨울은 영하의 기온으로 내려가지 않아 겨우내 혹독한 추위 없이 춘추용 겉옷만으로도 충분히 지낼 만큼 온화하다. 여름에도 그다지 극적인 계절의 변화가 없어서, 찌는 듯한 무더위도 겪어 보지 못한 채 싱겁게 가을이 성큼 다가와 버린다.

　　　　영국의 가을은 일찍 찾아온다. 여름이 유난히 짧아 더위가 사그라지는 것은 언제나 아쉽다. 여름이라고는 해도 그나마 따가운 날이 귀하고 여름내 비가 잦아서 내내 스웨터를 걸치고 지내는 해도 있다. 운 좋게도 따가운 햇살이 연일 내리쬐면 사람들은 신바람이 나서 너도 나도 무거운 옷을 벗어던지고 자기 집 정원이나 공원의 잔디밭, 길가의 벤치 할 것 없이 볕드는 곳이면 어디든 나와 앉아 일광욕을 즐긴다. 여름 초저녁이면 여기저기 집 안뜰에서부터 바비큐 냄새가 연기에 실려 솔솔 풍겨 나오고 잔잔한 웃음소리가 주택가 거리로 새어 나온다.

그러나 8월도 중순을 넘어서기만 하면 어느새 나무의 초록이 풀죽기 시작하고, 8월 하순이면 슬그머니 가을빛을 띠기 시작하니 여름은 정말 짧다. 드물게 찾아오는 인디언 서머가 아니라면 그렇게 아쉽게도 곧장 우수의 계절로 넘어가 버리고 마는 것이다.

가을이 되면 공기가 습해져 천지가 축축해진다. 햇빛은 한층 부드러워지고, 물들어 가는 황금빛 나무들 탓인지 발길도 어느덧 느려지고 마음까지 축축해지는 기분이다. 그러지 않아도 조용한 영국 사람들인데 말수까지도 덩달아 적어지는 것 같다. 9월이면 어느새 노란 단풍이 슬며시 사방에 퍼지기 시작하고, 실내에서는 아침저녁으로 난방을 시작한다. 쌀쌀한 공기, 풀죽기 시작한 정원의 화초들, 창 밖으로 소리 없이 물들어 가는 나뭇잎 등은 어김없이 또 가을이 다가왔음을 알려 주는 신호다.

안개가 유난히 많아지는 것도 이 무렵이다. 이곳 안개는 사계절 어느 때든 시도 때도 없이 나타나지만, 특히 가을이 되면 짙은 안개가 뿌옇게 뒤덮인 아침으로 하루가 시작될 때가 많다. 어디선가 안개가 바람처럼 몰려와 축축하게 대지를 덮거나, 짙은 우윳빛 공기가 바람을 따라 이리저리 물결처럼 밀려왔다 밀려가기도 한다. 한낮에도 안개가 걷히지 않은 채

가을이 되면 공기가 습해져 천지가 축축해진다. 물들어 가는 황금빛 나무들 탓인지 발길이 어느 덧 느려
지고 마음까지 축축해지는 기분이다.

오전인지 오후인지 시간을 분간할 수 없게 천지를 뒤덮는 때도 있다. 그런 때는 코난 도일의 탐정 소설이 재현되기라도 할 것 같은 극적인 느낌마저 든다.

안개가 짙을 때는 한 치 앞을 내다보기도 어렵다. 자동차와 자전거는 헤드라이트를 켠 채 엉금엉금 기어다니고, 말 그대로 한 발짝 앞도 보이지 않아 사람들은 더듬거리며 걸을 수밖에 없다. 그런 날은 나무도 집도 거리도 사라지고 사방에 보이는 것이라고는 안개밖에 없다. 색이라고는 온통 무채색뿐인데, 그런 길을 걷고 있자면 세상에서 완전히 고립되어 천지에 나 혼자만 존재하는 것 같은 두려움이 한순간 느껴지기도 한다. 그런 때는 길도 나무도 옷도, 이슬비를 맞은 듯 안개에 흠뻑 젖는다. 추운 겨울에 안개가 짙게 깔리면 밤새 공기가 얼어붙어 다음날 아침에는 대지가 두터운 서리를 흠뻑 뒤집어쓴다. 영국의 안개는 어떤 때는 정말 지독하다.

안개가 끼면 습하기는 해도 비오는 날처럼 우울하지는 않고 오히려 푸근하다. 토요일에는 먹을 것도 사러 가야 하고 빨래도 해야 하고 잡다하게 밀린 일들을 처리해야 하지만, 지독한 안개가 대지를 잔뜩 뒤덮는 주말에는 해야만 할 일들을 내버려둔 채 쫓기던 일상에서 빠져나와 자유로워지고 싶다. 그럴 때면 음식으로 무겁게 채워 와야 할 큼직한 쇼핑백 대신 가벼운 가방을 달랑 어깨에 걸치고, 자전거를 타고 안개 속을 헤치며 시내로 나간다. 시내에서는 이곳저곳 서점을 순례하며 평소에 보지 못한 책들을 들춰보고, 음반을 구경하거나 쇼핑센터를 기웃거리기도 한다. 자욱한 안개와 함께 일상이 사라져 버리면, 나는 혼자서 딴 세상에 들어온 기분으로 늘 쫓기게 했던 시간의 중압감을 잠시 잊어 본다.

이곳 안개는 사계절 어느 때든 시도 때도 없이 나타나지만, 특히 가을이 되면 짙은 안개가 뿌옇게 뒤덮인 아침으로 하루가 시작될 때가 많다.

안개를 헤치고 집에 오면 이슬비 속을 지나오기라도 한 것처럼 옷이 흠뻑 젖는다. 물론 영국에서는 이런 날에 우산 쓰는 사람이 거의 없다. 하기야 비 오는 날에도 외국인만 '촌스럽게' 우산을 쓰고 다니지, 영국 사람들은 비옷에 달린 모자를 뒤집어쓰면 그만이다. 집에 들어오면 날이 어두워 전깃불을 켜야 한다. 먼저 차를 한 잔 끓이고 구식 턴테이블에 음악을 올려놓는다. 그러면 몸이 녹고 한결 아늑해진다. 이렇게 축축한 날은 따끈한 찻잔을 들고 있기 안성맞춤이다.

안개와 짝을 이루어 가을에 찾아오는 것은 어둠이다. 10월의 마지막 일요일이 되면 서머타임이 끝나고 시계바늘이 한 시간 뒤로 돌아간다. 그러지 않아도 부쩍부쩍 하루 해가 짧아지는 데다 한 시간씩 더 일찍 어두워지기 시작하기 때문에, 옥외 활동량에도 차이가 난다. 우리나라보다 위도가 한참 높은 영국에서는 밤낮의 길이가 연중 고무줄처럼 쭉쭉 늘어났다 줄었다 한다. 봄철에는 하루가 다르게 날이 부쩍부쩍 길어지고, 하지 무렵에는 밤 10시 넘가 넘도록 노을이나 구름이 어슴푸레하게 남아 있다. 하지만 밤이 성큼성큼 길어지는 계절이 되면 사람들은 초저녁부터 실내에 갇히기 시작한다. 기질적으로 차분하고 내성적인 이곳 사람들은 가을이 깊어질수록 초저녁부터 집 안에 들어앉아 전깃불 아래 지내는 시간이 많아진다. 계절적 변화에 익숙한 사람들은 따가운 햇볕을 향하는 마음을 체념하고 계절의 섭리를 순순히 받아들인다.

북쪽으로 올라갈수록 밤은 훨씬 더 길고 어둡다. 스코틀랜드 출신으로 어린 시절을 북쪽에서 보냈던 우리 집 친구 발레리는 겨울철 학교에서 집으로 돌아올 때면 날이 완전히 어두워져서 안전사고를 방지하는 형광

안개와 짝을 이루어 가을에 찾아오는 것은 어둠이다. 밤이 성큼성큼 길어지는 계절이 되면 사람들은 초저녁부터 실내에 갇히기 시작한다.

안전띠를 어깨와 팔에 차고 다녔다고 한다. 중부의 레스터셔 지방에서도 정오가 지나면 오래지 않아 해가 뉘엿뉘엿 기울고, 일찍부터 대지에 어둠이 퍼지기 시작한다.

어둠이 조용히 대지를 덮으면 사방은 완전한 정적에 휩싸인다. 이곳의 밤은 정말 고요하다. 주택가에서 개 짖는 소리 따위를 들을 수 없음은 물론이고, 사방에 우거진 덤불과 숲에서도 개구리나 풀벌레 우는 소리가 귀하다. 아침에 신선하게 지저귀던 새소리조차 없다. 긴 밤을 실내에서 보내야 하는 숙명을 생각하면 영국 사람들이 어떻게 해서 차분하고 내성적인 기질을 갖게 되었는지 짐작할 만하다.

이렇게 흐리고 축축한 토요일 밤에는, 발레리도 나도 벽난로 곁에 앉아 책을 읽거나 무릎 위에 편지지를 놓고 그리운 이들을 생각한다. 밀린 편지를 쓰기 위해 펜을 들면 잊고 있던 이들에 대한 그리움이 안개처럼 피어오른다. 발레리가 부엌에서 케익이나 과자라도 굽는 날이면 구수한 버터나 계피의 향이 온 집 안에 퍼진다. 안개에 싸인 날은 온종일 만나는 사람도 없고 말도 별로 없이 적막하다. 그렇지만 안개는 바쁜 걸음을 잠시 멈추고 사색할 수 있도록 해주는 바람이나 공기 같은 것이다. 안개 덮인 주말은 안식을 누리게 해주는 날이다.

블루벨 숲 산책

영국에 와서 내가 새롭게 발견한 재미 중 하나는 산책이다. 한국에서 도시 생활에 익숙해 있던 나는 별로 걸을 일도 없고 걷는 것을 좋아하지도 않아서, 버스건 전철이건 늘 탈것에 의존했었다. 그러다가 영국에 와서부터는 걸을 기회가 많아졌고, 산책을 좋아하는 주위 사람들 덕에 얼결에 어울리다 보니 사람들에 섞여 이따금 산책도 나가게 되었다. 그러다 보니 주말이나 휴일이면 나무가 우거진 숲 속이나 잔디가 덮인 들판 또는 시골길을 저절로 그리워하게 되었다. 가까운 공원이나 숲에 나가면 혼자 나와 걷는 이, 가족들과 함께 활보하는 이, 개를 데리고 장난치는 이, 잔디밭에 홑이불 펼쳐 놓고 자리잡고 앉아 싸가지고 온 차와 음식을 먹으며 피크닉을 하는 이들이 있었다. 이들을 보면 느리게 사는 법을 배우는 것 같아서 긴장했던 마음이 느슨해지곤 했다.

나는 주로 일요일 오후에 사람들과 산책을 했다. 시내 한편으로 흐르는 작은 강을 따라 강둑을 걷거나, 동네 골목을 지나 공터와 들판을 한

바퀴 돌아오기도 했고, 시내를 벗어나 외곽으로 나갈 때도 있었다. 10분쯤 자동차를 타고 나가면 '아웃우드(Outwood)'라는 숲이 나왔다. 숲까지 자동차로 가는 대신 자전거가 있는 친구들이 모여서 한 무리의 자전거 부대를 이루어 사이클링을 가곤 했는데, 그곳에 가면 하늘을 가릴 정도로 뻗어 올라간 나무들과 갖가지 새, 다람쥐 등 야생동물들이 한껏 기를 펴고 살고 있었다.

일기가 워낙 변화무쌍해 날씨를 예측하기 어려운 이곳에서는, 모여서 산책을 나가기로 한번 정해 놓으면 비가 오든 눈이 오든 강행을 한다. 날씨 때문에 연기하기로 하고 실내에 눌러앉는 법이 없다. 비 맞는 것이 내키지 않는 나는 궂은 날 산책을 포기하고 들어앉을 때가 있지만, 이곳 사람들은 억수같이 빗줄기가 퍼부어 댄다고 해도 어김없이 예정대로 모인다. 날씨에 관심이 없는 것은 아니지만, 날씨 때문에 마음 졸일 것까지야 없고 그저 등산화를 신고 모자 달린 방수 겉옷을 입으면 그만이다. 하기야 하루에도 수없이 변하는 하늘을 일상적으로 보며 사는 사람들인데 좋은 날을 가려서야 어찌 산책이나 소풍을 나갈 수 있겠는가.

홀리웰 교회에서는 해마다 연중행사로 새해 첫날과 부활절 월요일에 교인들이 모여서 소풍을 갔다. 아침에 모여 전세버스를 타고 가까운 거리에 있는 성이나 정원 또는 국립공원 같은 곳에 가서 하루를 걷다 오는 것이다. 사람들은 단체로 움직일 경우, 겁날 정도로 철저하게 시간을 지킨다. 약속 시간에 맞추어 모두들 버스에 올라앉아 출발을 기다리면, 누군가 운전석 옆에서 시계를 보며 초침까지 재고 있다가 제 시간이 되면 정확하게 시동을 걸고 차를 출발시킨다.

일기가 워낙 변화무쌍해 날씨를 예측하기 어려운 이곳에서는, 모여서 산책을 나가기로 한번 정해 놓으면
비가 오든 눈이 오든 강행을 한다.

이런 산책은 보통 어린이부터 노인까지 한데 어울려 몇 시간씩 터벅터벅 걷는 것이다. 산책 코스는 모두들 무난하게 걸을 수 있는 곳으로, 구릉을 올라가다 양떼가 있는 들판이 나오면 가로질러 걷고, 잠자는 듯한 시골 마을에 이르면 동네 한가운데 우물가에서 잠시 목을 축이고 개울을 건너서 걷기를 계속한다. 성이나 저택 같은 목적지에 들어서면, 정원 한쪽에 모여 샌드위치로 점심을 먹으면서 으스스 떨리는 몸을 달랜다. 커피와 달리, 홍차는 맛이 변하기 때문에 여러 시간 여행을 하지 못한다. 그러니 뜨거운 물을 보온병에 붓고 티백과 우유를 따로 담아와 즉석에서 차를 만들어 마셔야만 한다. 산책을 끝내고 추위 속에 나른해져서 출발 지점에 돌아오면, 교회 식당에서는 해마다 노곤한 몸을 달래 줄 따끈한 수프와 빵이 기다리고 있었다.

날씨를 예측하기 어려운 영국에서는 하루에도 수없이 하늘이 변하기 일쑤이고, 한 시간이 못 되어 기온이 10도 이상 급격히 떨어지는 때마저 있다. 습하고 비가 많은 이곳 땅에는 진흙 구덩이가 많아서, 들판을 가로질러 걸을 때면 신발이 진흙투성이가 된다. 그러니 걷기가 끝날 무렵 잔뜩 무거워진 등산화를 벗어 진흙을 털어내는 것은 산책길을 마무리할 때 필히 하는 일이다. 사람들은 신기하게도 폭우나 눈보라 헤치고 걷기, 진흙 구덩이 들판 가로지르기 같은 번거로움을 투덜거리지 않는다. 하기야 눈이 오든 비가 오든, 덥든 쌀쌀하든, 자연의 변화를 그대로 받아들이는 것이 변화무쌍한 하늘을 불평하며 사는 것보다 확실히 살기에 편한 일이다.

일기 불순한 중에도 때가 되면 어김없이 봄은 찾아온다. 쌀쌀한 날이 영 풀릴 기미가 없어 봄이 다 지나도록 내내 털옷을 입고 살다가도,

홀리훼 교회의 봄소풍.

4월 끝무렵이면 어김없이 화창한 날이 부쩍 많아지면서 겉옷이 무겁게 느껴지기 시작한다. 그리고 각종 꽃들이 사방에서 모습을 드러낸다. 일년 중 내가 가장 좋아하는 계절이 되는 것이다. 그러면 음산할 때와는 전혀 다른 모습으로 자연이 우리에게 따스하고 친근한 손길을 내미는 것이다.

이때쯤 산책길로 가장 아름다운 곳은 블루벨(bluebell) 숲이다. 포스터(E. M. Foster)의 원작을 바탕으로 제임스 아이보리와 이스마일 머천트 명콤비가 만든 영화 〈하워즈 엔드(Howard's End)〉에 등장하는 환상적인 새벽의 블루벨 숲 장면을 기억하는 이가 있으리라. 해마다 4월이면 삼림지대를 온통 보랏빛으로 물들이는 블루벨이 피기를 기다리며 사람들은 숲에 갈 날을 벼르곤 했다.

블루벨은 자세히 들여다보면 종 모양처럼 생겼다. 키가 무릎까지 올라오는 꽃대에 작고 푸른 꽃들이 다닥다닥 붙어서 핀다. 블루벨 꽃밭에 들어가면 꽃은 사라지고 남보랏빛 들판을 보는 것 같다. 이 꽃은 그늘을 좋아하기 때문에 나무가 울창한 숲 속에서 번식한다. 쌀쌀한 봄 날씨에 꽃망울이 더디게 부풀다가 4월 말쯤 일제히 블루벨 꽃이 피기 시작하면, 아직 푸른 잎도 없이 칙칙하던 숲은 갑자기 화려한 카펫을 깔아놓은 것처럼 남보랏빛으로 환하게 밝아진다. 숲 속 바닥에 진하게 낀 청색 안개처럼 보이기도 한다. 사람들을 따라 처음 블루벨 숲에 갔을 때는 꿈을 꾸고 있는 것처럼 신비스러운 느낌이 들었다.

우리 동네 블루벨 숲은 집에서 5분만 걸으면 닿는 주택가 끝자락에 있었다. 때가 되면 동네 사람들은 간간이 숲에 들어가 꽃 피는 상태를 눈여겨보며 만개하기를 기다렸다. 꽃이 피기 시작해 보름 정도면 극적인 꽃

이때쯤 산책길로 가장 아름다운 곳은 블루벨 숲이다. 포스터의 원작을 바탕으로 제임스 아이보리와 이스
마일 머천트 명콤비가 만든 영화 〈하워즈 엔드〉에 등장하는 환상적인 새벽의 블루벨 숲 장면을 기억하는
이가 있으리라.

의 잔치는 아쉽게 끝난다. 일 년에 한 번 있을 그 짧은 기간에 꽃구경을 놓칠세라 사람들이 수시로 들어가 블루벨 카펫 사이를 산책하기 때문에, 제철이 되면 숲은 몹시 부산해진다. 나도 틈만 나면 그곳을 들락거렸다. 점심시간에 사람들과 무리지어 산책을 가거나, 저녁 먹으러 집에 들렀다가 자전거를 타고 휙 달려가서 숲 입구에 자전거를 세워 놓고 궁금하던 숲 속을 한 바퀴 돌고 나오는 적도 있었다. 4월이면 이미 해가 부쩍 길어져 초저녁 산책길도 훤한 편이어서, 동네 사람들은 이슥해질 때까지 숲 속 구석구석을 걸어다녔다.

날이 완전히 어두워져 인적이 뜸해지면 얼굴에 흰 줄무늬를 한 겁 많은 오소리들이 숲 속의 구멍 여기저기에서 엉금엉금 기어 나온다. 오소리 새끼들은 1월이나 2월께 태어나 이때쯤 되면 부쩍부쩍 큰다. 호기심 많은 몇몇 친구들은 오소리를 보겠다고 초저녁부터 블루벨 숲에 들어가 진을 치고 어두워질 때까지 숨어 있다가, 오소리 가족의 나들이를 킥킥거리며 엿보고 돌아와서는 밤의 블루벨 숲이 얼마나 환상적인지 들려주었다.

사람들은 흙과 나무, 숲과 물이 있는 곳은 어디든 공원처럼 여기고 그 속에서 걷고 숨쉬기를 좋아한다. 일년 내 잦은 비로 산천초목이 비옥하고 연중 푸른빛을 잃지 않으니, 눈부신 햇빛이라도 비치는 날은 어서 밖으로 나오라고 들판이나 숲이 더 정답게 손짓하는 것 같다. 내가 영국 사람들을 놀릴 때 즐겨 하는 말이 날씨 얘기인데, 그나마 허구한 날 비가 내리고 우중충하니망정이지 불순한 기후만 아니었다면 그들은 하늘 높은 줄 모르고 콧대를 세웠을 것이니 세상은 공평하다는 느낌이 절로 드는 것이다.

사중주 음악회

　　생활 속 음악회가 좋은 점은 학생의 얇은 호주머니 사정으로도 부담 없이 즐길 수 있다는 것이다. 런치타임 콘서트가 열리는 학교나 미술관, 교회 등은 일류 연주를 위한 호화로운 연주회장은 아니지만 잠시 나들이 삼아 가볍게 갈 수 있고, 거액의 티켓을 사기 위해 경쟁하지 않아도 단돈 몇 파운드만으로 상큼한 한때를 보내기에 충분한 곳이다. 처음 고국을 떠나올 때는 한국인의 정서를 잃지 않겠다는 생각으로 좋아하던 국악 CD를 두어 개 짐 속에 찔러 넣어 가져갔지만, 생각만큼 자주 듣지는 못했다. 그 대신 생활 주변에서 열리는 서양 음악 연주회에 맛을 들일 수 있었던 것은 역시 음악이 만국 공통어이기 때문일 것이다.

　　내가 특히 즐겨 들었던 것은 교회 음악회였다. 영국 교회는 대체로 수백 년을 넘긴 건물인 데다 천장이 높아서, 교회당 안에서 연주하는 클래식 음악은 울림이 더욱 정돈되고 깊이 있게 들린다. 역사 깊은 교회에서는 주일 저녁에 '이븐송(Even Song)'이라 부르는 저녁 기도를 드린다. 주중에도 그런 대형 교회당에서는 날마다 같은 시간에 저녁 음악 예배를 드린다. 일부 대성당에서는 성당학교(Cathedral School)를 두고 있어서, 어린이들이 일반 학교에 다니는 대신 그곳에서 기숙하며 깊이 있는 음악 생활을 익히는 것은 물론, 모든 정규 교육을 그곳에서 받는다. 이들은 성당의 예배 시간이면 성가대석에 앉아 맑고 고운 천상의 음악을 연주한다.

우리말로 '대성당'이란 용어는 가톨릭 교회를 연상시킨다. 그러나 영국의 대성당은 대부분 프로테스탄트의 일종인 성공회 교회다. 성공회 예배 의식은 교회에 따라 달라서 가톨릭 교회처럼 의식과 권위를 존중하는 고교회파 '하이 처치(High Church)'가 있는가 하면, 우리나라 개신교 예배와 유사하게 의식보다는 복음을 강조하는 저교회파 '로우 처치(Low Church)'도 있다. 어느 편이든 교회에서 음악은 예배의 중요한 부분을 차지한다.

나는 음악회에 편의상 혼자 갈 때도 있었지만 어느 누구와도 시간만 맞으면 부담 없이 동행했다. 내 음악회 친구로 자주 어울리던 사람은 토니와 질이다. 언제부터인지 우리는 자연스럽게 음악회를 위한 트리오를 구성하게 되어, 둘이서 어딘가를 가는 적은 없었으나 셋이서는 곧잘 어울렸다.

음악 친구 토니는 우리 학교 교수로 케임브리지 출신의 수학자다. 삼십대 후반의 독신인 그는 환경주의자였다. 그에게는 차를 쓰지 않겠다는 생활 신조가 있어 영국인으로서는 드물게 자동차 없이 살았다. 그 대신 어느 누구도 그 열성을 따라갈 수 없을 만큼 열렬한 자전거 예찬론자였다. 그는 일터에 갈 때나 교회에 올 때는 물론이고, 무거운 쇼핑을 하거나 다른 도시에 가야 할 때도 언제나 자전거를 타고 다녔다. 철저한 장비와 복장을 일

영국 교회는 대체로 수백 년을 넘긴 건물인 데다 천장이 높아 교회당 안에서 연주하는 클래식 음악은 울림이 더욱 정돈되고 깊이 있게 들린다.

상적으로 갖추고 여름이 오건 겨울이 되건, 비가 오건 눈이 오건, 일기에 구애받지 않고 변함없이 자전거를 애용했다.

　　가끔 그는 자전거를 타고 본격적인 해외여행을 다녀오기도 했는데, 달랑 자전거 하나만으로 도버해협을 건너 유럽을 일주하기를 일곱 차례나 했다고 한다. 북쪽으로도 외딴 섬나라 아이슬란드까지 자전거를 비행기에 싣고 가서 며칠씩 황량한 산악을 누비고 돌아왔다. 심지어 크리스마스에 어머니가 계신 켄트 지방의 고향집에 돌아가는 데도 추운 겨울날 기차나 버스를 마다하고 아홉 시간에 걸쳐 자전거를 타고 갔다는 얘기를 듣고 심장마비를 일으킬 뻔했다.

　　토니는 음악에 조예가 깊었을 뿐 아니라 바흐의 음악은 모조리 소장하고 있는 바흐광이었다. 바흐 탄생 310주년이 되던 어느 해에는 친구들을 집으로 불러 바흐 파티를 열었다. 초대하면서 바흐에 관한 것을 하나씩 들고 와야 한다기에, 나는 바흐 작품을 편곡 연주한 프랑스 출신의 자끄 루시에 재즈 앨범을 들고 갔다. 그 CD는 어느 주말에 레코드 가게를 기웃거리다 우연히 눈에 띄어 산 것으로 틈틈이 즐겨 듣던 것이었다. 그날 토니는 바흐의 '크랩 캐논'을 우리에게 들려주면서 악보의 대위법적 구조를 수학적으로 분석하고, 「괴델·에셔·바흐」로 잘 알려진 더글러스 호프스타터가 거기에 관해 쓴 단편을 소개해 주었다. 또 바흐 자신이 쓴 「흡연가에 관한 교화적 사색(Edifying Thoughts of a Tobacco Smoker)」 따위의 시를 읽어 주며 학구적 분위기를 돋우었다. 사람은 한 가지를 알면 열 가지를 미루어 안다더니, 실로 하나를 열광적으로 할 줄 알면 여러 방면에 열정적인 태도를 보이는 것 같다. 혼자 사는 토니는 요리에도 소질이 있어 파티를 열고 손님을 초대하면

이븐송으로 유명한 요크민스터. 역사가 오래된 교회에서는 날마다 저녁 음악 예배를 드린다. 일부 대성당에서는 성당학교를 두고 있으며, 어린이들이 성가대석에 앉아 맑고 고운 천상의 음악을 연주한다.

전채요리부터 주요리, 디저트까지 손수 차리는 아마추어 요리사였다.

또 다른 음악 친구 질은 시각장애가 있는 오십대의 독신 여성이었다. 젊은 시절에 교회 오르간 연주자이기도 했던 질은 교회에 올 때 언제나 점자 악보가 있는 큰 찬송가를 들고 다녔다. 질은 차 마시는 데 별난 습관이 있어 차를 주문할 때면 언제나 보통 차의 몇 배쯤 진하게 해달라고 부탁해 콜타르처럼 새까만 차를 즐겨 마셨다. 질은 찻잔을 받으면 우선 잔이 어떻게 생겼는지 습관적으로 매만져 확인한 뒤에 차를 마셨다. 질의 말에 따르면 현대식 잔은 사용자에게 무뚝뚝하고 불친절한 디자인이고, 사용자의 손가락에 친절하게 착 감기는 잔으로는 영국식 본차이나의 날렵함을 따를 만한 것이 없다고 했다. 무심코 찻잔을 쥐던 나는 질의 말을 듣고서야 비로소 처음으로 손잡이의 모양을 눈여겨보게 되었다. 시각을 가진 우리는 보는 것에 새로울 것이 없으니 그저 당연하게 여기면서 많은 것을 무심하게 놓치고 산다.

어렸을 때 시력을 잃은 질은 천재적인 촉각을 가지고 있었다. 아마 그랬기에 오르간을 연주할 정도의 재능을 키울 수 있었을 것이다. 질은 가족은 없었지만 정원이 딸린 자그마한 이층집을 혼자 관리하며 별 문제 없이 살았다. 그의 집은 항상 완벽하게 정리정돈이 되어 있었다. 모든 것을 만져서 해결해야 하니 물론 그래야만 생활에 지장이 없을 것이다. 거실에 들어서면 벽난로에서 왼쪽으로 몇 발짝 옆에 텔레비전이 놓여 있는지, 주방에 가면 싱크대 오른쪽 벽에서부터 몇 센티미터쯤 떨어진 곳에 전기주전자가 놓여 있는지, 서랍을 열면 몇 번째 칸에 나이프가 차곡차곡 몇 개 쌓여 있는지, 모든 것을 머릿속에 정확하게 기억하고 있었다. 질은 꽃을 가꾸기도 했는데, 창가의 몇 번째 화분에 어떤 종류의 꽃이 심어져 있는지, 심지어 화초 상태가 어떤지까지도 손으로 만지고 냄새를 맡아서 알고 있었다.

질은 푸니라는 이름의 안내견과 함께 살았다. 갈색 털북숭이에 몸집이 크고 온순한 개였다. 푸니는 질에겐 세상에 둘도 없는 충실한 친구이자 가족이며 길잡이였다. 질이 가는 곳에는 언제나 푸니가 동행했으므로 교회 사람들은 푸니를 질의 가족으로 여겼고, 푸니는 사람들에게 귀염을 많이 받았다. 교회에 들어서서 푸니가 먼저 눈에 띄면 질이 거기에 와 있다는 증거였다. 푸니에게 타인이 손을 대거나 관심을 끌려고 유도하는 행위는 일체 금지되어 있는데, 그것은 푸니에게 익숙한 생활 패턴을 교란시키지 않아야 하기 때문이고, 또 푸니가 주인 외에 타인과 교감을 나누지 못하게 하기 위해서였다.

푸니는 회중이 고요하게 의자에 앉아 한 시간 넘게 예배를 드리는 동안, 질의 곁에서 카펫 바닥에 배를 깔고 엎드려 있거나 앞발을 세우고 앉아 동요 없이 꼬박 기다렸다. 음악회에 가서도 긴 시간을 움직이지 않고 버티려면 여간 지루하지 않을 텐데, 푸니는 연주가 끝날 때까지 내내 인내심 있게 조용히 앉아 의젓하게 처신하는 것이 습관이 되어 있었다. 푸니의 자제력이 키워지기까지는 엄격한 훈련이 있었다고 한다. 하긴 안내견이 누군가와 동거하며 가족처럼 일상생활에서 온전한 길잡이가 되려면 당연히 절제된 습관과 행동을 유지할 수 있어야만 할 것이다.

어느 여름날 저녁, 우리 셋은 레스터 시에서 열리는 음악 축제에 가기로 했다. 좀 더 정확히 말하면 토니와 질과 푸니 그리고 나, 이렇게 넷이라고 해야 옳을 것이다. 우리 중 어느 누구도 자동차를 쓰지 않기에 음악회에 갈 때 우리는 늘 걸어 다녔지만 레스터는 걷기에는 먼 거리였다. 그래서 우리는 기차를 타기로 했다. 앞서 밝힌 대로 토니는 어디든 걷거나 자전거로 다니지 버스나 택시는 절대 타지 않고, 부득이한 경우에만 기차를 탄다. 질은 일상적으로 푸니의 끈을 잡고 걸어 다니고, 먼 거리는 푸니와 버스를 타고 다녔다. 나는 자전거를 탈 수도, 버스를 탈 수도 있었지만, 두 사람과 보조를 맞춰야 했다. 결국 우리 모두를 만족시키는 방법은 기차밖에 없었다.

기차를 타기로 한 것까지는 좋았지만 기차역까지 가는 것이 문제였다. 집에서 기차역까지는 제법 거리가 멀어 걷는 데 사오십 분 걸리므로 나는 기차역에 갈 때면 보통 자전거를 타거나, 아니면 버스나 택시를 타곤 하는데, 토니와 질은 걸어 다니는 데는 여간 익숙한 사람들이 아니어서 결국 기차역까지 걸어가기로 하고 우리 집에 모이기로 했다. 나는 운동 삼아 걸어 볼 셈으로 흔쾌히 동의했다.

우리는 시간을 충분히 계산하고 일찌감치 행진을 시작했다. 음악회를 위해 걸어가는 착실한 푸니와 세 사람을 상상해 보시라. 걸으면서 나는 푸니의 습관을 유심히 지켜보았다. 질이 푸니와 함께 걸을 때는 빨라지거나 느려지지 않도록 언제나 규칙적인 보폭으로 일정한 속도를 유지하며 걷는다. 그래야만 푸니는 일정한 감정과 습관을 유지한다. 보도에서 턱이 있는 곳을 내려서거나 올라설 때, 건널목을 지날 때, 또는 신호등 앞에서 푸니는 정확하게 일단 몇 초간 멈춰 선다. 푸니가 이것을 철저히 지켜야 질은 거리 상황을 감지할 수 있다. 만일 푸니가 규칙을 제대로 지키지 않으면 사고 위험이 생긴다. 이날 푸니와 장시간 걸으면서 나는 단련된 개의 영리함에 탄복하고 말았다. 영리함뿐만 아니라 그토록 철저히 원칙을 지키는 푸니의 충성심을 지켜보면서, 인간 관계도 원칙에 그렇게 충실할 수만 있다면 얼마나 신뢰할 만한 세상이 될까 하는 생각이 드는 것이었다.

　　푸니까지 대동하고 또박또박 걷다 보니 기차역까지 결국 한 시간이 걸렸다. 레스터 기차역에 내려서도 30여 분을 행진했다. 영국의 여름은 해가 길어 밤늦도록 어둠이 내리지 않는다. 훤하게 밝은 여름밤에 이웃 도시에 와서 연주를 듣는다는 것은 즐거운 일이었지만, 음악회가 끝난 후 또 행진을 시작해 기차역까지, 그리고 기차에서 내려 다시 집까지 한없이 걷느라고 나는 지쳐서 완전히 나가떨어지고 말았다. 평소에 잘 단련된 토니와 질도 "역시 걷기엔 좀 먼 거리였다"고 말은 했지만, 그래도 거뜬히 즐긴 눈치였다.

　　푸니를 대동한 음악회는 그날이 마지막이 되었다. 푸니가 은퇴하게 되었기 때문이다. 노쇠해 가는 푸니의 은퇴에 대비해 질은 6개월 전부터 새 안내견을 소개받아 적응할 준비를 했다. 새 안내견은 올리브라는 이름으로 푸니보다 몸집은 작았지만, 자칫하면 혼동할 정도로 푸니와 비슷하게 생긴 개였다. 푸니가 은퇴하기 한 달 전부터 올리브는 질의 집에 입주해 푸니와 셋이 함께 살았다. 푸니가 완전히 은퇴하는 날까지 질도 올리브도 적응 기간이 필요했기 때문이었다. 그러다 어느 날 푸니는 그 집에서 완전히 사라지고 말았다. 푸니의 퇴장과 올리브의 등장, 그리고 질의 적응 과정에 교인들의 기도와 관심이 집중되었던 기억이 난다. 한동안 질은 가족을 잃은 것만큼이나 허전했을 것이다.

　　내가 농담 삼아 말하는 이상적인 남편감의 조건에는 할 수 있는

토니는 내 친구 캐롤을 만나 마침내 오랜 독신 생활에 종지부를 찍었는데, 이 커플의 탄생에는 처음부터 끝까지 전적으로 내 공로가 컸다고 자부한다.

것과 하지 말아야 할 것이 있었다. 즉 혼자서도 먹고 살 수 있어야 할 것, 그리고 텔레비전을 밝히지 말 것, 이 간단한 두 가지였다. 굳이 사족을 달자면 여자에게 의존하지 않을 만큼 자립적일 것과 텔레비전에 의존하지 않을 만큼 정서적일 것 정도가 되겠다. 토니는 두 가지 요건을 훌륭하게 충족시키는 사람이었으니 이론적으로 말하자면 이상적인 남편감이었다.

　　그러나 이론은 언제나 이론에 그치는 것인가. 누군가 나를 가리켜 '물에 빠진 남자를 구해 딴 여자에게 주는 타입'으로 분류하고 놀려댄 적이 있는데, 물에 빠진 사람을 구해 주는 능력은 확신할 수 없어도 여자를 구해 주는 솜씨는 확실히 내게 있는 것 같다. 결혼을 성사시킨 여러 차례의 경험을 살려 이미 풍부한 노하우를 가지게 되었으니 말이다. 토니는 내 친구 캐롤을 만나 마침내 오랜 독신 생활에 종지부를 찍었는데, 이 커플의 탄생에는 처음부터 끝까지 전적으로 내 공로가 컸다고 자부한다. 이들이 결혼할 즈음 나는 이미 영국을 떠난 뒤였지만, 청첩장을 받고 다시 날아가 결혼식에 참석했을 뿐 아니라 이들의 청에 따라 기꺼이 축하 음악을 연주해 주는 데까지 공헌했던 것이다.

　　토니는 이제 깊고 그윽한 푸른 눈에 타고난 음악성을 지닌 한 아기의 아빠가 되었다. 아기의 이름은 바흐의 이름을 따서 세바스찬이라고 지었다. 세바스찬은 아빠를 닮아 자전거를 몹시 좋아한다. 지금도 해마다 연말이 되면 세바스찬의 이름으로 토니가 친구들에게 쓰는 크리스마스 가족 편지가 날아온다.

　　참, 토니와 캐롤은 남들이 모두 부러워할 만큼 행복한 연애 기간을 보냈으나 결혼을 준비하면서부터 한 가지 문제로 티격태격했었다. 데이트 시절에는 어디든 자전거로 함께 다닐 수 있었지만, 현실적 문제를 수반하는 결혼 생활에서까지 자전거 두 대만으로 살 수는 없기 때문이었다. 결혼 후에도 일년이나 버티다가, 캐롤은 세바스찬을 낳으면서 결국 토니의 고집을 극복하고 급기야 자동차를 샀다. 그러나 토니는 지금도 운전면허 취득을 단연코 사절하고, 여전히 바람을 가르며 자전거 페달을 밟고 있다.

기숙사 풍경

　　　　외국 학생들에게 기숙사는 친구를 만나고 그 나라의 문화를 접하기에 아주 적당한 곳이다. 그러나 밀집된 공간을 나누며 집단 생활을 하는 기숙사에서는 온갖 희로애락이 얽히고설킨다. 나는 꽤 여러 차례 기숙사를 옮겨 가며 살았다. 그 중에서도 '포크너 에깅튼 홀(Falkner Eggington Hall)'이라는 괴상한 이름의 기숙사는 나와 인연이 깊은 곳이다.

　　　　러프버러에 온 첫해에 그곳에서 일년간 산 적이 있었다. 그때는 내 작은 침실을 제외하고는 주방과 화장실, 샤워실을 공동으로 쓰며 살았기에 단칸방 외에는 딱히 움직일 만한 개인적 공간이 없었다. 그러다 보니 늘 다른 학생들과 모여서 먹고 얘기하며 친밀한 관계를 맺을 수 있었지만, 험상궂은 하늘에서 비라도 종일 뿌리는 무료한 날에는 방에 갇힌 채 책상 앞에 앉아 창 밖만 무심히 내다보곤 했다. 그래도 비좁고 소박한 환경에서도 별다른 걱정 없이 발랄한 일곱 명의 대학원생 아가씨들과 한 집에서 어울리며 일년 동안 단출하고 행복하게 살았다.

넓은 잔디 정원이 있는 뒤뜰에서 바라본 기숙사.

몇 해 지난 후 다시 그 기숙사에 들어가게 되었는데, 이번에는 상황이 달라져 '서브 워든(sub-warden)'이라 불리는 부사감격 직책을 맡게 되었다. 책임을 맡고 일하는 대가로 숙식을 무료로 제공받고, 화려하지는 않지만 조금 넉넉한 나만의 공간이 주어졌다. 학생들과 면담할 때 필요한 소파 딸린 거실, 책상이 놓인 서재, 별도의 침실, 혼자 사용할 수 있는 샤워실과 화장실, 그리고 개인 전화가 딸려 있으니, 궁색하게 방 하나에서 모든 것을 해결하던 몇 해 전의 생활에 비하면 한결 나은 조건이다. 학위 논문을 완성하려면 아직 더 시간이 필요한데 장학금이 떨어져 가고 있었기에, 궁리 끝에 경쟁이 치열하다는 기숙사 부사감 자리를 따냈던 것이다.

　　대학의 기숙사를 영국에서는 홀(Hall)이라고 한다. 대학 기숙사는 식사 제공 여부에 따라 '풀 케이터링 홀(Full-catering Hall)'과 '셀프 케이터링 홀(Self-catering Hall)', 두 가지 유형이 있다. 식사를 제공하는 풀 케이터링 기숙사에는 대개 학부 학생들이 살고, 지켜야 할 규칙이 많은 편이다. 그런 곳에 부사감으로 들어가면 불편한 제약이 있다. 매주 수요일 사감과 부사감, 학생들이 일제히 한자리에 모여 식사할 때 '하이 테이블(High Table)'에 앉는 정찬에 꼭 참석해야 하고, 하루 세 차례 정해진 식사 시간에 기숙사 식당에 가야 하고, 20세 남짓한 남녀 학생들과 밤낮으로 밀착된 공동생활을 해야 하니, 자유 시간은 물론 학업에도 당연히 지장을 받게 된다. 한편 스스로 취사를 책임지는 셀프 케이터링 기숙사에는 주로 대학원생들이 사는데, 입주생들이 스스로 먹을 것을 해결하면서 별다른 제약이 없이 사니 공동생활이라고는 해도 비교적 자유롭다는 장점이 있다. 내가 일하게 된 포크너 에깅튼 홀은 셀프 케이터링 기숙사로, 대학원생과 학부생들이 사는 동이 섞여 있었다. 캠퍼스 동쪽 끝에 자리한 그곳에는 한 동에 여덟 명씩 거주하는 3층짜리 건물이 70여 개 흩어져 있고, 570여 개의 독방이 있어 상당히 많은 학생들이 살고 있었다.

　　　부사감 직책을 시작하기 전에 나는 화재 대처 훈련, 인공호흡과 응급처치, 심리상담, 사례분석 등 기본적인 사항들을 꼬박 일주일에 걸쳐 집중적으로 교육받았다. 기숙사로 이사하던 날, 570명의 방을 책임지는 마스터키를 손에 받아들고 나니 어깨가 무거워지는 것 같았다. 내가 해야 하는 일들은 학생들이 새로 이사 오거나 나가는 것을 확인하고, 사고나 안전을 관리하며, 학생들에게 생기는 공적 문제를 해결해 주는 등, 사감과 밀접한 연락을 취하면서 입주생들의 생활을 전반적으로 관리하는 것이었다. 수시로 생기는 예측 못할 일들도 아울러 처리해야 했다.

　　　포크너 에깅턴에서는 네 명의 부사감이 근무시간표에 따라 교대로 일주일씩 당직을 했다. 낮 시간은 언제나 자유로운 반면, 당직 주간의 밤 시간에는 외출을 삼가고 자리를 지키고 있어야 했다. 아침이 되면 간밤의 일을 일지에 기록하고, 동료들과 기숙사 내에서 돌아가는 일에 관해 소소한 정보들을 주고받는다. 사감과 부사감은 일주일에 한 번 정례 회의를 하고, 학생자치회 대표들과는 매 학기 정기적인 공식 정찬 모임을 가진다.

　　　기숙사는 겉으로 보기에 별탈 없이 조용하게 돌아가는 것같이 보인다. 첫해에 일년간 살면서 내가 알던 포크너 에깅턴 홀은 그저 편리하고 평온한 기숙사였다. 그러나 속을 들여다보니, 잔잔해 보이는 수면 아래 끊임없이 일렁이는 물결처럼 크고 작은 일들이 여간 많은 게 아니었다. 이전에는 알지 못했던 전혀 다른 모습이었다. 대학원생들은 대개 스스로 알아서 생활하며 공부하므로 별로 문제될 것이 없었다. 문제는 주로 집을 처음 떠나 같은 또래들과 집단적으로 모여 살며 젊음을 주체하지 못하는 청춘기의 남녀 학부생들에게 있었다.

밤늦은 시간에 런던의 종합병원에서 학부모 사망 소식을 알리는 전화를 받고 학생을 찾아가 비보를 전하며 덩달아 심란한 기분이 되었던 일, 학생들이 한밤중에 모여 장난을 치다 의자를 넘어뜨려 통유리 창을 박살내는 바람에 뻥 뚫린 주방으로 쳐들어오는 밤바람을 막기 위해 해결사를 불러야 했던 일, 샤워하다 문이 잠겨 갇혀 버린 학생을 구출하려고 신바람이 난 구경꾼들 앞에서 경비를 찾던 일 등, 갖가지 사건을 겪다 보니 밤이 되면 또 누군가 사고를 치고 와서 벨을 울릴까 봐 마음 졸였다. 그런 날은 책을 몇 줄도 읽지 못한 채 아까운 저녁시간을 다 보내야만 했다.

이런 일도 있었다. 잠자리에 들었는데 한밤중에 또 벨이 울리기에 이번에는 또 무슨 일일까 하며 긴장해서 벌떡 일어났다. 어느 남학생이 와서 급한 일이 생겼다기에 따라가 보니 현관 잔디밭에는 위층에서 떨어진 듯한 다림질판이 내동댕이쳐져 있었다. 이층으로 올라가 보았더니 주방은 엉망진창이 되어 있었다. 공동으로 사용하는 냉장고 속에서 음식이 나와 어지럽게 널려 있었다. 바닥에는 깨진 달걀이 흩어져 있었고 스프레이 낙서가 어지럽게 쓰여 있었다.

이리저리 추측해도 별 단서가 없기에, 심상치 않은 마음으로 돌아와 잠을 자는 둥 마는 둥 하고 날이 밝자마자 사감과 사무실측에 각각 보고해 두었다. 기숙사측에서는 회의를 연 끝에 그 집 학생 여덟 명을 한 사람씩 내방으로 불러 금요일 밤의 행적에 대해 면담을 하기로 결정했다.

포크너 에깅튼 홀에서 첫해에 함께 살았던 대학원생 아가씨들.

그런데 면담 중 마주 앉은 1학년 남학생의 스웨터에서 간밤에 흩어진 스프레이 색과 똑같은 얼룩이 묻어 있는 것을 우연히 발견했다. 차근차근 그 학생을 다그치니 그는 순순히 자백을 했다. 초저녁에 친구들과 한잔 하러 학생회관의 바에 갔다가 집에 돌아왔는데 아무 기억도 나지 않는다면서, 집이 그렇게 난장판이 된 걸 보면 자기 말고 누가 또 그런 짓을 했겠느냐고까지 한다. 어수룩해 보이는 순진한 대학 초년생이 금요일 밤에 해방감에 기분을 내려고 주량도 모른 채 퍼마신 술기운에 엉뚱한 주사를 부려서, 모두들 자던 한밤중에 광란의 밤을 치르고 만 것이었다.

이렇게 해서 이 일은 예상보다 쉽게 꼬리가 잡히고 간단히 해결되었다. 열심히 공부하는 줄만 알고 계실 아버지에게 연락할 거냐고 묻는 겁먹은 그의 얼굴에는 미성년자티가 아직 그대로 남아 있었다. 나는 속으로 빙그레 웃으며, 아버지에게 보고까지는 하지 않을 테니 앞으로 다시는 술이 사람을 먹지 않도록 각별히 조심하라고 일러두었다.

문화적 차이를 절감하는 순간은 예상치 못할 때 문득 다가온다. 기숙사에서는 한 학기에 한 차례씩 예고 없는 화재 대피 훈련을 실시한다. 훈련 당일이 되면 당직 부사감이 한밤중에 일어나 비상벨을 울린다. 그러면 잠자던 학생들은 몇 분 이내에 일제히 밖으로 뛰쳐나와 정해진 곳으로 대피해야 한다. 자던 학생들은 어둠 속에서 가지각색의 모양을 하고 방에서 튀어나온다. 이때 남녀 학생이 한방에서 튀어나오면 별반 신경 쓰는 이가 없지만 동성 학생들이 한방에서 나오다 발견되면 주위에서 따가운 눈총을 주곤 했으니, 한국적 인식과는 확실히 다르다.

개인주의를 존중하는 서양 사회라 하더라도, 철저한 사생활 보장이 한국인의 정서로 이해하기에 지나치게 비정해서 냉혹함을 느낀 적도 있었다. 지병으로 오래 간질 증세를 앓아 온 한 여학생이 기숙사에 들어온 뒤 수시로 쓰러지는 일이 있었다. 증세가 나타나면 주위 친구들이 도움을 주었지만 일이 반복되면서 학교 병원의 주치의와 학과, 그리고 기숙사측에서는 공동생활 대신 안전한 주거지로 옮길 것을 그에게 여러 차례 권유했다.

그 일과 관련해 나는 그 학생과 몇 차례 면담을 하게 되었는데, 그는 기숙사에 계속 살겠다고 단호히 주장하면서 질병의 경과에 대해 부모에게 알리는 것조차 원하지 않았다. 법적으로 영국에서는 성년이 된 자녀가 원치 않으면 아무리 중한 질환이라도 부모에게 알릴 수 없게 되어 있다. 자존심이 강한 그 학생은 결손 가정에서 부모로부터 일찌감치 자립하여 혼자 질병을 안고 살아가느라고 아직 미숙한 나이에 힘겨운 삶을 살고 있었다. 그는 한동안 기숙사측과 병원, 학과 사이에서 힘겨운 줄다리기를 했는데, 끝내 기숙사에 계속 머물러 살면서 우수한 성적으로 학업을 마치고 학교를 떠나갔다.

인종 문제는 대학 사회에서도 민감한 사안이다. 포크너 에깅튼 홀에는 각 나라 학생들이 뒤섞여 있어 마치 인종 전시장 같았다. 유럽 국가들 간의 에라스무스 장학생 교환 제도로 적지 않은 유럽 학생들이 건너와 몇 학기씩 머물다 갔고, 아시아와 아프리카에서도 해마다 많은 학생들이 들어왔다. 다양한 소수 인종들은 주류 문화에 흡수되지 못한 채 주변에서 겉돌며 끼리끼리 어울려 지내다 돌아가기 일쑤였다.

일반적으로 영국 사람들은 기질적으로 내성적이고 낯가림이 심하다. 변화를 좋아하지 않는 탓인지 낯선 문화에 마음을 활짝 열지 않는다. 따라서 민족적 우월감이 강하다는 말을 외국인으로부터 자주 듣는다. 정열

적이고 개방적인 남유럽 학생들은 영국인들이 너무 차분하고 보수적이어서 가까이 하기 어렵다 하고, 독일과 프랑스 학생들은 인접 국가들 간에 필연적으로 존재하는 이해관계와 갈등 탓인지 마음을 트지 못한다. 북유럽 출신 학생들마저 이런저런 기질적 차이를 이유로 영국 학생들과 쉽게 사귀지 못한다. 어릴수록, 그리고 외국 문화와 접촉한 경험이 없을수록 외국인을 대하는 성숙도에는 한계가 있게 마련이어서, 경험이 부족하고 어린 학부 학생들 사이에서는 끼리끼리 어울리는 낯가림이 더 심한 편이다.

한국식으로 대학 문화를 겪은 지도 그나마 이미 오래된 데다 영국 학생들과는 인종적 · 세대적 격차로 인해 문화적 공감대도 별로 없어서, 나는 문득 이질감을 느낄 때가 있었다. 마치 앞이 보이지 않는 어둠 속 계단을 혼자 더듬는 것 같은 긴장을 실감하는 순간도 있었다. 기숙사에 살면서 밖에서는 알지 못했던 그네들의 문화와 가치를 새롭게 관찰할 수가 있었다. 그러나 크고 작은 일들과 씨름하며 시간과 에너지를 투자하다 보니, 목표를 향해 부지런히 달려가야만 할 내 학업의 진도는 안타깝게도 한동안 제자리걸음만 하고 있었다.

4

영국 사람들

이곳 생활은 내게 느리게 살아가는 여유, 작은 소리에 귀기울이는 섬세함에
눈뜨게 해주었다. 홀로 고국을 떠나와 수많은 소중한 만남을 얻게
해주었다. 그것을 가능하게 해준 것은 영국일 수도 있지만,
결국 마음을 열고 귀를 기울인 나 자신이었는지도 모른다.

영국 사람들

내가 살던 작은 도시 러프버러에서는 해마다 전
통적인 마을 축제가 열린다. '러프버러 페어(Loughborough Fair)'로 알려진
이 주민들의 축제는 늦가을에 개최되는데, 정확하게 말하자면 매해 11월 둘
째 주 목요일에 시작해 사흘간 계속된 뒤 토요일 밤 11시에 막을 내린다. 축
제가 시작되기 며칠 전부터 조금씩 술렁이다 목요일 정오가 되면 시청 앞 광
장에서는 제법 진지하게 개막식이 거행된다.

주민들이 모인 가운데 러프버러 시장이 타운 홀 발코니에 모습을
드러내는데, 시장은 황금실로 수놓인 발목까지 오는 긴 가운을 입고 금발
의 곱슬머리 가발을 쓰고 오른손에는 무늬가 새겨진 긴 지팡이를 들고 나
타난다. 그리고 시민들이 지켜보는 가운데 중세 헨리 8세 때 완성되었다는
헌장을 낭독하며 개막을 선포한다. 그리고 나서 지역 인사와 주민들이 타
운 홀 광장을 천천히 행진하면서 축제의 개막을 알린다.

축제 기간에는 광장을 중심으로 시내 주요 거리가 차단되고 축제

흥청거리는 축제 분위기를 맛보기 위해 러프버러와 인근 마을 주민들이 쏟아져 나온다. 거리에는 지글거리는 햄버거 냄새와 진동하고 사탕과자를 든 아이들이 거리를 활보한다.

에 필요한 설비가 들어선다. 각종 놀이기구, 음식, 게임, 다양한 물품의 진열 등 풍성한 장터가 한판 벌어진다. 흥청거리는 축제 분위기를 맛보기 위해 러프버러와 인근 마을 주민들은 가족·친구·이웃 할 것 없이 남녀노소 어울려 쏟아져 나온다. 거리에는 지글거리는 햄버거 냄새가 진동하고, 사탕과 자를 든 아이들이 거리를 활보한다. 어른 아이 할 것 없이 각종 탈것과 게임을 즐기는 사람들의 겁에 질린 비명 소리와 까르르 웃음소리가 터질 듯한 음악과 함께 하늘에 메아리친다. 늦가을 오후에는 네댓 시만 되어도 어둑어둑해져 일찌감치 불빛이 휘황찬란하게 밝혀지고, 밤이 되면 더 많은 사람들이 쏟아져 나와 광장은 물론 골목길까지 꽉꽉 채우고 시 전체가 떠들썩해진다. 마지막 날인 토요일 밤쯤 되면 축제는 무르익어 절정을 이룬다.

　　　이 마을 잔치에는 회전목마처럼 온순하고 고전적인 탈것은 물론이고 격렬한 롤러코스터를 비롯해 톱스핀, 슈퍼볼, 크레이지 셰이크 등의 이름으로 고도의 모험심을 자극하는 놀이기구에 이르기까지 수십 개의 각종 장비가 동원된다. 러프버러 페어에 나오는 탈것만큼 광란적인 놀이들을 나는 일찍이 어디서도 본 기억이 없다. 사람들은 돈을 내고 잠시 동안 철저하게 고문당하고 웃으면서, 또는 울면서 탈것에서 내려온다. 페어에 나오는 쇼맨은 100여 명에 이른다는데 이들은 영국 전역을 순회하면서 각 지방 페어에 참가하는 사람들이다. 이들 중 상당수는 일년에 절반쯤 이런 식으로 일하여 돈을 벌고, 나머지 절반은 남미나 호주 등지에 가서 휴가를 보내고 돌아오는 집시들이라고 한다.

　　　러프버러에 이런 축제가 시작된 때는 아득하게 오래전이다. 언젠가 러프버러 페어의 770주년을 기념한다는 기사가 실렸기에 혹시 77주년을

새빨간 공중전화 부스와 우체통.

잘못 읽은 것이 아닐까 하여 신문을 재차 들여다본 적이 있었다. 1220년대에 시작된 행사가 오늘날까지 지속되고 있다는 것이 믿기지 않았기 때문이었다. 하기야 잠시 가서 순간을 즐기는 것밖에 그 긴 세월의 흐름을 누구라도 실감할 수 없을 것이다.

영국 사람들은 전통을 몹시 아끼고 존중한다. 영국 사람들은 오래된 것을 유난히 선호할 뿐 아니라, 바꾸는 것을 달갑게 여기지 않는다. 사람들은 보통 새것보다 오래된 물건을, 새로운 방식보다 구식을, 새 모델보다는 전통적 디자인을 더 좋아하는 것 같다. 산업화가 일찍 시작된 이곳에서는 식품에서부터 일용품, 간판, 서비스에 이르기까지 100년, 200년 넘게 대를 잇고 있는 상표의 수를 헤아리기 어렵다. 500년, 1000년을 기록하는 건축물이 전국 구석구석에 남아 있고 대부분은 여전히 대중에게 개방되거나 사용중이다. 각종 조직이나 행사도 창립 수백 주년씩 끈질기게 이어가니 역사를 중시하는 영국인의 보편적 정서를 말로만 설명하기란 쉽지 않다.

영국 전역 어디서나 쉽게 눈에 띄는 새빨간 공중전화 부스와 우체통은 이제 국가적 상징이 되다시피 했다. 격자무늬의 빨간 공중전화 부스는 1920년대에 나온 디자인이다. 소설가 앤서니 트롤롭이 한때 우체국 직원으로 일하면서 발명했다는 빅토리아 시대의 빨간 실린더형 우체통은, 1850년대에 처음 고안된 이래 지금도 같은 디자인을 고수하며 곳곳에 세워져 있다. 단, 제작 연대를 알 수 있도록 우체통 윗부분에는 생산 시기에 해당하는 왕실 기호를 표시하는 전통이 있다. 따라서 근래에 제작된 우체통에는 현재의 여왕 엘리자베스 리자이나를 상징하는 알파벳 글씨 'ER'이 왕관 모양과 함께 찍혀 있다.

러프버러에도 오랜 전통의 명문학교가 있다. 500년 역사를 가진 러프버러 그래머 스쿨은 레스터 주의 우수한 학생들이 모여든다.

전통 있는 사립학교로 알려진 이튼이나 해로우 같은 기숙학교는 1400년대에서 1500년대경에 왕실에서 직접 창립한 것이다. 내가 살던 레스터 주 러프버러에도 오랜 전통의 명문학교가 있었다. 러프버러 그래머 스쿨은 레스터 주의 우수한 학생들이 모여든다는 곳으로, 어느 해에는 학교 설립 500주년을 기념한다며 엘리자베스 여왕의 축하 방문을 포함한 대대적인 창립 기념 행사를 했다. 학교에서 가족 초청 행사가 열린다기에, 당시 그곳 학생이던 필립 킹의 가족과 함께 학교를 방문한 적이 있었다. 붉은 벽돌로 아담하게 지어진 학교의 실내 바닥은 언제부터의 유산인지 몰라도 반들반들하게 길이 든 낡은 나무 바닥이 그대로 깔린 채 삐걱거리고 있었다.

영국에서는 이런 종류의 사립학교를 '퍼블릭 스쿨(public school)'이라고 한다. 사립을 퍼블릭이라고 하는 이유는 오래전 공교육 제도가 처음으로 시작될 때 '퍼블릭'이라는 말을 사용했기 때문인데, 사립학교와 공립학교가 공존하는 오늘날에도 여전히 그 명칭을 바꾸지 않고 있어 외국인들을 혼란스럽게 한다. 이것과 비슷한 사례는 많다. 전국적으로 널리 팔리는 방송 안내 잡지 〈라디오 타임스(Radio Times)〉의 경우도 마찬가지다. 그 잡지에는 라디오뿐 아니라 각종 텔레비전 프로그램이 채널별로 매주 상세히 소개된다. '텔레비전 안내 책자의 제목이 웬 라디오 타임스?' 하며 볼 때마다 의아하게 여겼는데, 그 유래를 알고 보니 그 잡지는 텔레비전이 없고 라디오만 있던 시대에 창간되었기 때문이라고 한다. 제목을 고치는 것보다 역사를 지키는 것이 그렇게도 중요한 것일까.

옛것을 좋아하는 기질은 일상생활 곳곳에서 드러난다. 가정집이나 옛 성, 호텔, 민박집인 '베드 앤드 브렉퍼스트' 같은 곳에서는 지금도 천장에서 늘어뜨린 끈으로 된 전기 스위치를 사용하는 곳이 있다. 실내를 현대식으로 개조할 때에도 끈은 그대로 살리고, 끈의 끝에다 정교한 무늬의 본차이나 손잡이를 단다. 대부분의 가정집에는 방에 잠금 장치를 하지 않아 열쇠 구멍조차 없지만, 오래된 공공 건물이나 호텔, 게스트하우스 등에서는 지금도 방문에 금속으로 만든 긴 구식 열쇠를 사용한다. 또 그런 숙소의 안내 데스크에서는 지금도 손님이 직원을 부를 때 현대식 벨 대신 주먹만한 크기의 둥근 금속 종을 사용한다.

　　대물림을 하는 물건도 각양각색이다. 가정에서는 흔히 조상이 사용하던 의자 같은 일상적인 가구를 아끼며 자랑스럽게 사용한다. 내 하숙집 여주인 캐시는 양파·감자 따위의 야채를 담아 두는 왕골 바구니를 보여 주면서 시할머니 때부터 쓰던 물건이라고 자랑을 했다. 또 결혼할 때 친정 어머니가 쓰던 프라이팬을 들고 왔다면서 반질반질하게 길이 든 작은 주물 프라이팬을 싱크대 밑 찬장에 두고 50대가 된 지금도 여전히 쓰고 있었다.

　　심지어 액세서리도 대물림을 한다. 언젠가 한 친구가 눈에 띄는 브로치를 달고 있기에 한마디 했더니 할머니가 쓰시던 것을 대물림했다며 자랑하기에 깊은 인상을 받은 적이 있다. 알고 보니 그곳에서는 여인들이 선조로부터 반지나 목걸이, 브로치 등을 일상적으로 물려받아 사용하는 관습이 있었다. 어느 장례식에 가보니 고인이 사용하던 액세서리와 작은 접시, 컵, 장식품 등의 낡고 자질구레한 물건들을 진열해 놓고, 모임이 끝나면 고인을 생각하며 맘에 드는 것을 골라 가라고 광고하는 일도 있었다.

　　옛것을 좋아하는 기질과 검소한 생활 습관은 통하는 것인지도 모른다. 한국에서는 대형에 밀려 이미 사라진 지 오래인 소형 냉장고를 영국 가정에서는 아직도 널리 사용한다. 소형 텔레비전도 물론 많이 쓰고 흑백 텔레비전마저 드물지 않으니, 집을 떠나 사는 대학생들 사이에서는 소형 흑백 텔레비전의 중고품마저 기꺼이 유통되는 실정이다. 사람들은 물자를 어찌나 아껴 쓰는지, 문서를 보낼 때 서류 봉투는 일상적으로 재사용하고 열 번쯤은 돌려 쓸 수 있도록 봉투 표면에 아예 20여 개의 칸이 도표처럼 인쇄되어 나온다. 받은 사람이 자신의 이름을 펜으로 긋고 다음 칸에 받을 사람의 이름을 써서 재사용하니 봉투 하나가 수없이 돌고 돈다.

　　　가정에서는 서늘하게 사는 것이 습관이 되어 사람들은 더운 난방을 견디지 못한다. 충분한 난방을 해주는 기숙사에서 대부분의 영국 학생들은, 자신의 생활비가 덜 드는 것도 아니련만 벽 속을 타고 흐르는 배관의 열도 충분하다며 자기 방의 난방을 겨우내 잠가 버린다. 가정집에서도 추우면 실내 온도를 올리기보다는 먼저 스웨터를 껴입을 생각을 한다. 추위를 질색하는 나도 이곳 사람들 사는 방식대로 은연중 추위에 익숙해졌지만, 에너지 절약에 관한 한 영국 사람들과는 비교조차 되지 못한다. 저녁 무렵 거실에 마주 앉아 대화를 하다 보면, 완전히 어두워져 상대방 얼굴이 더 이상 보이지 않게 될 때쯤 되어서야 몸을 일으켜 전깃불을 켜는 사람들이다.

　　　영국에 온 지 얼마 되지 않았을 때의 일이다. 기차로 여행하다 목적지에 도착해 보니 기차의 문에 손잡이가 보이지 않았다. 내리는 승객이 별로 없고 정차 시간이 길지 않아 서두르려 했지만, 문 주위를 아무리 샅샅이 더듬고 둘러보아도 문을 열 만한 장치가 없었다. 쩔쩔매는 나를 먼발치에서 보고 있던 누군가가 고맙게도 객석에서 나와 기차 문을 열어 주었다. 유심히 보았더니 위아래로 열게 되어 있는 유리창을 밀어 내리더니 밖으로

거리의 빈티지 카.

팔을 뻗어 문 밖에 달린 손잡이를 잡아 돌리는 것이었다. 그 기이한 방식을 외국인이 어찌 짐작이라도 할 수 있겠는가.

현대식 열차에는 자동문에 누름 버튼이 장착되어 있지만, 지금도 여전히 운행되는 재래식 열차에서는 안에서 문을 열지 못한다. 귀족이 차를 타고 내릴 때 누군가가 밖에서 늘 여닫아 주었던 옛 관습 탓에 안쪽에는 손잡이를 달지 않았다고 한다. 엄청난 속도로 달리는 기차에서 승객의 안전을 고려해 지금도 안쪽에는 굳이 손잡이를 달지 않는다고 한다. 세계적으로 드물게 영국만이 운전자가 오른쪽에 앉고 좌측 통행을 고집하는 것도, 상전을 마차에 모시고 달리던 마부가 오른손으로 채찍을 휘두르며 말을 몰아야 했기에 주인을 왼쪽에 태웠던 옛 습관의 연장이라고 한다.

변화를 싫어하기 때문에 가능한 것인지, 사람들은 참을성 있게 기다리는 데 여간 익숙한 것이 아니다. 어느 날 웨일즈 여행에서 돌아오는 길에 기차가 도중에 가다 서곤 하느라 버밍엄까지 오는 데 네 시간이나 연착을 했다. 기차 안에서는 사정이 생겨 지체하고 있다는 사과 방송만 반복해서 흘러나올 뿐이었다. 처음에는 담담하게 기다렸지만 5분, 10분 간격으로 가다 서기를 반복하니 참고 있던 나도 답답해지기 시작했다. 딱히 말상대도 없어 무료하게 주위를 둘러보니 사람들은 감정을 드러내지 않고 잠잠히 앉아 있었다. 지체하는 횟수가 잦아지고 멈춰 있는 시간이 길어지면서 내 인내심은 한계에 도달해 속에서는 불이 날 지경이 되었는데도, 기차 안에서는 별로 동요가 없었다. 그저 눈만 멀뚱하게 뜨고 소란 없이 앉아서 기다리고 있었다. 문 쪽으로 나가 바깥 바람을 쐬며 열을 식히는 젊은이들만 간간이 눈에 띌 뿐이었다. 몇 시간 후 기차가 제대로 굴러가기 시작할 무렵 식당 칸에서 사람이 나와 수레를 밀고 다니며 승객 한 사람 한 사람에게 차와 샌드위치를 나누어 주었다. 어리둥절해하는 나에게 그 직원은 기차가 연착할 경우 간단한 식사를 제공하는 것이 국영철도 '브리티시 레일(British Rail)'의 관례라고 말해 주었다. 하여간 못 말리는 영국 사람들 때문에 가끔씩 나는 두 손 들곤 한다.

상류 계층 사람들

영국을 흔히 뿌리 깊은 계층 사회라고 한다. 그러나 외국인인 나로서는 그곳 사람들의 사회적 계층을 판단하는 기준을 이해하기가 쉬운 일이 아니다. 상류 계층의 이미지라면 흔히 백작이니 남작이니 하는 호칭으로 불리고, 세계적 상표의 값비싼 명품을 쓰고, 고풍스러운 저택에 살면서 고된 일 안 하고 사회적 지위를 누리는 사람을 연상하기 쉽다. 우리 사회에도 뿌리 깊던 반상 계급이 있었지만 이미 사라진 지 오래고, 오늘날 우리는 습관적으로 상류층을 권력층이나 부유층과 동일시하는 풍조가 있다. 하지만 영국에서는 계층을 구분하는 기준이 그리 간단하지 않다.

무엇보다 돈은 영국 사람들 사이에서 상류 계층을 결정하는 절대적 기준이 되지 못한다. 권력이나 학력도 마찬가지다. 계층의 문제는 자부심이나 열등감과도 직접적인 관련이 없어 보인다. 그러니 계층 구조의 상위에 있다는 것이 부러움을 사거나 존경을 받을 만한 절대적인 근거가 되지 않는다. 따라서 계층을 바꿔 신분 상승을 해보려고 노력한다는 사례도 흔한 것 같지는 않다. 계층간의 차이와 갈등이 없는 것은 아니겠지만, 사람들은 그저 서로 다른 계층임을 인정하면서 각각 나름대로의 삶을 이어 가고 있는 것 같아 보인다.

하숙집 주인 알렌 부부는 한때 내 앞에서 계층에 관해 열띤 논쟁을 한 적이 있었다. 남편인 알렌 씨는 자신을 노동자 계층이라 고집하고, 아내인 알렌 부인은 자신을 중산층으로 생각하는데 두 사람 모두 주장이 어찌나 강력하던지 계층에 관해 이렇다 할 지식도 안목도 없는 나로서는 좀처럼 판단이 서질 않았다. 이들은 취향으로 보아서는 특별히 말할 것이 없을 만큼 평범한 사람들이었다. 재산이나 주거 환경으로 미루어 보아 중산층 같기는 했지만 두 사람 모두 고학력자는 아니었다. 하지만 직업이 어느 회사의 관리인인 알렌 씨는 회사 일이 끝나면 시내 칼리지의 성인교육 과정에서 매스미디어를 공부하고 있었다. 내 전공과 관련되는 과제물이 있을 때는 자신이 쓴 에세이를 보여 주거나, 강의 주제를 놓고 나와 토론하는 적도 있었다. 알렌 부인은 평범한 가정주부로 일주일에 세 번 오후 시간에 펍에 나가 시간제 일을 했다. 이들은 가끔 직장 동료나 친구들을 초대해 정원에 앉아서 느긋하게 부부 동반 식사를 하면서 저녁 시간을 보내곤 했다. 알쏭달쏭한 이런 단서들을 종합해 계층을 정확히 판단하기는 어려운 일이지만, 내 기초 지식에 비추어 그 정도면 그래도 여유 있게 사는 중산층이 아닐까 나름대로 추측해 보았으나, 알렌 씨는 끝내 자신이 노동자 계층이라고 주장하는 것이었다.

영국인들 사이에서 계층은 금방 알아챌 수 있는 것이라고 한다. 허물없는 교회 친구이자 이웃이던 폴은 영국 사회에 대한 나의 시시콜콜한 궁금증을 물어 보기에 아주 좋은 정보원이었는데, 대학교수 직업을 가진 그는 학년 초에 몰려오는 신입생과 몇 분만 얘기해 보아도 옷차림·태도· 말씨 등으로 미루어 그 계층을 짐작하기 어렵지 않다고 했다. 사람들의 악센트도 계층을 구별하는 중요한 단서가 된다고 한다. 그것이 하도 신기해서 내 말씨나 태도를 보고도 신분을 짐작할 수 있는지 물었더니, 사회문화적 배경이 전적으로 다른 외국인에 관해서는 전혀 배경을 짐작할 수 없다고 했다.

언젠가 텔레비전에서 계층을 풍자하는 다큐멘터리 프로그램을 본 적이 있었다. 그 방송에서는 사람들의 제스처와 화장, 옷과 액세서리 등을 근거로 계층을 대충 짐작하면서, 값비싸 보이는 옷에 번지르르하고 요란한 액세서리 차림을 한 것을 들어 대번에 상류층은 아닐 거라고 단정하는 것을 보았다. 영국 사람들은 확실히 색감이나 디자인 감각에서 야하고 번지르르한 것을 싫어한다. 하여간 부와 계층을 자동적으로 연관짓는 편견을 갖고 있던 내 기준은 그만 아리송해지고 말았다.

내가 알고 지내는 유일한 상류 계층 가정은 메리디스 부부였다. 남편 리처드 메리디스 씨는 북부 요크셔의 전통 있는 명문 사립학교 교장이었다가 일찍 은퇴하고 세계 성공회 기구에서 일을 하고 있었다. 중등학교 불어 교사를 하던 아내 헤이즐 메리디스 부인은 남편의 은퇴와 함께 이곳으로 이사 온 뒤로 외국인 학교에서 영어를 가르치고 있었다. 그리고 '외국 유학생 부인 클럽'에서 정기적으로 마거릿 킹과 함께 봉사하면서 늘 분주하게 살았다. 사람들은 메리디스 부부를 가리켜 상류 계층, 좀 더 정확하게는 중상류 계층에 속하는 이들이라고 했다.

메리디스 부부가 러프버러에 내려와 정착하게 된 것은 교직에서 은퇴하면서부터였다. 이들은 은퇴 후 살 곳을 찾다가 러프버러에 내려와 보고, 이 지역이 조용하면서도 외국인들이 끊임없이 드나드는 대학 중심의 캠퍼스 타운이어서 정체되지 않은 신선한 공기의 흐름이 있을 것으로 판단하고 이주를 결정했다고 했다. 이들은 정원 일에 관한 한 전문가에 가까울 정도로 열심이었다. 이들이 집을 보러 다니다가 그 집을 고르게 된 것은 순전히 정원 터가 맘에 들었기 때문이라고 한다. 그러니까 정원을 보고 계약을 했으므로 집은 덤으로 얻은 것이라고 할 정도였다. 이사한 후 이들은 열심히 땅을 일구고 꽃과 나무를 심고 가꾸어 넓은 정원에 자신들의 취향이 깃든 정원을 갖게 되었다. 그곳에는 이른봄부터 늦가을까지 항상 꽃이 피어 있었고, 처마 밑에는 철따라 꽃바구니를 만들어 걸어 두었다.

내가 메리디스 부부를 처음 만나게 된 것은 매월 첫째 주 일요일 오후 다섯 시, 외국인들을 위한 정기모임인 '인터내셔널 티(International Tea)'에 갔을 때였다. 러프버러 생활 초기에, 어디까지 생활 반경을 늘려야 할지 보기 위해 모든 모임과 기회를 빼놓지 않고 열심히 찾아다녔던 나는 모임에 찾아갔던 첫날 저녁에 메리디스 부부의 집에서 베푼 다과 모임에 몇몇 외국인들과 함께 초대받게 되었다.

사람들과의 얘기 끝에 정원 일을 해본 경험이 없어 우리 집 정원에 심긴 여러 그루의 장미를 어떻게 가꾸어야 할지 모르겠다는 말을 꺼내니, 메리디스 씨가 선뜻 장미 손질하는 법을 가르쳐 주겠다고 한다. 무심코 듣고는 잊고 있었는데, 어느 토요일 아침에 그에게서 전화가 걸려와 우리 집 정원을 보러 와도 좋겠느냐고 했다. 그는 즉시 아내와 함께 연장 상자를

접시꽃이 있는 정원.

가지고 도착해 장미 한 그루 한 그루 정성껏 매만져 가며 곁가지를 잘라 주고, 중심 가지가 균형 있게 자라도록 모양을 잡아 주는 법을 상세히 일러 주었다. 그리고 정원을 여기저기 둘러보고 다듬어 주면서, 몇 가지 유용한 정보를 알려 주고 돌아갔다. 적극적인 호의 때문에 이들이 떠나간 자리에는 오래도록 여운이 남았다.

그 후 메리디스 부부는 혼자 사는 나를 이따금씩 집으로 초대했다. 대문도 없이 울타리에 '비컨 놀(Beacon Knoll)'이란 문패를 달고 있는 그 집은 두 자녀가 다른 도시에 나가 대학 생활을 하고 있는 탓에 언제나 고요한 편이었지만, 식구가 없는 대신 동물이 많았다. 그리고 수시로 새 동물들이 들어왔다. 농대에서 동물에 관해 공부하는 딸이 동물복지단체에서 자원봉사를 하며 돌보기 어려운 동물들을 수시로 집에 데려와 키웠기 때문에 그 집은 마치 진기한 동물병원 같아 보였다. 한쪽 귀를 잃은 토끼, 날개 다친 새, 성치 않은 새끼 돼지 등이 같이 살고 있었는데, 그 집의 갖가지 동물들은 신기하게도 온순하게 서로 잘 어울려 살았다. 한때 길 잃은 그레이하운드 사냥개를 데려다 가족처럼 집 안에서 기른 적이 있는데, 처음에는 가까이 가기 애처로울 정도로 겁이 많고 소심했지만 얼마 후 만났을 때는 눈에 띄게 영리해지고 활기에 차 있었다.

메리디스 부부는 궁색하지는 않지만 검소하게 살았다. 헤이즐 부인은 늘 유행을 타지 않는 옷을 입었고, 집에서 파티를 열면 능숙한 요리 솜씨로 혼자 많은 음식들을 차렸다. 장보러 시장에 갔다가 간혹 시장에서 채소를 사는 메리디스 씨와 마주칠 때가 있었는데, 그는 손님상을 준비하는 아내를 위해 장을 보러 온 것이었다.

내 방의 푸크시아. 꽃대가 아래를 향해 거꾸로 뻗어 내려가다가 끝에 큼직하고
사랑스러운 꽃송이를 피워 주었다.

평소에 나는 이들의 생활 방식에 도전을 받는 적이 종종 있었다. 어느 토요일, 꽃이 만발했으니 정원을 구경하러 오라기에 비컨 놀에 간 적이 있었다. 현관문을 열어 주는 부인을 따라 집 안에 들어가니 메리디스 씨가 안뜰에서 정원 일을 하다가 반겨 주는데, 어찌나 낡고 허름한 스웨터를 입고 있던지 소매는 해지고 팔꿈치와 아랫단도 풀어져 있었다. 그런 낡은 옷을 입는 사람이 있으리라고는 일찍이 상상조차 해본 적이 없었을 정도였다. 나도 어지간히 옷과 물건을 아끼는 편이라 10년, 20년을 훌쩍 넘기는 옷들이 있는데, 얼마나 오래 입으면 그 정도로 해질 수가 있을까. 작업할 때 외에는 그런 허름한 옷을 대체 어디다 보관하는지 궁금하기까지 했는데 예의를 차리느라 묻지는 못했지만, 만일 내가 물었더라도 그는 아마 빙긋이 웃으면서 대답해 주었을 것이다.

어느 여름날 비컨 놀에 와 사과나무 아래서 점심을 먹고 화초와 온갖 허드레 물건을 보관하는 온실을 구경했다. 그날은 메리디스 씨가 풍성하게 자란 푸크시아 가지를 잘라 번식시키는 중이었다. 그는 가지치기하는 법을 보여 주다가 가지 하나를 잘라 화분에 흙을 담고 즉석에서 심어, 한 번 키워 보라며 내게 주었다. 그날 나는 자전거를 타고 왔다가 장보러 시내에 나갈 작정이었으므로 화분을 들고 갈 손이 없었다. 중년을 훌쩍 넘긴 그 신사는 화분을 기꺼이 우리 집까지 손수 배달해 주겠다고 했다. 시장에 들러 장보기를 마치고 두어 시간 후 집에 돌아와 보니 현관문 앞에 푸크시아 화분이 얌전하게 놓여 있었다.

그날부터 나는 그 화초를 내 방에 두고 정성껏 돌보고 키워서 8월에 마침내 큼직하게 터뜨린 꽃망울을 보게 되었다. 푸크시아는 꽃대가 아래를 향해 거꾸로 뻗어 내려가다가 끝에 큼직하고 사랑스러운 꽃송이를 피워 주었다. 그 꽃봉오리가 어찌나 오래 가던지 날마다 기분 좋게 들여다보곤 했다. 그리고 꽃이 지기 전에 서둘러 사진을 찍어 우편으로 비컨 놀에 부쳐 주었다. 작은 가지가 커서 성공적으로 꽃피운 것을 보고 메리디스 부부도 기뻐했으니 작게나마 보답이 되었을까.

　　　영국의 사회 계층에 관해서는 지금도 모호한 것이 많다. 계층 의식이 그들에게 어떤 의미가 있는지 외국인인 나로서는 정확히 이해하기 어렵다. 또한 비컨 놀 사람들을 상류 계층의 전형으로 단정짓기는 어렵다. 그러나 확신하건대, 권위는 권력을 행사할 때 나오는 것이 아니라 내면에 깃든 품격에서 절로 생기는 것이다. 또 사회적 존경은 지위와 무관하게 겸손할 때 비로소 얻게 되는 것 같다. 메리디스 부부에 대한 내 존경의 시선을 두고 영국의 상류 계층 예찬쯤으로 오해하는 독자는 물론 없으시리라. 킹 부부와 메리디스 부부가 함께 어울리는 것을 볼 때면 두 쌍의 자매를 보는 것 같다. 킹 가정의 삶을 소박하고 친근한 도기에 비유한다면, 메리디스 가정이 살아가는 방식은 세련된 본차이나를 연상시킨다. 그것도 은은하지만 분명한 빛깔과 취향이 깃든 우아한 본차이나처럼 느껴진다.

잉글리쉬 가든

내가 마지막으로 살았던 스피니 힐(Spinney Hill)
에서는 사람들이 먹고 사는 데 여유가 있어 그랬는지 집집마다 하나같이 정원
을 화려하게 가꿔 놓아서 각양각색의 꽃들이 이른봄부터 여름 내내 피어 동네
를 행복하게 했다. 꽃가꾸기에 열심인 사람들은 제철이 되기만 하면 모두들
집 안팎을 화려하게 꽃으로 장식하기에 바빴다. 화초 파는 곳을 기웃거리고,
정원가꾸기 프로그램을 열심히 시청하고, 원예 서적을 들여다보고, 담장 너머
로 이웃과 정원 가꾸는 얘기를 나누느라고 시간 가는 줄 모르는 듯했다.

　　내가 스피니 힐 하숙집으로 이사를 온 때는 정원이 한껏 싱그러워
지는 6월의 첫날이었다. 그 집 현관 앞에는 지붕보다 키가 높은 나무가 한
그루 있었는데, 여섯 살짜리 하숙집 막내둥이 올리버가 그 나무에 기어 올
라가기를 얼마나 즐겼는지 나무 기둥이 반질반질하게 길들어 있었다. 올리
버는 그날 새 식구가 생기는 것에 신이 나서 나무를 오르락내리락하며 나
무 꼭대기에서 이삿짐 들어오는 것을 지켜보고 있다가, 짐 나르는 것을 돕

노란 캘리포니아 포피와 빨간 양귀비.

겠다고 내 책들을 작은 가슴에 안고 집 안을 들락날락했다. 그렇게 나무와 꽃이 있는 동네로 이사하면서부터 나는 스피니 힐에 오게 된 것을 행운으로 여기며 살게 되었다.

　　　우리 집은 학교 후문에서부터 걸어서 몇 분 걸리지 않는 가까운 거리에 있었다. 나는 아침저녁으로 학교를 오갈 때 집집마다 꾸며 놓은 정원을 구경하며 걸었다. 늘 관심 있게 보면서 지나다 보니 몇 번째 정원 어디쯤에 어떤 종류의 꽃이 피고 졌는지 눈을 감고도 그릴 수 있게 되었다. 동네에는 벽이나 받침목을 타고 기어올라가는 클레마티스, 가지각색의 탐스런 장미, 관목을 새하얗게 덮으며 꿀 냄새를 풍기는 목 오렌지(mock orange), 붕붕거리는 꿀벌들을 온종일 끌어모으는 라벤더, 정원을 한층 풍성하게 장식하는 수국, 매혹적인 자태로 시선을 끄는 양귀비 등, 온갖 꽃들이 피어 있었다.

　　　어느 날 동네의 어느 정원에 키 작은 꽃양귀비의 일종인 샛노란 캘리포니아 포피가 피어 있는 것을 발견하고 반가웠던 적이 있었다. 그 꽃은 어린 시절에 어머니가 귀한 씨앗이라며 얻어다 집 뜰에 심어 번식시키셨던 품종이었다. 고향집에서 이사한 후로는 어디에서도 그 꽃을 대한 적이 없다가, 20년 이상 잊고 있던 그 꽃을 우연히 마주치고 나니 어린 시절의 기억이 되살아났다. 그날 나는 집에 돌아와 그 정원 얘기를 하려고 어머니께 편지를 썼다. 그리고 그날부터 그 샛노란 꽃 무더기 곁을 지날 때마다 유심히 들여다보곤 했다. 어느 날 학교에서 돌아오는 길에 마침 그 집 정원에서 노부부가 그 꽃들을 손질하는 것을 보고 어린 시절의 우리 집 꽃밭 얘기를 꺼냈더니 아주 흥미로워하기에, 발길을 멈추고 한참 동안 꽃 얘기를 나누었다.

　　후문으로 학교 안에 들어서면 잘 꾸민 정원이 눈에 들어왔다. 6월이 되면 비단결 같은 보랏빛 등꽃이 후문 통로를 뒤덮어 아치를 이루었고, 장미 정원에는 향기로운 각종 장미가 만발했다. 장미 정원에서 조금 돌아가면 인적이 드문 또 하나의 정원이 나왔는데, 사면이 붉은 벽돌담으로 둘러져 있고 출입구만 뚫려 있어 일부러 찾지 않으면 무심코 지나치기 쉬운 그곳을 사람들은 '월 가든(Wall Garden)'이라 불렀다.

　　밖에서 보면 담을 타고 삐져 나온 장미 넝쿨이 대수롭지 않게 보였지만, 안에서는 담 아래 심어 놓은 장미 한 그루가 얼마나 크고 풍만하게 꽃을 피웠는지 담을 뒤덮어 가면서 꽃송이들을 달고 있었다. 그 정원을 처음 우연히 발견했을 때, 나는 그곳의 숨겨진 신비에 감탄해 점심시간에 친구들을 몰고 갔는데, 정원에 들어서자마자 모두 탄성을 지르며 좋아했다. 그날 한낮에 잠시 우리는 서로서로 다리를 베고 잔디에 누워서 시간 가는 줄도 모르고 그 정원에 파묻혀 있었다.

　　그곳은 아기자기하게 가꾼 정원은 아니었다. 영국식 정원에서 으레 볼 수 있는 나무 벤치 하나 없이 장미 넝쿨 주변에 소박한 꽃들만 두어 가지 심어 놓았을 뿐이고, 누가 언제 그렇게 다듬는지 잔디는 항상 단정하게 가꾸어져 있었다. 그곳에 들어서기만 하면 하도 고요해서 날아다니는 꿀벌 소리가 마치 확성기를 단 것 같았다. 월 가든의 한가운데 서면 하늘만 보일 뿐 세상의 소란함에서 완전히 차단된 딴 세상에 와 있는 것같이 느껴졌다. 이런 숨겨진 곳에 어떻게 정원이 들어섰을까. 그때까지 나는 꽃이란 보이기 위한 것이어서 눈길이 자주 닿는 곳에 화려한 정원을 가꿔 두고 되도록 많은 이의 눈을 사로잡아야 제 몫을 하는 것이려니 생각했었다. 꽃밭 속의 고요함을 홀로 맛볼 때까지 누가 그 비밀스런 맛을 알 수 있겠는가.

그해 여름, 나는 월 가든에 끌려 장미가 다 질 무렵까지 수시로 그곳을 드나들었다. 아침 학교 길에 후문에 들어서면 월 가든 입구에 서서 잠시 둘러보았고, 오후에 저녁을 먹으러 돌아올 때도 그곳에 들러 꽃 냄새를 맡고 갔다. 토요일이나 일요일에는 일부러 새벽에 일어나 산책하면서 그곳엘 가보기도 했다. 수백 개가 넘을 장미 송이들은 햇빛의 각도에 따라 하루에도 여러 차례 달라 보였다. 이슬이 채 사라지기도 전 새벽의 싱그러움은 물론이고, 한낮 더위가 한풀 꺾이며 어스름이 깔리기 시작하는 초저녁 무렵의 신비로움은 꽃들의 우아한 자태를 더욱 돋보이게 했다.

그해 여름에 나는 틈틈이 정원을 순례하며 꽃 사진을 찍어 두었다. 모두 고요히 잠들어 있는 주말 아침에 누가 깰세라 살그머니 집을 빠져나와 신선한 새벽 공기를 마시며 텅 빈 거리에 나오면, 정원마다 꽃들이 물기를 머금고 아침을 맞고 있었다. 나는 큼직하고 우아한 양귀비 꽃잎을 가까이서 관찰하거나 탐스러운 장미 송이에 코를 대보고, 카메라의 앵글을 이리저리 움직여 보면서 정원에서 정원으로 꿀벌처럼 옮겨 다녔다. 내가 지니고 있던 카메라는 오래된 수동형 니콘 카메라인데, 이제는 완전히 구식 취급을 받게 되었지만 오랜 세월 동안 그 묵직한 카메라를 들고 여러 나라를 구석구석 돌아다녀 정이 많이 든 것이었다.

스피니 힐에 오기 전까지만 해도 나는 푸른 꽃의 매력을 전혀 알지 못하다가 어느 날 우연히 여기저기 피어 있는 크고 작은 푸른색 꽃들을 유심히 눈여겨보기 시작했다. 비단결 같은 질감의 남색 꽃잎을 꼿꼿하게

스피니 힐에 오기 전까지만 해도 나는 푸른 꽃의 매력을 전혀 알지 못하다가 어느 날 우연히 여기저기 피어 있는 크고 작은 푸른색 꽃들을 유심히 눈여겨보기 시작했다.

피워 내는 붓꽃 아이리스, 긴 꽃대에 귀엽게 다닥다닥 매달려 피는 청보라의 참제비고깔 델피니움, 아련하고 연약한 푸른 꽃잎의 초롱꽃 캄파늘라도 정원에 청결한 색채를 더해 주었다.

그다지 멋없는 꽃이라고 여겼던 수국도, 탐스럽고 큼직한 꽃송이를 매달고 있는 자태를 자세히 보면 볼수록 그 풍부한 꽃 무더기가 얼마나 화려하고 우아한지 처음으로 그 꽃의 매력을 알아보게 되었다. 우리 집 정원에도 수국이 몇 그루 있었다. 내가 막 이사했던 날 하숙집 주인 알렌 씨는 나를 정원으로 데리고 나가 그곳에 심어져 있는 꽃들을 하나하나 설명해 주었는데, 수국 앞에 멈춰 서서는 그 주위에 철분이 있으면 푸른빛 수국이 나온다는 얘기를 들려주었다. 푸른 꽃을 보기 위해 사람들은 일부러 수국의 뿌리 주변에 쇠붙이를 심어 두기도 한다는 것이다. 푸른빛의 신비함을 왜 진작 알아보지 못했는지 모르겠다. 확실히 무엇이든 그 진가를 알기까지는 별 가치가 없다고 쉽게 판단해 버리거나 무심코 스쳐 버리는 것 같다.

크기와 빛깔, 질감, 독특한 향기에 이르기까지 천차만별인 모습을 보면 생김새도 천성도 취향도 제각각인 인간 세상이 연상된다. 서로 달라서 충돌하고 어긋나기 일쑤지만, 그래서 역동성이 있다. 고국을 떠나 살면서 나는 이전에 알지 못했던 인종적·문화적 다양성을 처음으로 접하게 되었다. 서로 비슷할 때 느껴지는 안도감 대신, 갖가지 국적과 언어와 문화적 배경을 가진 이들을 통해 서로 다른 것이 신선한 즐거움임을 처음으로 알게 되었다. 동질적 가치에 기초한 연대감을 소중한 덕목으로 여기던 우리 사회를 떠나서 보니 다양성과 이질감이 오히려 일종의 해방감처럼 느껴지는 것이었다.

꽃은 볼수록 신비하다. 나는 잠자리에 들 때 꽃에 관한 책을 들여다보곤 한다. 정원이나 꽃의 사진을 보고 있노라면 산만하던 마음이 차츰 집중되고 고요해진다. 양 어깨에 마치 무거운 짐을 진 것 같은 중압감에 눌려 있다가도 근심 걱정을 슬그머니 잊게 된다. 눈으로 정원을 따라 들어가다 보면 꽃의 생생한 빛깔이 잠 속에 녹아들 것 같다. 자연이 주는 위안은 실로 신비스럽다. 꽃은 보아주는 사람이 있든 말든 그저 피어나는 것이 자연의 법칙이라지만, 그래도 나는 꽃이란 신이 인간에게 베풀어 주신 축복의 선물이라고 혼자 생각해 본다.

병상의 수선화

　　　　　타국 생활이 가장 힘겨울 때는 예기치 않게 덜
컥 몸이 아파 버리는 때다. 몸으로 때우는 데 익숙한 외국 학생에게는 건강
이 전 재산이다. 그날도 온종일 연구실에 앉아 있다가 집에 가서 저녁을 먹
고 다시 오려고 책상에서 일어서는데 갑자기 심한 복통이 왔다. 그러지 않아
도 오후 내내 몸 상태가 좋지 않았었다. 잠시 그대로 주저앉아 달래 보려 했
지만 통증은 한참이 지나도 전혀 가라앉지를 않았다. 살살 몇 발짝 걸어서
주전자에 스위치를 넣고 뜨거운 초콜릿을 한 잔 만들어 가지고, 다시 자리에
와 천천히 마시면서 좀 나아지기를 기다렸다.

　　　　　서너 달 전의 일이 머리를 스쳤다. 지난 초겨울, 아침에 샤워를 하
고 나서 갑자기 어지러워 세면대에 한참을 기대 있다가 겨우 방에 돌아온
적이 있었다. 살살 달래 겨우 진정하고는 '왜 그랬을까' 하며 하루 이틀 심
상치 않은 느낌으로 있다가 그 일은 그만 잊어버렸다. 하지만 지난 두어 달
사이에 논문 편집의 막바지 작업을 하느라고 심리적 압박감 속에서 브레이

크 고장 난 자동차처럼 작업에 속력을 내어 달리며 하루하루를 보내는 가운데, 꼭 집어 말할 수 없는 불편함을 느끼고 있었다. 그래서 여러 차례 학교 병원을 드나들다가 결국 종합병원 전문의를 만나 보려고 예약 날짜를 기다리고 있었다.

두어 주 전 드디어 완성된 논문을 제출했고, 시험 날짜가 잡힐 때까지 후련한 기분으로 기다리는 일만 남은 상태였다. 논문 제출 후 최종 심사가 있기까지는 보통 3개월에서 6개월 정도 걸리는데, 그때까지는 흔히 논문을 처음부터 꼼꼼히 읽어 내려가면서 총 점검을 한다. 아울러 학업을 마친 후 장차 어디서 어떤 일을 하게 될지도 준비하면서 하루하루를 지내고 있는 참이었다.

시간이 얼마나 지났을까. 여전히 한 발짝도 움직일 수가 없었다. 옆방에서 인기척이 있는 걸 보니 사람이 있는 것 같아 더 참지 말고 도움을 청하리라 마음먹고 손을 뻗어 전화기를 잡았다. 옆 방 연구실을 쓰고 있는 동료 월리드와 타그리드가 즉시 달려왔다. 월리드가 양손으로 나를 번쩍 들어서 안고는 빌딩의 긴 복도를 성큼성큼 달리다시피 걷는다. 고국에서 아내와 여러 자녀를 데리고 와 살면서 공부하는 월리드는 종교적인 계율에 따라 여성과는 악수조차 하지 않는 이슬람교도인데, 내 방에 들어서자마자 두말 않고 성큼 나를 가슴에 들어안고 달리는 걸 보니 그도 정말 다급했나 보다. 타그리드가 급히 나가서 자동차를 현관 앞에 대기시켰다. 그렇게 해서 나는 학교 병원의 조용한 입원실에 눕게 되었다.

타그리드가 우리 집에 가서 필요한 잠옷과 세면도구 몇 가지를 챙겨 왔다. 학교 병원에서는 간호사가 밤새 내 곁을 지키며 친절하게 간호해 주었지만, 참을 수 없는 괴로움과 호흡곤란 등으로 인해 한잠도 잘 수가 없었다. 심상치 않음을 느낀 의사는 다음날 아침 일찍 앰뷸런스를 불러 주었다. 휠체어를 탄 채 들어간 나를 싣고 앰뷸런스는 사이렌을 울리며 레스터 교외의 한적한 곳에 위치한 레스터대학교 의대병원인 글렌필드 종합병원으로 달려갔다.

응급실을 통해 종합병원에 들어와 눕게 되니 다소 안도감이 들었다. 병원으로 따라온 타그리드와 월리드가 내 수첩을 들고 몇 군데 급히 연락해야 할 곳에 전화를 대신 걸어 주었다. 당장 한국에 주간 프로그램을 방송하는 날이 다음날인데, 이미 준비는 마쳤지만 방송국에 급히 연락해 방송을 취소해야 했다. 5년 동안 매주 라디오 방송을 고정적으로 맡아 하면서 펑크를 내보기는 처음이어서 내심 애가 탔다. 가족이나 다름없는 킹 가족에게 연락하고 하숙집 주인 알렌 부부에게도 내가 글렌필드 병원에 와 있다는 사실을 알려야 한다. 학교에는 논문을 이미 제출한 상태이니 당분간 급할 것은 없을 것이고, 어차피 월리드와 타그리드가 학과에 알려 놓으리라.

연락을 받은 마거릿이 즉시 병원으로 달려왔다. 언제나 언니처럼 나를 보살펴 주던 그가 곁에 와 있으니 잔뜩 긴장했던 마음이 조금 누그러졌다. 마거릿은 병상에 누워 있는 내게 몸을 기울여 얼굴을 가까이 대고 내 손을 잡은 채 나직한 음성으로 기도를 해주었다.

그날부터 며칠 동안은 수없이 이리저리 실려 가고 눕혀지고 했지만, 어디서 어떤 검사를 어떻게 받았는지는 의식이 몽롱한 상태여서 일일이 다 기억할 수가 없다. 전에 들어 본 적조차 없던 온갖 검사를 받았다. 각종 결과를 종합해 알려 주던 날, 담당 의사인 윈들 박사가 내 병실에 찾아왔다.

이곳에서는 연륜 있는 전문의를 '미스터(Mr.)' 라 부르는데, 영국에서 미스터는 가장 권위 있는 의료계 직함에 속한다. 따라서 사람들은 그를 '닥터' 대신 '미스터 윈들' 이라 부른다. 그는 침착하고 온화한 표정의 의사였다. 대화할 때는 환자의 말을 끝까지 들어주고 중도에 끊거나 서두르는 적이 없었다. 신뢰할 수 있는 전문의가 나를 맡게 되어 무엇보다 안심이 되었다.

그날 윈들 박사는 유난히 고요한 표정으로 내 병상의 커튼을 두르고 우리만의 공간을 만든 다음, 침대 옆구리에 걸터앉아 잠시 호흡을 가다듬고 나를 정면으로 바라보았다. 그리고 나에게 생명을 위협하는 치명적인 문제가 발견되었음을 말해 주었다. 얼떨떨하게 있는 나에게 윈들 박사가 손을 뻗어 내 손을 잠시 잡아 주었다.

마침 이 병원에서 일하고 있는, 한동안 내 하우스메이트였던 친구 발레리가 퇴근길에 들렀다가 어깨를 끌어안고 운다. 그러나 발레리는 곧 마음을 추스르고 내 손을 잡고 기도해 주었다. 발레리가 다녀간 뒤 침상에 누워 나는 어떻게 일을 처리할까 곰곰 생각했다. 생명을 잃게 되면 우선 한국의 가족에게 알려야 한다. 그러나 어머니께는 지금 바로 알리는 것이 현명하지 않을지도 모른다. 어머니는 곧 내 곁으로 달려오고 싶으실 테지만 그것이 좋은 방법은 아닐 것이다. 부활절에 내가 오기를 기다리고 있다가 갑자기 입원 소식을 듣고 몹시 궁금해하고 있을 캐나다의 오빠에게 우선 전화를 걸어 두는 것이 좋겠다는 생각이 떠올랐다.

당직 간호사가 고맙게도 시차 계산을 해둔 한밤중에 내게 와서, 고국의 가족에게 연락할 수 있도록 사무실로 날 데리고 가 전화를 내주었다. 전화를 받은 오빠에게 나는 침착하게 상황을 설명하려 했지만 병명을 말해야 할 대목에서는 긴장한 나머지 얼떨결에 영어가 튀어나왔다. 모국어의 명료함이 주는 충격을 대면할 용기가 없었기에 나온 무의식적인 반응이었을까. 몇 초 동안 놀라움을 수반한 무거운 침묵이 전화선을 타고 느껴졌다.

전화를 끊고 환자들이 모두 잠들어 있는 병실에 돌아와 누워서 생각했다. 앞으로 얼마나 살 수 있을까. 생의 길고 짧은 차이는 있지만, 언젠가는 왔던 곳으로 돌아가야 하는 순간이 누구에게나 온다. 어차피 가야 하는 것이라면 어떻게 사는가가 중요하지 얼마나 오래 사는가는 별 의미가 없는 것인지도 모른다. 지금 죽으면 안 되는 이유, 기어코 더 살아야만 할 명백한 이유가 내게 있는가. 잠시 거기서 머뭇거리며 답을 찾았지만 뚜렷한 답이 떠오르지 않았다. 내게는 나만 바라보고 있는 딸린 식구가 있는 것도 아니다. 죽음이 삶을 완성하는 과정이라면, 열심히 살다가 이제 세상을 정리할 때가 되었다 해도 그렇게 애통할 일은 아니지 않을까.

하지만 생명이 어디 그렇게 쉽게 포기되는 것인가. 설령 죽음은 순순히 받아들인다 하더라도 통증은 두렵다. 이리저리 떠돌던 생각이 다시 만날 날을 고대하고 계실 어머니에 미치자 마음이 쓰렸다.

수술을 앞두고 내가 할 수 있는 것은 아무것도 없었다. 그저 담대히 마음먹고 모든 것을 맡기고 있기만 하면 되었다. 수술하는 날 새벽에 나는 간호사가 건네준 진정제를 한 알 삼키고 그대로 의식을 잃었다가 저녁 무렵 지독한 통증을 느끼면서 깨어났는데, 수술이 더없이 성공적이었다는 누군가의 음성을 희미하게 들으며 다시 마취 상태로 빠지고 말았다. 그 후 회복 기간의 힘겨운 씨름에 대한 기억은 희미하게만 남아 있다. 수술실에서부터 달고 나온 척추 통증 조절 주사도 별 효력이 없게 느껴졌고, 마약성 진통 효과 때문인지 혼수 상태에서는 환상이 보이는 것 같았다. 의료진을 향해 입술을 겨우 움직일 때마다 혼수 상태인 내 입에서는 자꾸만 영어인지 한국어인지 모를 언어가 흘러나와 애를 태웠다.

병원에서 지내면서 내 눈에 들어온 몇 가지 특징이 있었다. 한국 병원에서는 필수지만 영국 병원에 없는 것으로는 첫째 진료비, 둘째 환자복, 셋째 간병하는 가족. 한국에서는 있음직하지 않지만 영국 병원에서 필수적인 것으로는 환자에게 제공되는 홍차, 친지들의 병문안 카드, 간호사의 서비스가 있다. 이곳에서는 의료 서비스가 주민 누구에게나 전액 무료로 제공된다. 무엇보다 환자에게 간병할 가족이 매어 있지 않아도 된다는 사실은 다행한 일이었다. 가족의 간호 대신 병원 의료진이 모든 것을 맡아 철저하게 돌봐 주었다. 당직 간호사가 생기 있는 표정으로 와서 간호해 주었으며, 밤이면 심해지는 통증으로 시달릴 때마다 야근 간호사가 다가와 위로의 말로 벗해 주었다. 날마다 아침이면 간호사들이 와서 커튼을 두르고 얼굴을 씻겨 주거나 손수 목욕을 시켜 주었다. 일요일 아침에는 지역 주민 자원봉사자들이 환한 표정으로 나타나 원하는 환자들을 휠체어에 태워 병원 교회까지 밀어 주고 예배가 끝나면 다시 병상으로 데려다 주었다. 병동에서는 식사 때마다 배식 담당자가 몇 가지 메뉴를 들고 와서 미리 식사 주문을 받아 갔고, 하루 세 차례씩 티타임에는 병상을 돌아다니며 환자들에게 뜨거운 홍차를 날라다 주었다.

종합병원은 날마다 반복되는 특수한 업무와 분위기를 유지하는 별세상이다. 그곳에 오래 누워 있다 보면 의료진과 환자는 보이지 않는 연대를 맺게 되고, 곁에 누운 병동의 환자들은 서로를 지탱해 주는 심리적 동지가 된다. 먹고 숨쉬는 일상적인 일조차 자유롭지 못해 씨름하는 중환자들에게 글렌필드 종합병원은 육신의 치료뿐 아니라 마음까지도 쉬게 해주었다. 혼자 힘으로 아무것도 할 수 없음을 느끼는 순간에는 주위의 모든 사람들이 고맙고 착해 보인다. 병원에 누워 있는 동안 나는 필사적인 투쟁을 하고는 있었지만 괴로움으로 인한 짜증도 잠시뿐 신기하게도 오히려 평온함을 유지할 수 있었는데, 나를 지탱해 주었던 것은 나를 떠받치고 있던 주위 사람들의 힘이었을 것이다.

먼 거리에도 불구하고 학교와 교회의 친구들이 번갈아 찾아와 주었다. 간호사직에서 일찍 은퇴한 헤인즈 부부는 날마다 내 병상에 찾아와 성경 구절이나 기도가 인쇄된 쪽지를 전해 주었다. 초등학교 수학 교사인 친구 드니스가 주기적으로 수선화 꽃다발을 들고 찾아와 꽃병을 갈아 주었고, 내 잠옷을 번갈아 가져다 말끔히 세탁해 다려 오곤 했다. 수학도인 킹 집안의 작은아들 필립은 수채화를 그리고 성경 구절을 써서 액자에 담아 보내 주었다. 하숙집의 귀염둥이 룻과 올리버 남매도 크레용으로 카드를 직접 그려서 서툰 글씨로 쾌유의 기원을 써보내 주었다.

영국 사람들은 문병 못지않게 카드 보내기에 정성을 들인다. 입원해 있는 환자에게 부담을 줄까 우려해 사람들은 직접 찾아가는 대신 문병 카드를 써서 우편을 통해 병원 주소로 부쳐 준다. 마음이 가난한 상태에 있을 때 위로의 마음을 글로 읽는 것만큼 가슴을 움직이는 것이 없다. 내게도 날마다 아침이 되면 간호사가 와서 병원 주소로 배달된 병문안 카드를 전해 주었다. 침상 주위에 펼쳐 둔 카드가 늘어 가는 것을 보면서, 건강할 때 미처 깨닫지 못했던 주위 사람들의 애정을 확인하는 것 같아 마음이 뜨거워지곤 했다.

마음이 가난한 상태에 있을 때 위로의 마음을 글로 읽는 것만큼 가슴을 움직이는 것이 없다. 날마다 아침이 되면 간호사가 와서 병원 주소로 배달된 병문안 카드를 전해 주었다.

　　퇴원을 앞두고 그들의 관습대로 간호사 팀에게 감사의 표시를 하기로 했다. 내 부탁을 받은 발레리가 초콜릿과 비스킷 상자를 구해 가지고 왔다. 의사는 철저한 전문직이므로 선물을 일절 하지 않는 것이 관례라기에, 윈들 박사에게는 마음에서 우러나는 깊은 감사의 카드를 썼다. 퇴원하면 나는 하숙집으로 가지 않고 스미스 부인의 집으로 간다. 그는 한 달 전에 오래 투병하던 남편을 잃은 오십대의 여인이었다. 혼자 텅 빈 집을 지키고 있던 그에게 환자가 또다시 온다는 것이 심적으로 힘든 일이었음이 틀림없을 것이다. 그럼에도 불구하고 그는 크고 넓은 정원이 있는 자신의 집이 요양하기에 좋을 테니 회복기에 당분간 와 있으라며 이층 방을 내주기로 한 것이었다.

　　그 집은 꼭 한 번 가본 적이 있었다. 스미스 씨가 세상을 떠나기 일 년 전쯤, 어느 주말에 시장 꽃가게 앞을 지나다 문득 힘들게 투병한다던 스

스미스 부인의 집에 도착하니 현관에도 안뜰에도 수선화가 찬란하게 만발해 있었다. 그새 길고 지루하기만 하던 겨울 추위가 마침내 꼬리를 감추고 천지에 봄 기운이 퍼진 것이다.

미스 씨 생각이 나서 수선화를 한 묶음 사들고 자전거를 타고 스미스 씨 집에 간 일이 있었다. 현관 벨을 누르니 한참이 지난 후에야 스미스 씨가 느린 동작으로 직접 나와 문을 열어 주었다. 마침 혼자 있던 그는 어둑어둑해지는 시간에 전깃불도 켜지 않은 채 거실에 앉아 음악을 듣고 있었다. 버밍엄 대학 교수로 일했던 스미스 씨는 교회에서 볼 때마다 늘 표정이 조용한 신사였는데, 말년에는 몸이 쇠약해져 거동조차 불편해졌다. 우리는 거실에 함께 앉아서 그가 틀어놓은 하이든의 실내음악에 잠잠히 귀를 기울였는데 그날이 그를 마지막으로 본 때였다. 부엌에 나가 차를 두 잔 끓여 가지고 들어와 그에게 한 잔을 건네자, 그가 어린아이같이 평온하고 맑은 미소를 보여 주었던 기억이 난다.

퇴원하는 날, 한 달 내내 병원을 드나들며 수고해 주었던 헤인즈 부부가 자동차를 가지고 데리러 왔다. 휠체어에 앉은 채 부축을 받으며 자동차에 옮겨 타니, 차 안이 추울까 봐 넣어 준 따스한 양털 담요가 기다리고 있었다. 한 달 만에 보는 햇빛은 눈을 뜰 수 없을 만큼 눈부셨다. 살살 모는 자동차에 실려 돌아오는 길에 내 눈을 사로잡은 것은 사방에 피어난 샛노란 수선화 무더기였다. 스미스 부인의 집에 도착하니 현관에도, 안뜰에도 수선화가 찬란하게 만발해 있었다. 그새 길고 지루하기만 하던 겨울 추위가 마침내 꼬리를 감추고 천지에 봄 기운이 퍼진 것이다.

바이버의 날

아침에 일찍 일어나 아래층으로 내려가니 편지 구멍으로 밀어넣은 카드 여러 장이 현관에 떨어져 있었다. 밤사이에 누군가가 다녀간 것이다. 모두 낯익은 글씨체였는데 하나는 스미스 부인에게서, 하나는 마거릿에게서, 또 하나는 이웃집 폴에게서 온 것이었다. 오늘이 결전의 날임을 아는 주위 사람들에게서 어제도 여러 장의 격려 카드를 건네받았다. 이들의 기원에 힘입어 내심 든든하게 집을 나섰다.

오늘은 마지막 시험이 있는 날이다. 시험이란 구술 시험 형식으로 논문 심사를 받는 것을 말한다. 이 시험은 라틴어에 어원을 둔 말인 '바이버 보씨(Viva Voce)' 라 불리는데, 흔히 사람들은 이를 줄여서 '바이버' 라고 한다. 학위 논문을 제출하고 여러 달이 지난 끝에 드디어 시험 날짜가 정해졌다. 나는 시험일이 다가올 때까지 이미 제출한 논문을 여러 차례 읽으며 논문의 이론적 타당성에 문제는 없는지, 보완할 부분은 어디인지, 취약점과 강점은 무엇인지 점검하며 구술 시험을 준비했다.

오늘 시험장에 들어올 심사위원은 두 사람이다. 심사위원으로 우리 학교 교수 한 사람, 그리고 학교 외부에서 오는 교수 한 사람이다. 이들은 이미 여러 달 전에 내 논문을 받았다. 아마 철저하게 점검하고 전방위 후방위에서, 또 좌측 우측에서 온갖 심문을 할 준비를 하고 올 것이다. 시험장에는 수년 동안 학문적 도움을 준 나의 지도교수가 배석한다. 지도교수가 시험에 직접 관여할 수는 없고 시험은 심사위원들과 논문 제출자 사이에 치러지는 것이지만, 지도교수의 참관은 후견인처럼 든든하게 내 곁에 있어 준다는 상징적인 의미가 있다.

구술 시험이 시작되면 나는 심사위원들과 마주 앉은 상태에서 먼저 그동안 해온 연구의 이론적 배경과 연구 방법, 분석 결과와 결론 등을 소개해야 한다. 그리고 심사위원들의 질문에 따라 답변하고, 문제 제기가 있을 경우 소신껏 설명 또는 방어하는 형식으로 진행된다. 시험은 몇 시간씩 지속되는 것이 보통인데, 아침에 시험을 시작했다가 쉽게 끝을 보지 못해 늦은 오후까지 종일 땀을 흘린 학생이 있었다는 소문이 나돈 적도 있었다. 그러니 결과가 어떻게 나올지 예측하는 것은 물론이고, 시험이 몇 시간 걸리게 될지 짐작하는 것조차 어려우니 실제로 뚜껑을 열어 봐야만 아는 것이다. 내 시험은 오후 한 시부터 시작이다.

며칠 전에는 최근 은퇴한 우리 학과의 테레사 킬 교수가 시험의 리허설을 위해 집으로 초대해 주었다. 킬 교수는 내가 논문을 구상하던 단계부터 마무리할 때까지의 전 과정을 익히 알고 있었고, 지난 수년간 지도교수 못지않은 도움을 아끼지 않았던 이다. 그는 학위 구술 시험에서 자주 제기되는 연구 관련 문제점들을 점검해 주었고, 내가 논리적인 답변을 미리 준비할 수 있도록 곁에서 꼼꼼히 도와주었다.

시험장에 들어가기 직전에 동료 대학원생들이 내 연구실에 모여 농담을 던지며 긴장된 분위기를 풀어 주었다. 결혼식 입장을 앞두고 찾아온 많은 친지들의 격려와 축복을 받으며 신부가 호흡을 가다듬듯이, 나는 어깨를 두드리는 많은 격려의 손길을 느끼며 긴장된 마음을 누르고 심호흡을 하면서 한 걸음씩 뚜벅뚜벅 시험장을 향해 긴 복도를 걸어갔다. 행진곡은 없었지만 위풍당당하게.

두 명의 시험관과 지도교수 그레이엄 머독 선생, 그리고 나, 네 사람이 테이블에 둘러앉았다. 처음부터 나는 이들이 주는 암시를 통해서 구술 시험을 통과하는 데 큰 어려움은 없으리라고 직감했다. 시험은 예상대로 순조롭게 진행되었다. 시동이 걸리자 서서히 속력을 내는 자동차처럼 방의 분위기가 차츰 달구어지기 시작했다. 때로는 부드러운, 때로는 날카로운 질문을 받았지만 시종 차가운 분위기는 아니었다. 심사위원들이 채점하고 평가하는 장소라기보다는 네 사람이 둘러앉아 원탁 토론을 하고 있는 것 같은 분위기였다. 그곳에서 나는 이미 학생이 아니고 대등한 연구자였다. 우리는 어느 대목에서는 공감했고, 어느 대목에서는 긴장했으며, 어느 대목에서는 긴장을 풀고 웃기도 했다.

그러는 가운데 두세 시간이 빠르게 흘러갔다. 풋내기 학도이던 내가 수년간 끌어안고 씨름했던 연구의 결과물을 박식한 학자들이 흥미롭게 읽어 주고 관심을 가진다는 것은 신명나는 일이었다. 어쨌든 내 연구를 나만큼 잘 알고 있는 이는 세상에 없으리라는 자신감이 점점 내 목소리에 힘을 실어 주었다.

열띤 시간이 흘러가고 대화가 어느 정도 마무리되자, 의례적인 절차에 따라 세 교수는 나에게 잠시 자리를 비켜 달라고 요구했다. 나는 다소 상기된 얼굴로 복도에 나와 서성거렸다. 안에서는 심사 결과를 논의하고 있는 중이었다. 평가는 '통과(pass)', 실패(fail)', '수정(correction)'의 세 가지로 나온다. 실패하면 그것으로 끝장이고 두 번 다시 도전할 기회가 없다. 그러나 여간해서 실패할 리는 없을 것이다. 만일 수정 판정을 받으면 논문에 문제가 있다는 뜻이며, 그럴 경우 심사위원들은 연구를 수정할 기한을 적게는 한 달에서 길게는 일년 반까지 정해 준다. '심사 유보' 또는 '조건부 통과'가 되는 것이다.

머독 교수가 문을 열더니 다시 들어오라고 한다. 그의 표정은 밝았다. 내가 들어서자 심사위원들이 웃으며 이구동성으로 크게 말했다. "축하합니다. 닥터 유!" 순간 나는 황홀경을 느꼈다. 지도교수 머독 선생이 곁에서 빙그레 웃고 있었다.

시험을 마치고 어떻게 복도를 가로질러 내 방으로 돌아왔는지 기억이 나지 않는다. 동료들이 모여서 내가 나오기만을 기다리고 있었다. 이들은 상기된 표정으로 들어서는 내 모습을 보고서 결과를 알아채고 우르르 다가와 나를 감싸며 환호했다. 오후 내내 만나는 이들에게서 들은 '닥터'란 호칭은 생소했지만 여간 통쾌한 것이 아니었다.

저녁에 한 친구의 집에서 축하 파티가 열렸다. 새빨간 메르세데스 벤츠를 몰고 다니는 동료 타그리드가 차를 가지고 우리 집으로 나를 데리러 왔다. 나는 오늘의 주인공이다. 20여 명의 학과 친구와 가족과 짝들이 다 와서 흥청거렸다. 모두들 기분이 좋았다. 밤 시간이 너무 짧게 느껴질 정도

축하 메시지가 담긴 각종 카드.

였다. 파티가 있을 때면 언제나 그렇듯이 식탁에는 제각기 만들어 온 각 나라의 음식이 풍성하게 올라와 있었다. 내가 좋아하던 각종 영국식 디저트는 물론이고, 토마토와 가지요리, 지중해식 샐러드, 중국식 볶음국수, 그리고 서툰 요리 솜씨를 벗어나지 못해 언제나 음식을 사오는 것밖에 모르던 사십대의 아기 아빠 실라스가 요리책을 보며 특별히 만든다고 백포도주를 반 병이나 쏟아 부었다는 닭요리도 있었다.

먼저 떠나간 친구들이 새삼 그리웠다. 일찌감치 공부를 마치고 가버린 아이슬란드의 사진작가 힐마가 이 파티에 있었더라면 어떤 걸작품을 찍어 주었을까. 얼마 전 학업을 먼저 마치고 고국으로 돌아가 마음을 한동안 허전하게 만들었던 브라질의 말괄량이 올가가 오늘밤 여기 있었더라면 저녁 내내 온갖 짓궂은 농담을 던지며 내 잔에 와인을 부어 댔을 것이다.

마침내 파티가 끝나 아쉬운 기분을 안고 모두들 뿔뿔이 집으로 돌아갔다. 오늘은 영국에 온 이래 가장 중대한 일을 치른 날이었고, 생의 최고의 날이었다. 하루가 무척 길었지만 한편으로는 빠르게 날아갔다. 이런 통쾌한 날이 생에 또 언제 올까. 나는 들뜬 기분으로 밖에 나와 파티 분위기를 음미하며 시원한 밤 공기에 상기된 얼굴을 식혔다. 그리고 천천히 발길을 옮기다가 문득 깨달았다. 수년간 눈을 고정시키고 달음질해 온 나의 표적이 순식간에 사라져 버렸다는 것을. 이제부터는 가파른 내리막길이 기다리고 있는 것이다.

다시 보물 찾기

　　　　　　　　　이 땅에 두 발을 딛고 사는 동안 영원한 것이 있을까. 우리는 끊임없이 왔다가 떠나고, 만났다 헤어지고, 잡았다가 놓친다. 그런 줄 알면서도 세상에 살면서 소유도 집착도 하지 않은 채 초연하게 살수는 없다. 만남과 헤어짐에서 자유로울 수도 없다. 한평생 사는 것 자체가 나그네라는데, 나그네도 어디든 잠시 머물다 보면 애착이 생기는 법이다. 내가 처음 고국을 떠나 이곳에 왔을 때는 아는 이 한 사람 없는 낯선 곳이었는데, 하나 둘씩 사람을 만나고 있는 곳에 길들여지다 보니 낯선 땅은 정든 곳이 되고 타향은 어느덧 제2의 고향이 되었다. 그러나 정든 거처를 떠나야 할시간이 빠르게 다가오고 있었다.

　　　　　며칠 전 햇빛 찬란하던 졸업식 날에 학위 가운을 입고 졸업식장으로, 연회장으로, 종일 교정을 누비고 다녔던 흥분이 아직 채 가라앉지 않았는데, 곧 다가올 출국을 앞두고 내 앞에는 정리해야 할 일들이 산더미처럼 쌓여 있었다. 이곳 생활을 정리하고 지구 반대편으로 삶의 터전을 옮긴다는 것은 단순한 공간적·물리적인 일만은 아니었다. 눈을 감아도 훤하게 그릴 수 있을 만큼 오래 익숙했던 골목골목과 교정, 그리고 정든 사람들을 뒤로하고 떠날 생각을 하니, 어디서 숨어 있었는지 지난 세월에 대한 애착이 더욱 강하게 솟아나왔다. 그렇지만 감상에 젖을 겨를도 없이 떠날 준비를 하다 보니 날마다 동동거리며 다녀도 시간이 모자랐다.

　　우선 그동안 책상 위에 쌓아 두었던 책들을 전부 도서관으로 날라다 반납했다. 빳빳하게 제본된 학위 논문을 안고 가서 학교측에 제출하던 때처럼 후련하면서도 아쉬웠다. 다음은 내 살림을 처분할 차례였다. 처음 영국 땅에 발을 디딜 때 내 손에는 수트케이스 두어 개뿐이었는데, 그동안 불어난 물건들을 보니 신통찮은 것들이지만 어찌 그리 많은 잡동사니가 생겼는지 내가 구해 놓고도 신기할 정도였다. 고국으로 가져가야 할 무거운 책과 옷가지들은 뱃짐으로 부쳤다. 값나가는 것을 별로 지니지 않고 살았던 탓에 물건을 정리하는 것이 그다지 고심할 일은 아니었지만, 남의 물건을 사거나 받아쓰는 데 익숙한 캠퍼스에서는 아껴 쓰던 물건을 요긴하게 받아쓸 새 임자를 찾아 넘겨줄 필요가 있었다. 이따금씩 서로 속얘기를 주고받으며 지냈던 잠비아 친구 패트리샤에게 전기담요와 히터, 전기주전자, 토스터, 스테레오 등의 전기제품을 넘겼고, 연구실의 물건들은 옆방 연구실 친구에게, 날마다 집에서 쓰던 부엌 살림들은 이제 막 도착한 새 학생에게 넘겨주었다.

　　그동안 한방에서 같이 숨쉬며 오랜 세월을 나누었던 화초들은 특별히 잘 돌봐줄 새 주인을 찾아 주고 싶었다. 연구실에서 행복하게 자라고 있는 유카는 이사할 때마다 안고 다니며 각별히 애정을 준 화초였다. 러프

마지막으로 살았던 집. 이층에 정면으로 보이는 곳이 내 방. 그곳 스피니힐의 가을과 겨울은 빠르게 흘러 갔다.

버러에 오던 첫해에 레스터의 옛 친구가 방문하면서 갖다 준 그 화초는 처음엔 한 손에 건넬 만큼 작아서 책상에 올려놓고 눈길을 내려 바라보았지만, 그 어리던 화초가 분갈이를 하고 지금은 내 키를 훌쩍 넘어설 만큼 자랐다. 누군가에게 석 달간 맡기고 자료조사 여행을 떠났다 돌아와 보니, 화초를 돌본다고 하루가 멀다 하고 비료를 주어 그만 몰라보게 쭉 커버린 탓이다. 오래 기억하기에는 사진만한 것이 없기에 나는 분주하던 졸업식 날에도 잠시 연구실에 들어와 화초를 사진에 담아 두었다.

　　　어떻게 처리할까 오래 고심하던 자전거는 결국 친구 폴의 집에 끌어다 넘겨주고 돌아왔다. 그러지 않아도 점점 비어 가던 내 방이 그날은 유난히 더 썰렁해 보였다. 책상과 서류들을 정리하다 보니 그동안 받은 카드와 엽서와 편지들이 세월의 기록처럼 상자에 빼곡히 들어 있었다. 생각해 보니 지난 몇 달간은 드라마 같은 나날의 연속이었다. 수년간 붙들고 씨름했던 논문의 완성과 제출, 처음으로 삶과 죽음을 생각해 보게 했던 입원과 퇴원, 학업을 마무리해 준 시험과 학위 수여식 그리고 작별까지, 수많은 일들이 숨가쁘게 이어졌다. 내게 힘을 더해 준 이들의 기억은 앞으로 사는 데 평생 든든한 힘이 되어 줄 것이다.

　　　방에 들어앉아 짐을 꾸리면서 이 집은 영국에 온 후 몇 번째 집이었는지 꼽아 보았다. 기숙사 독방에서부터 하숙집 단칸방을 거쳐 잔디 깎고 꽃을 가꾸며 흙 만지는 즐거움에 살던 넓은 정원 딸린 집에 이르기까지, 열 번도 넘게 이사를 다니면서 바람같이 살던 세월이었다. 이사하던 사정도 각양각색이었고 한 집에 머무르는 데 한 달을 채 넘기지 못한 곳도 있었다. 자주 이사를 다니다 보니 정 붙이면 내 집이라, 아늑함을 느끼는 데 오랜 시간을 들일 필요도 없었고, 남이 쓰던 책상이나 주방기구도 쓱쓱 청소 한번 하고 나면 금세 친숙해지곤 했다. 어디든 들어가 내 집으로 여기고 척 척 짐을 풀고 눈 감고 누우면 금방 단잠에 빠져 버리는 습관도 생겼다. 여기 저기 옮겨 다니며 살던 시절이었고 가진 것은 없었지만 평생에 가장 자유 롭고 홀가분한 때였을 것이다.

그토록 주저없이 옮겨 다니던 생활이었지만 떠날 날을 받아 놓고 보니 그 자리에 머물고 싶은 생각이 슬그머니 강렬해졌다. 어느새 타성이 생겨 모든 것에 익숙하고 안전한 곳에 나를 묶어 두려 하고 있는 것이다. 새 로운 환경을 대면할 것을 생각하니, 낯익은 고국으로 가는 길임에도 불구 하고 새로운 모험을 시작하는 것 같은 긴장감에 사로잡혔다. 오랫동안 떠 나 있던 고국은 어떻게 변했을까, 사람들은 그 자리에 있을까, 내가 경험한 것들을 돌아가서 사람들과 나눌 수 있을까, 변모한 나를 사람들은 어떻게 받아 줄까, 오랜만에 대하게 될 고국을 나는 어떻게 느끼게 될까, 수많은 생 각의 단편들이 꼬리를 물고 스쳐갔다. 참으로 아득하게 긴 시간을 떠나와 있었다는 생각과 함께, 다시 돌아가기에 너무 멀리 떠나와 있던 것은 아닐 까 하는 조급함이 생기기도 했다.

무엇보다 힘든 일은 사람들과의 작별이었다. 마지막 날 저녁에 사 람들이 토니의 집에서 송별 파티를 열어 주었다. 나를 가족으로 여겨 준 마 거릿과 말콤 킹 부부 그리고 막내아들 필립, 하우스메이트이자 오랜 친구 였던 발레리, 사이클리스트 토니와 그의 짝 캐롤, 음악회 친구였던 질과 안 내견 올리브, 날마다 병상에 찾아와 돌봐주었던 헤인즈 부부, 친구이자 이 웃이던 폴, 어머니처럼 나를 아끼고 돌봐주던 클래리와 제럴드 골딩엄 부부, 수학 선생 친구 드니스 등, 수년간 가까이 있어 주었던 사람들이 한자리에 모였다. 우리는 음식을 나누며 애틋한 마지막 저녁을 보냈다. 이별은 상당한 에너지를 필요로 하지만 필히 거쳐 가야만 하는 것이었으며 소중하게 치르고 싶은 것이기도 했다. 헤어질 순간을 생각하고 초조함에 사로잡혔지만, 언제나 그랬듯이 시간은 빠르게 흘러갔다. 파티가 끝나고 모두들 흩어지기 직전 서로를 얼싸안던 순간에, 우리가 훗날 그토록 쉽게 재회하게 될 줄 미리 짐작만 했더라도 그렇게 가슴이 젖지는 않았으리라.

집으로 돌아와 혼자가 된 나는 곰곰 생각했다. 내가 그토록 애석하게 여기는 것은 무엇일까. 사람들과의 헤어짐인가. 아니면 수년간의 마라톤 끝에 목표 지점에 이르러 이제 더 이상 돌진할 목표를 잃은 까닭인가. 오래 몰두하던 일이 사라졌다는 것은 확실히 허전한 일이다. 하지만 그런 목표란 살면서 끊임없이 세웠다 지나치는 일시적인 꿈일 수밖에 없다. 다다랐다 지나가고, 바라보았다 놓치고, 얻고 잃기를 끊임없이 반복하는 것이 인생일 것이다. 결국 한시적일 수밖에 없는 목표를 세우고 우리는 모든 에너지를 쏟아부으며 거기에 몰두한다. 그러나 거기 보물이 있기에 목표를 정하고 달려가는 것이 아니라, 그곳이 어디든 목표를 향해 가는 동안 여기저기서 보물을 발견하는 것은 아닐까.

이곳 생활은 내게 느리게 살아가는 여유, 작은 소리에 귀기울이는 섬세함에 눈뜨게 해주었다. 홀로 고국을 떠나와 수많은 소중한 만남을 얻게 해주었다. 그것을 가능하게 해준 것은 영국일 수도 있지만, 결국 마음을 열고 귀를 기울인 나 자신이었는지도 모른다. 지난 세월은 까마득히 오랜 기간이었는데 생각해 보니 짧은 순간 화려하게 채색된 꿈을 꾼 것 같은 느낌이 든다. 덧없이 사라져 버리고 마는 꿈이 아닌, 시간이 가도 기억 속에서 더욱 선명해지는 꿈. 훗날 생의 끝에서 돌이켜보면 인생도 한바탕 꿈으로 기억될까.

　　　밤늦도록 짐을 꾸리다 잠이 들었는데, 창밖에 희미하게 동이 터온다. 여름철에는 언제 어둠이 있었던가 싶게 너무도 일찍 날이 밝아 온다. 새들이 한꺼번에 새벽을 깨우기 시작한다. 날마다 익숙하게 듣던 이 새소리를 뒤로하고 이제 떠나야 한다. 닫히는 문을 너무 오래 바라보다가 다가오는 것들을 놓치지 않도록, 새 목표를 찾을 기대를 품고 열리는 문을 향해 나아가야 한다. 이제 곧 나를 공항으로 데려다 줄 자동차가 도착할 것이다. 이제부터 어떤 새 장이 열리게 될까. 작별의 끝에는 언제나 새로운 만남이 있으니 어디서 무슨 일을 한다 해도 보물은 세상 어디에나 있으리라.

날마다
익숙하게 듣던
새소리를 뒤로하고
이제 떠나야 한다.
이제부터
어떤 새 장이
열리게 될까.

에필로그

　　영국에서 돌아와 새로 일터를 정하고 정착하기까지 내가 이 사회에 내밀 수 있었던 쓸모 있는 것은 학위였을 뿐, 정작 살아오면서 얻게 된 많은 진짜 이야기들은 나눌 만한 기회를 찾지 못한 채 묻혀 버리고 말았다. 한국에서 대부분의 삶이 그렇듯이, 귀국한 뒤 내 삶의 속도는 알레그로였다.

　　그러나 인생에는 일보다 더 중요한 것들이 있다. 살다 보면 달리기를 멈추고 삶을 다른 각도에서 바라보며 우선순위를 재조정해야 하는 시점이 뜻하지 않은 때에 온다. 나의 영국 시절이 호기심에 찬 날갯짓으로 이 가지 저 가지를 마음대로 날아다니던 시기였다면, 지난 수년 동안은 둥지 안에 들어앉아 젖은 날개를 말리며 거친 비바람이 지나가기를 기다리던 시기였다. 입원과 퇴원을 수 차례 거듭하며 한동안 일손을 놓고 있었던 그 기간이 없었더라면 아마 이 책은 나올 수 없었을 것이다.

　　생각해 보니 인생은 결국 그다지 길지 않은 여행길이다. 영국에서 바람같이 흘러가 버린 수많은 만남과 이별은 그 여행길에서 나의 정체를 견고히 해준 것들이었다. 그때의 이야기들은 병상에 누워 연필과 종이를 손에 들고서 되살아났다. 다리에 힘을 얻기 위해 사계절 드나들었던 고요한 숲속 산책길은 그 기억의 단편들이 떠내려가지 않고 영글게 해 주었다. 그때의 기억들은 나에게 세상의 온기를 환기시켜 주었으며 치유와 회복의 에너지가 되어 주었다. 그리고 삶이 고단할 때마다, 꿈으로 또는 생각의 단편으로 수시로 내 삶 속에 들어와 든든한 힘이 되어 주었다.

　　　　　이제 학생들은 외국에 갈 계획을 안고 추천서가 필요하다면서 간간이 내 방을 드나든다. 내가 한때 머물렀던 레스터셔의 대학에도 지금은 유학 가 있는 제자가 있다. 모험을 기꺼이 끌어안으려고 떠난 그들은 이제 그곳에서, 친숙하게 자신을 품어 주던 고국의 안락한 공기를 처음으로 그리워하며 향수를 품게 될 것이다. 또한 마음을 열고 이국적인 것에 대한 동경을 실컷 채우면서, 아무것에도 얽매이지 않는 나그네가 누리는 단맛을 알게 될 것이다. 낯선 곳에서 진정한 자신의 모습과 홀로 대면하게 될 것이다. 그리고 잠시 머물다 언젠가 떠나야 할 그곳에서, 삶이란 결국 끌어안기와 내려놓기, 채움과 비움의 끊임없는 교차임을 터득하게 될 것이다.

유동주 교수의 영국 산책
지구 반대편에서 3650일

초판 1쇄 찍은날 : 2008년 2월 12일
초판 1쇄 펴낸날 : 2008년 2월 15일

지은이 유동주
펴낸이 최윤정
펴낸곳 도서출판 나무와숲

등 록 22-1277
주 소 서울특별시 송파구 방이동 22 대우유토피아 1304호
전 화 02)3474-1114
팩 스 02)3474-1113
e-mail : namusup@chol.com

값 12,000원
ISBN 978-89-88138-92-9   03810

* 잘못 만들어진 책은 구입하신 서점에서 바꿔 드립니다.